정한숙(鄭漢淑) 소설(小說) 연구(研究)

— 절망(絶望)을 딛고 일어서는

상승(上昇)의 미학(美學)

서연비람 신서 3
정한숙 소설 연구 절망을 딛고 일어서는 상승의 미학
초판 1쇄 2023년 11월 15일
지은이 신춘호
펴낸이 윤진성
편집주간 김종성
편집장 이상기
펴낸곳 서연비람
등록 2016년 6월 29일 제 2016-000147호
주소 서울시 강남구 남부순환로 2900, 201-2호
전자주소 birambooks@daum.net

ISBN 979-11-89171-65-0 03800
값 25,000원

서연비람 신서 3

정한숙 소설 연구

절망을 딛고 일어서는 상승의 미학

신춘호 지음

서연비람

책머리에

작가 정한숙 선생이 타계한 지도 벌써 10여 년이 지났다. 그는 일찍이 「전황당인보기」를 비롯하여 「금당벽화」·『이여도』·『끊어진 다리』 등을 통하여 불합리한 현실 앞에서 좌절하지 않고 오히려 그것을 극복하고자 노력하는 강인한 한국인의 삶의 모습을 핍진하게 보여줌으로써 한국 문학 발전에 큰 발자취를 남겼다.

이제, 정한숙의 생애와 작품에 대한 보다 본격적인 연구가 필요한 시점이 되었다고 생각한다. 본서는 이러한 정한숙 소설의 본질적 특색과 문학사적 의의를 규명하고자 하는 데 그 목적이 있다. 저자는 이를 위하여 작가의 전 작품을 수집하느라고 많은 시간을 보냈다. 가능한 한 발표 당시의 작품 곧 원전(原典)을 확보하기 위하여 많은 노력을 경주했다. 그럼에도 불구하고 몇 편의 작품은 끝내 입수할 수 없었다. 실로 유감천만이었다.

저자가 이 작업을 통하여 얻은 가장 큰 보람은, 소위 그의 대표작이라고 일컬어지는 작품들에 못지 않은 다른 수작들이 많다는 것을 발견한 것이다. 그 몇 작품을 들어보면, 단편 「고추잠자리」·「유순이」·「눈뜨는 계절」, 중편 「어느 소년의 추억」·「산비둘기 우는 새벽」, 그리고 장편 『황진이』·『바다의 왕자-장보고』 같은 것들이다. 저자가 보기에 이들은 그 사실 구조(Factual structure)나 주제(Themes), 그리고 문학적인 장치(Literary devices) 면에서 볼 때 매우 수준 높은 작품들이라고 생각한다.

여기서 저자가 분석 대상으로 선정한 37편의 작품들(중·단편과 장편)은 문자 그대로 정한숙 소설의 에센스라고 해도 좋을 것이다. 정한숙 소설의 특이성의 하나는 임의적인 시간의 활용이다. 화자의 서술 시점이 수시로 바뀐다. 특히 회상 형식의 경우, 시간의 왜곡이 심하여 작품의 유기적인 구조를 파악하기에 다소 어려운 면이 있다. 따라서 접근자로서는 문학적인 장치의 해명보다 사실 구조의 분석과 주제 파악에 집중하지 않을 수 없었다.

정한숙 소설을 절망과 좌절의 문학이라고 하는 이들이 있지만 그것은 잘못된 해석이다. 정한숙 소설의 인물들은 절망적인 상황에서도 결코 좌절에 빠지지 않는다. 그것을 딛고 일어나려고 온갖 노력을 경주한다. 그러므로, 정한숙은 절망을 딛고 일어서는 상승의 미학을 추구하는 작가인 것이다.

그간의 연구 결과를 이렇게 상재(上梓)하고 보니, 부족한 점이 많은 것 같아 부끄럽기 짝이 없다. 독자 제위의 아낌없는 충고와 질정을 바라는 마음 간절하다.

다양한 독자들을 상대로 한 글이기에, 제자로서 스승님에 대한 경칭의 문장을 쓰지 못하게 된 점을 매우 송구스럽게 생각하면서 용서를 구한다. 변변치 못한 이 저서를 삼가 탄신 백주년을 보내신 스승님 영전에 바친다.

끝으로 이 책의 출판을 허락해 주신 주식회사 서연비람 윤진성 대표님과 김종성 주간님, 그리고 이상기 편집장님을 비롯한 사원 여러분들께 깊은 감사의 뜻을 표한다.

2023년 9월 5일

저자 신춘호

차례

1. 작가의 생애(生涯)

(1) 청소년 시절

일오(一悟) 정한숙(鄭漢淑)은 1922년 11월 3일 평안북도 영변군(寧邊郡) 영변면 동부리 533번지에서 정이석(부) 씨와 박병렬(모) 씨 사이의 5남매 중 차남으로 태어났다. 4대조부터 영변에 정착하여 살았다고 한다. 그 가계(家系)를 보면 다음과 같다.

> 증조부는 향반(鄉班)의 문관이요 조부는 무관이었고, 선친은 일제 반관반민(半官半民)의 기업체에 종사한 일이 있었지만 군유지(郡有志)로서의 실업가였다.
>
> 부계(父系)는 그만하고 모계(母系)를 따지면 역시 외조부는 향반의 문관이었고 모친은 박씨가의 무남독녀 격이었다. 부대(父代)에 파산은 했었지만, 그래도 금광이니 환포(還布)니 하며 선친이 출입한 것은 외조부로부터 물려받은 것이 있었던 것 같이 기억된다.[1]

정한숙은 선친이 사업관계로 출타하는 날이 많아지자, 어린 시절 천도교 앞마당이나 불교 포교당 앞에서 어머니와 함께 시간을 보내는 날이 많았다고 한다.

천도교와 불교가 함께 신앙의 대상으로 공존하는 시대에 그의 모친은 집에 불당(佛堂)을 모실 만큼 열렬한 불교 신도였다. 그러나 무슨 이유에서인지 모친은 하루아침에 불당을 불살라 버리고 야소교(耶蘇

1) 정한숙, 「의사나 목사가 되려다」(문학수업기), 『창작실기론』, 어문각, 1962.7., p.386.

敎)로 옮겨갔다. 그때 버려지는 관음보살(觀音菩薩)의 화상(畫像)은 너무 나도 아름다웠다고 일오(一悟)는 회상하고 있다.[2] 그러나 그는 모친의 영향을 받아 기독교계 유년 학교에 다니게 되었다.

코도 흘리지 않는 소년이 기독교 유치원에서 고수머리 멋진 부모님의 사랑을 받았습니다. 그래도 나는 부모들의 눈길을 피하여 순이랑 옥이랑, 또 그리고 술도가 집 딸 수랑한테로만 마음이 끌렸던 것입니다.

그것은 마치 에덴동산의 수줍은 즐거움이었을는지도 모릅니다.[3]

그의 첫사랑(?)은 이렇게 수줍은 즐거움으로 끝났다. 어린 그는 알 수 없는 또 하나의 시련을 감당해야 했으니, 그건 부친의 사업이 실패하자 집달리(執達吏)가 와서 집이 경매되고 만 사실이었다. 이로 인해 그의 가족들은 큰집에서 쫓겨나, 연주문 앞 배백정(裵白丁)네 건너편 초가집으로 이사를 가야 했다. 이런 어려운 가정환경 속에 처하게 된 그는 잠시 미래의 꿈을 꾸어 보았다.

나는 그 시절 장차 의사가 아니면 목사가 되어 제세구민(濟世救民) 사업을 하리라 했다. 선교사(宣敎師) 미스 밀러도 그렇게 되리라 믿었던 사람 중의 한 사람이다.

2) 앞의 책, 같은 쪽.
3) 정한숙, 「나의 첫사랑」, 『꿈으로 오는 고향 내음』, 해문출판사, 1988.3., p.81.

가난한 살림이었지만 나는 이 시절의 꿈이 가장 화려(華麗)했던 것이다.[4]

소월(素月)의 시(詩), '진달래꽃' 하면 누구나 영변(寧邊)을 연상한다. 그 영변이 내 고향이다. 나는 이곳에서 성장했다.

영변의 사계절, 유유히 흐르는 청천강(淸川江) 등은 태어나면서부터 내 몸속에 스며들어 독특한 분위기를 갖고 있게 하는 것이다.

지하 금강 동룡굴이 있는 곳이요, 서산 대사와 사명당이 수도하던 묘향산이 있다.

해발 400 미터의 약산을 기점으로 해서 능선을 따라 화강암의 성벽이 있으니, 난공불락으로 철옹성이다. 나는 맨발로 들과 산과 성벽을 다람쥐 모양 오르내리며 새알을 훔쳐다 구워 먹었고, 덜 익은 열매를 따서 씹고 다니다 더위에 지치면 잉크병보다 더 푸른 강물 속으로 뛰어들어 개헤엄을 쳤다.

영변은 내게 핏줄을 이어주신 조상님들이 잠들어 계시는 선산이 있는 곳이다.[5]

그는 청천강에서 배를 타고 약산에서 진달래꽃을 꺾으며 동화 속의 소년 소녀들처럼 하루 해를 보내곤 했다. 이런 영변에서의 유년 시절을 그는 '나의 살갗이요 비늘이었다'고 회억하였다.

1929년(7세)에 영변 공립보통학교(公立普通學校)에 입학하였다. 중학

4) 정한숙, 『창작 실기론』, 어문각, 1962.7., p.386.
5) 정한숙, 『꿈으로 오는 고향 내음』, 해문출판사, 1988.3., p.12.

교에 들어가지 못해서 8년이나 보통학교를 다녔다고 말하고 있다. 얼핏 수긍이 가지 않지만, 계절의 변화로 인한 통학 환경이 매우 열악했던 것도 큰 이유의 한 가지였던 것이 아닌가 싶다. 여름엔 한 달이나 계속되는 장맛비로 개울을 건널 수가 없었고, 겨울에도 한 달쯤 내리는 눈으로 길이 막혀 학교에 갈 수 없어 8년이나 보통학교를 다니는 학생들이 많았다고 한다.[6]

이 무렵 외지에서 전학해 온 김순실(金順實)이란 학생을 만나게 되었는데, 월남 후 그는 서울에서 다시 만나 그녀를 사랑의 반려자(伴侶者)로 맞이한다.

보통학교를 졸업한 그는 14세인 1936년 영변 공립농업학교(公立農業學校)에 입학한다. 중학생이 되자 학업에 열중하는 한편, 예배당 주일학교에 나가서 어린이들에게 성극(聖劇)을 지도하는가 하면, 찬양대 대원이 됨으로써 기독교에 심취하였다. 구약(舊約)의 시편(詩篇)과 신약(新約)의 복음서(福音書) 네 편은 물론 고린도 전서(全書)까지 읽게 되었다.

그러나, 이 시절 사춘기 청소년으로서의 외로움에 시달리게 되었다. 그러하여 「종각의 노래」니 「쓸쓸한 밤」 같은 글을 쓰면서 고독감을 달래야 했다. 그럴 때 누나의 친구들이 와서 그가 쓴 글을 읽고 칭찬을 해준 덕에, 차츰 그 고독에서 벗어날 수 있었다. 그 무렵 찾아온 그 누나들이나 친구들로부터 소설을 빌려 읽게 됨으로써 소설에 대한 관심과 흥미가 커졌으니, 그가 빌린 책 중에는 춘원(春園) 이광수(李光洙)와 상허(尙虛) 이태준(李泰俊)의 소설들이 끼어 있었다. 춘원의

6) 앞의 책, 「시골 운동회의 회상」, p.51.

작품에서는 큰 스케일과 주인공들의 민족애에 큰 감명을 받았고, 상허의 작품에선 그 세련된 문장과 섬세한 묘사에 매료되고 말았다 한다. 그 결과 춘원이나 상허와 같은 훌륭한 소설가가 되겠다는 꿈을 키워 나갔다.

일제 말기인 1943년(21세)에 공립 영변농업학교를 졸업하고 생계를 위하여 여러 가지 직업을 전전하였으니, 방직회사 사원 · 고용원 · 일인소학교 촉탁교원(囑託教員) 및 서기(書記) · 총독부 기수(技手) · 곡물검사소 소장 서리(署理) 등이다. 당시는 징용(徵用)과 징집(徵集)이 시행되던 시대였다. 그는 일제의 강제 징용을 피하기 위하여 국경 지대인 만포(滿浦)와 강계(江界)로 가서 해방이 될 때까지 숨어 지내지 않을 수 없었다.

(2) 월남 후 피난 시절과 《주막(酒幕)》 동인(同人) 시대

1945년 8월 15일 일제가 이 땅에서 물러가자, 정한숙은 비로소 고향으로 돌아왔다. 정들었던 모든 사람이 떠난 쓸쓸한 고향이었다. 이듬해(1946년) 스물네 살의 젊은이로 학업을 계속하기로 결심하고 단신 월남(越南)하여 고려대학교(高麗大學校) 국어국문학과(國語國文學科) 편입시험을 치러 합격의 영관(榮冠)을 안았다. 순한국적인 인간이 되고 싶은 나머지, 국어국문학과에 지원했다고 말했다. 순한국적인 인간이란 고전(古典)을 읽고, 한국적인 정서를 지니며, 동양적인 사고를 하는 인간이라 하였다.[7)]

얼마 후 평양으로 시집간 누나만 빼고 모친과 동생들이 남하하자, 가족들이 함께 서울에서 살게 되었다. 그리고 이미 월남하여 초등학교 교사가 된 김순실과도 다시 재회하게 되었다. 그는, '문학이란 애매한 사업'을 시작하지 않을 수 없었다. 그 사업은 곧 문단에 진출하여 작가로서 글을 쓰면서 살아가는 일이었다. 그 사업은 연이 엄마(부인)를 위해서도 꼭 필요했다.

> 연애엔 사업과 명예와 지위도 있어야 한다. 그러나 나에겐 이런 것이 없었다. 국문학도라는 그것만으로는 연이 엄마에게 큰 매력을 느끼게 할 것 같지 않았다. 그래서 나는 문학이라는 애매한 사업을 내세워 보았다.[8)]

7) 정한숙, 『창작실기론』, p.387.

월남하여 아무런 직업이나 수입도 없이 학교에 다니는 학생 신분이라 경제적으로 어려운 생활을 할 수밖에 없었으니, 제정(帝政) 러시아 말기에 대학에 다니며 가계(家計)를 맡았던 체호프(Anton Pavlovich Chekhov)의 모습과 흡사했다.

1947년(25세) 문우(文友) 전광용(全光鏞)·정한모(鄭漢模) 두 사람과 사귀게 되어 전영경(全榮慶)·남상규(南相圭) 등과도 알게 되었다. 본격적인 문학 활동을 하기 위해 앞의 두 사람과 남상규(南相圭)·김봉혁(金鳳赫)과 함께 동인(同人) 《주막(酒幕)》을 구성하였다. 이들은 수시 주회(酒會)와 함께 매월 1회의 정기적인 작품 합평회(合評會)를 거듭함으로써 본격적인 작품 생산에 몰입했으니, 그 장소로선 경제적으로 여유가 있는 정한모의 집이 자주 지정되었다.[9] 합평회에선 외국 작가들의 작품도 많이 읽고 토론을 벌이게 됐다. 주로 모파상(Guy de Maupassant)·지드(André Gide)·생텍쥐페리(Antonine de Saint-Exupéry)·알랭 푸르니에(Alain-Fournier) 등 프랑스 작가들의 작품들이었다.

1948년(26세) 『예술조선』에 응모한 단편 「흉가(凶家)」가 가작(佳作)으로 입선되었다, 이것이야말로 정한숙 문학의 출발을 알리는 첫 신호였으나, 애석하게도 등단지인 『예술조선』은 세 번 나온 뒤 종간되고 말았다.

1950년(28세)부터 《주막(酒幕)》 동인(同人)들이 문단으로 나가자는 제1차 계획을 세우자 정한숙도 작품 생산에 들어갔다. 5월에 고려대

8) 앞의 책, p.388.
9) 전광용, 「나의 '주막'」, 『창작실기론』, p.383.

학교 문과대 국문과를 졸업하고 대동상고(大東商高) 국어 교사로 취직하게 되었다. 다소 생활의 안정을 찾을 수 있었으나 호사다마(好事多魔), 6월 25일 뜻하지 않은 한국전쟁(韓國戰爭)이 일어났다. 문단으로 나가자고 외쳤던 《주막(酒幕)》 동인들은 일단 좌절된 꿈을 안은 채 뿔뿔이 피난지로 흩어지고 말았다.

공산당이 판치는 적치하(敵治下)의 서울에서 그는 90일 동안 숨어 지내다가 어머니와 함께 부산(釜山)으로 피난을 내려갔으나, 낯선 피난지에서 아무 일도 하지 못하고 힘든 나날을 보내다 보니 수중에 있던 몇 푼 안 되던 돈도 없어져 버렸다. 다행히 부산으로 피난 온 중앙대학교(中央大學校)로부터 출강 요청을 받고 '소설창작론(小說創作論)'을 강의할 기회를 얻었지만, 단 한 학기에 그치고 말았다. 천만다행으로 1951년(30세)에 그는 역시 서울서 피난 온 휘문(徽文) 고등학교로부터 국어과 강사 자리를 얻게 됨으로써, 가족의 생계를 가까스로 이어갈 수 있었다.

> 판자 건물이지만 교실이 있었고 의자가 있었고 책상과 칠판이 있어 나름대로의 정열을 쏟을 수 있었다. 이 시기가 내 기억에 가장 즐거웠던 시기다.
>
> 부엌이 있는 방에서 제대로 다리를 뻗고 잘 수 있었고, 끼니를 걱정하지 않아도 살 수 있었을 뿐만 아니라 친구들과 어울려 마음대로 동동주도 마실 수 있었다.[10)]

10) 정한숙, 「나의 '명천옥'시대」, 『꿈으로 오는 고향내음』, 해문출판사, 1988.3., p.156.

다행히 이 무렵 그가 문단의 이름난 작가와 시인들을 만나 교유(交遊)하게 된 것은 그에게 큰 기쁨이었다.

> 피난지에서 황순원, 김동리, 허윤석, 박연희 등을 알게 되었다.
>
> 우리는 40계단 밑 돌체 다방의 신세를 져야 했다. 그러나 차 한 잔을 마시고 하루 종일 앉아 있을 수는 없었다.
>
> 피난민 떼가 들끓는 부둣가로 나가곤 했다. 영도다리 밑으로 오르내리는 뱃고동 소리에 피난 생활의 서글픔을 달래며 부두 노동자들의 틈에 끼어 동동주를 한 사발 마시면 눈시울이 복사꽃 모양 붉게 물들던 시절이었다.[11]

그런데 갑자기 모친이 타계하는 비운을 맞게 되었다. 고향에 묻히고 싶다는 모친의 유언(遺言)에 따라 아들은 유골을 지니고 이사를 다녔다. 할 수 없이 환도(還都) 후에야 망우리 묘지에 선비(先妣)의 유골을 안장(安葬)한 것이다.

1952년(30세)에 부산에서 《주간국제》에 「광녀(狂女)」를 발표하는 한편, 『신생공론』에 「아담의 행로(行路)」를 발표했다. 이때의 상황을 잘 보여주는 다음과 같은 기술(記述)이 보인다.

> 전세는 일진일퇴를 되풀이하며 장기화의 기미를 보였다.
>
> 잡지가 한두 권 발간되었지만 지면이 넓지 못해 원고를 싣는다는 것은 거의 불가능했다.

11) 앞의 책, 같은 쪽.

작가들이 몸을 담고 있었던 곳은 종군작가단이었다.

육군 본부에서 발간하는 간행물에 글을 쓰며 연명하던 시절이었다.

「광녀」란 단편소설과 「아담의 행로」라는 중편을 발표하였다. 좁은 지면이었지만 잡문이라도 간간이 쓸 수 있는 기회가 생겼고 몇 푼 안 되는 돈으로 친구들과 어울려 한 때라도 동동주를 푸짐하게 마실 수 있었다.[12]

1953년(31세)에 『문화세계』에 단편 「명일의 번민(煩悶)」을 발표했다. 이렇게 피난지에서도 그는 열심히 작품을 써서 발표함으로써, 작가로서의 모범(模範)을 여실히 보여주었다.

12) 앞의 책, 같은 쪽.

(3) 환도(還都) 후의 《명천옥(明泉屋)》 시대와 문단(文壇) 도전(挑戰) 시절

1954년(32세) 정한숙은 부산에서 서울로 환도를 하게 되는데, 처음엔 망설였으나, 먼저 상경한 휘문고등학교 교장으로부터 빨리 서울로 올라오라는 독촉을 받자, 자신이 입은 은혜에 보답하고자 상경길에 올랐다. 이때가 1954년 이른 봄이었다.

서울로 돌아오자 《조선일보》에 응모하여 선외가작으로 뽑힌 중편 『배신(背信)』이 연재되었다. 그러나 스스로 아직도 문단에서 소설가로서의 확고한 자리를 차지하지 못했다고 여기며, '문단으로 나가자'고 외치던 '주막(酒幕) 시대의 결의'를 새롭게 다지던 중, 4월에 고려대학교 문과대 강사라는 행운이 날아들었다.

휘문고등학교 전임 수입과 대학 강사료와 매달의 고료가 적지 않게 들어오자 명동(明洞)에 나가는 일이 늘어나던 차, 시인 · 소설가 · 화가 · 음악가들과 친교를 맺고 술자리에 합석하는 경우가 생겨 이 시기를 '《명천옥(明泉屋)》 시대'라고 명명(命名)했는데, 그곳에서 여러 편의 장편 소설과 중편뿐만 아니라, 다양한 단편소설을 구상하고 집필했기 때문이다.

12월 초순 《주막(酒幕)》 동인(同人)들도 환도 후 다시 만났으나, 김봉혁(金鳳赫)은 부산에 떨어져 문학적 분위기에서 멀어져 갔고, 남상규(相相圭)는 세상을 떠나 버렸다. 세 사람만이 만나서 회합하고 문단을 향해 나아가기 위한 작품을 집필하기로 결정했다. 그달에 탈고된 작품을 대상으로 합평회를 갖고 최종 검토를 끝내고, 당선 소

감까지 써 두었다.[13]

1955년(34세)은 《조선일보》가 15년간 중단했던 신춘현상문예(新春懸賞文藝)를 부활시킨 해이며, 《한국일보》가 신춘문예를 시작한 해이기도 했다.

정한숙이 소설 「전황당인보기(田黃堂印譜記)」와 희곡 「혼향(昏巷)」을, 정한모가 시 「멸입(滅入)」을 함께 《한국일보》에 투고하고, 전광용이 소설 「흑산도(黑山島)」를 《조선일보》에 투고한 결과, 세 사람이 모두 입선함으로써 각자의 소망을 이루었다. 정한숙의 소설 「전황당인보기」는 가작으로 입선되었으나, 초기의 그의 소설을 대표하는 중요한 작품이다. 이 작품에서 작가적 역량을 충분히 인정한 《한국일보》는 이 작품의 게재가 끝난 3일 후(1월 19일)부터 그의 첫 장편 『황진이(黃眞伊)』를 연재한바, 이는 당시의 발표 매체로서의 신문사가 작가에 대해 베푼 최고의 파격적인 대우였다.

1956년(34세) 정한숙은 국제 펜클럽 회원이 되었다. 이 무렵 그는 명천옥(明泉屋)과는 거리가 먼 문인들과도 교유하게 되었으니, 김말봉(金末峰)·오상순(吳相淳)·김내성(金來成)·박계주(朴啓周)·김광주(金光洲) 등 이른바 자기 문학만이 순수문학이라고 일컫는 선배 작가들과는 사뭇 다른 새 부류의 시인·작가들이었다. 특히, 그중에서 김내성을 가장 좋게 보았던 것 같다.

명동 골목에 부부 동반으로 잘 나온 분은 김내성이다. 명동에서 만나면 고려정으로 갈비에 소주를 먹으러 가지고 유인했고 소주를

13) 전광용, 「나와 '주막'」, 『창작실기론』, p.384

마시며 내성은 수심가를 불렀다.

"수심가도 요즈음 유행가와 같은 것이야. 유행가라고 다 저속한 것은 아니잖아. 안 그래? 정형…"

이 말 뒤엔 자신이 쓴 소설이 다 통속소설이 아니라는 뜻이 내포되어 있었다.

소설 『청춘극장』은 우리나라에서 보기 드문 대작이요 전작소설이다.[14]

김내성(金來成)에 대한 기존의 평가가 잘못되었음을 지적했던 것이다.

1957년(35세)에 장편 『암흑(暗黑)의 계절(季節)』을 『문학예술』지 23호부터 28호까지 6회에 걸쳐 연재했고, 이듬해인 1958년(36세)엔 이 장편으로 제1회 내성문학상을 받았다. 그리고 첫 단편집 『묘안묘심(猫眼猫心)』을 정음사(正音社)에서 펴냈다.

이어서 1959년(38세)에는 장편 『시몬의 회상(回想)』(신지성사)과 제2창작집 『내 사랑의 편력(遍歷)』(현문사)을 간행했으며, 1961년(39세)에는 고려대학교 문과대 부교수 발령을 받았고, 1962년(40세)에는 본격적인 장편소설 『끊어진 다리』를 을유문화사(乙酉文化社)에서 간행했다. 2년 뒤인 1964년(42세)에 고려대학교 문과대 교수가 되었고, 5년 후 1969년(47세)에는 고려대학교 교양학부장을 맡기에 이르렀다.

14) 정한숙, 앞의 책, p.151.

(4) 연구 생활과 후진 양성 그리고 저술 활동 시절

정한숙은 1970년에 들어서자 연구 활동과 더불어 후진 양성에도 정성을 쏟았다. 많은 학술논문을 써냈고 여러 저술을 펴냈다. 「현미경과 돋보기—김동리의 단편소설에 대한 고찰」·「성의 유형과 그 매체—성 문학의 입장에서 본 효석의 장편」·「농민소설의 변용과정」·「붕괴와 생성의 미학」·「대중소설론」 등은 학생들에게 영원히 기억될 소중한 논문들이었다. 뿐만 아니라 1973년의 『소설기술론(小說技術論)』·『소설문장론(小說文章論)』으로부터 시작되는 그의 저술은 학생들의 전공 연구에 필수적인 기념비적 저작들이 되었다. 그것들을 열거해 보면 다음과 같다. 『현대 한국소설론(現代韓國小說論)』(1973)·『한국문학(文學)의 주변(周邊)』(1975)·『해방문단사(解放文壇史)』(1980)·『현대 한국문학사(現代韓國文學史)』(1982)·『현대한국작가론(現代韓國作家論)』(1986)·『현대소설작법(現代小說作法)』(1994) 등이다. 특히 『현대 한국문학사(現代韓國文學史)』는 획기적인 저서로 꼽히거니와, 새로운 방식에 의해 기술한 한국 최초의 문학사로 학계에 큰 파문을 일으켰기 때문이다. 곧 지난날의 문학사들이 사조(思潮) 중심으로 기술되었음에 반해 작품을 중심으로 기술된, 한국 문학사의 새로운 지평을 연 저서였다. 연구 활동과 창작 활동을 하면서 제자들에 둘러싸인 이 무렵의 모습을 한 신문이 다음과 같이 전하고 있다.

> 일주일에 아홉 시간 강의를 하고 나머지 시간에는 연구실에서 독서와 작품 구상, 집필을 하는 정교수는 그의 최근 소설들은 거의

연구실에서 쓰고 있다. 또 중학교 때 취미를 붙인 유화를 5~6년 전에 다시 시작, 연구실에 캔버스를 세워 놓고 그림에도 열중하고 있다. 정교수는 오탁번 · 송하춘 · 서종택 · 김인환 · 신춘호 · 김명인 등 제자 교수들과 자주 어울려 그의 연구실을 중심으로 좋은 의미의 정한숙 학파를 형성하고 있다.[15]

이 무렵 직접 지도를 받았던 필자가 본 스승의 모습은 인자함과 엄격함을 겸비한 조화(調和)의 화신(化身)이었다. 강의실 밖에서는 농담도 불사하시는 명랑하고 자애로운 느낌을 주셨지만, 강의 시간에는 무서울 정도로 엄숙하고 단호하셨다. 무엇보다 남의 이론보다 학생 자신의 견해를 중시했고 표절(남의 해석이나 견해의 차용)을 철저히 경계하시었다. 혹독한 훈련에 혼이 난 학생들은 세미나가 끝나거나 발표가 끝나면, 학교 앞 주막에서 쓴 막걸리를 꿀컥꿀컥 마시면서 쏟아지는 눈물을 주먹으로 훔쳐내야 하는 날이 많았다.

정한숙이 사람을 좋아하여 술을 즐긴다는 것은 잘 알려진 사실[16]이지만, 당신은 사랑하는 제자들과도 가끔 주석을 같이 하였다. 자주 가는 곳은 종로 1가 종각 근처의 〈낭만〉이라는 곳이었는데, 주로 소주나 양주 같은 독주를 마시었다. 제자들과 합석한 테이블엔 선생님의 작품을 좋아하는 팬이라는 젊은 여성이 가끔 와서 안주 시중을 들었다. 그러나 제자들의 관심은 전혀 딴 데 있었다. 그녀가 부럽게도 문학잡지 『현대문학』을 창간호부터 최근호까지 모두 수집하여 간직

15) 안건혁, 「저자와의 대화」, 《경향신문》, 1982.3.31.

16) 정지태, 「나의 아버지, 정한숙을 추억하며」, 『월간문학』 통권 645호, 2022.11.1., pp.40~42. 이남호, 「정한숙 작가의 삶과 예술」, 같은 책, pp.36~37.

하고 있다는 점이었다.

1975년(53세)에 그는 전국소설가협회 부회장이 되었고, 펜클럽 중앙위원이 되었으며, 1976년(54세)에는 고려대학교 사범대학장이 되었는가 하면, 장편 『조용한 아침』(청림사)을 간행했다. 이듬해인 1977년(55세)에는 『조용한 아침』으로 제1회 흙의 문학상을 받았고, 1983년(61세)에는 고려대학교에서 명예문학박사 학위를 수여받았다. 그리고 대한민국예술원 정회원이 되었으며, 제15회 대한민국 문화예술상도 수상했다.

이에 머무르지 않고 1986년(64세)에 대한민국예술원상을 수상했으며, 1987년(65세)엔 고려대학교 학술상을 받았고, 국제펜클럽 한국본부이사·한국소설가협회 대표위원 등 여러 직책을 맡았다.

(5) 만년(晩年) — 삶의 마무리, 시(詩)와 수필(隨筆) 창작(創作) 활동(活動)

세월이 흘러 만년에 들어서자, 지나온 삶의 궤적을 돌이켜 보면서 조용히 인생을 정리하는 작업에 들어선 정한숙은 그 사색의 결정(結晶)을, 전공인 소설이 아닌 시나 수필 형식을 통하여 표출하였다.

한편, 각종 예술 단체의 수장으로서 문예 · 예술 발전에 이바지하는 각종 활동에 참여하여 많은 업적을 남김으로써, 여러 가지 상을 받는 영예도 안기에 이르렀으니, 이는 그의 공로에 따른 당연한 보상으로 헤아려진다.

이윽고, 1988년(66세)에 고려대학교 문과대 교수로 정년을 맞았다. 대한민국예술원 부회장 · 한국소설가협회 대표위원 · 국제펜클럽 한국본부 이사가 됨으로써, 3 · 1 문화상 · 국민훈장 모란장을 받았다. 이 해에 『나무와 그늘 사이에서』(열음사)라는 시집과, 『꿈으로 오는 고향 내음』(해문출판사)이란 수필집도 간행됐다.

1989년(67세)에 다시 시집 『잠든 숲속 걸으면』(문학사상사)을 냈으며, 1991년(69세) 대한민국예술원 회장 · 한국문화예술진흥원장이 되었으며, 아울러 고희기념시집 『강강수월래』(둥지)를 냈다. 박재삼(朴在森)은 이 시집에 부쳐 다음과 같이 쓰고 있다.

> 우선 읽고 느낀 것은, 무슨 어려운 은유 같은 것도 없고 그저 수월하게 대하게 하는 편안함이 있다. 이것은 소설을 쓰셨기 때문에 먼저 이해부터 얻고 독자에게 읽혀놓고 본다는 뜻에서 나온 것이리라.

이런 소박한 처지에서 오늘날의 시 일반이 얼마나 비비 꼬이게 난해 한 곳으로 몰고 가는가에 대하여 많은 반성을 해야 된다고 하고 싶다.…(중략)… 실감에 바탕을 두고 나직이 속삭이듯이 읊고 있는 것이다.[17)]

기교를 부리지 않기 때문에 아무런 부담감을 주지 않는다고 썼다. 그의 수필도 마찬가지로 별다른 기교를 부리지 않고 담담한 필치로 인생론을 펼친 것이다.

1992년(70세)에도 수필집 『공자(孔子)는 남자인가 여자인가』(혜진서관)를 냈고, 1994년(72세)엔 『현대소설작법』(장락)을 간행했다.

그러던 중, 1997년(75세) 9월 17일 숙환으로 이 세상을 하직했으니, 문예진흥원 앞마당에서 문인장으로 장례가 치러져, 유해가 남서울 공원묘지에 안장되었다.

7년이 지난 2004년에 경기도 파주시 헤이리 예술인 마을에 '정한숙 기념홀'이 건립돼 해마다 많은 추모객을 맞고 있다.

17) 박재삼, 「정한숙 선생의 고희 기념시집에 부쳐」, 『강강수월래』, p.194.

2. 작품 세계

이제 작품 세계의 기술(記述)로 들어가거니와, 편의상 네 시기(1940년대 후반~1950년대, 1960년대, 1970년대, 1980년대~1900년대 초)로 나누어, 각 기간에 발표된 작품 중에서 작품의 미적 가치가 두드러지며, 소설사적 의미가 큰 작품을 중심으로 전개해 나가겠다.

(1) 1940~1950년대의 소설

정한숙이 서울에서 작가 생활을 시작한 것은 해방 후 미군정기였으므로, 정치적 · 사회적으로 안정과 질서를 회복하지 못한 혼란기였다. 주위의 많은 사람들이 일정한 직업도 없이 가난과 싸워나가는 삭막한 현실을 바라보면서 큰 작가가 되겠다는 꿈을 안고 붓을 든 첫 작품이 「흉가」였다. 그러다 미증유의 동족상잔(同族相殘)의 비극인 한국전쟁이 일어나 피난길에 올라 항도 부산에서 어려운 생활을 하다가, 수복(收復)이 되어 서울로 올라온 뒤에야 본격적인 작품활동을 할 수 있게 되었는데, 1950년대 말까지 무려 50편에 가까운 작품을 발표했다. 이는 정말 힘든 노력의 결실이라고 말해 마땅하다. 단편 37편, 중편 4편, 장편 8편으로 집계되고 있다. 작가 정한숙의 첫 작품인 「흉가」를 필두로 이 시기에 발표된 문제작 7편을 대상으로 그의 작품 세계를 살펴보기로 하겠다.

①「흉가(凶家)」

『예술조선』3, 1948. 3

처음으로 문예지에 응모하여 가작으로 입선한 단편이지만, 작가로서의 가능성을 보여준 작품이기도 하다.

해방 공간의 도시 소시민의 일상을 다루었는데, 주로 주인공의 불안한 내면 의식을 그리는 데 초점을 맞추었다. 주인공 영태는 남의 집 곁방살이를 하다가 부엌까지 달린 딴채 집으로 이사를 한다. 집값이 싸고 공간이 넓어 아내는 매우 만족해하지만, 영태는 그 집이 흉가로 소문난 집이었다는 말을 미리 아내에게 하진 않았다.

> 영태 자신도 흉가면 흉가지 미신의 소리를 믿을 것이 아니라고 생각하며 이사는 하였지만 사실 요강 뚜껑으로 물 떠먹은 것 같이 꺼림칙하기도 하였다.
>
> 결혼하자부터 아들을 기다리던 차에 금년 봄에야 본 첫아들 철에게 무슨 불길한 일이라도 없으면 좋지만 혹시나 그렇지 못한 일이 있으면 하는 흉가라는 말과 철과 사이에 관련을 맺어 생각하게 되니 사실 영태는 이사한 저녁부터 벙어리의 가슴앓이를 당하게 된 셈이다.
>
> 그러니 밤중에 철의 울음소리가 나기만 하여도 영태는 곧 눈을 뜨고 철의 머리를 짚어보게 되는 것이었다.[1)]

---

1) 정한숙,「흉가」.『예술조선 3』, 1948.3., p.26

'미신의 소리를 믿을 것이 아니라'고 큰소릴 치고 이사를 왔지만, 영태는 불안감을 떨어내지 못 하고 있는 것이다. 이런 제시부(提示部)에 이어 전개부(展開部)에서 작가는 영태 부부의 가난한 살림을 묘사한다. 당장 저녁거리도 없을 정도로 살림이 궁핍하다.

> "여보 당신 스프링은 얼마나 받을까."
>
> 아내는 돌아누운 남편을 향하여 스프링을 들고 흔든다.
>
> "글쎄."
>
> "팔 게 있어야지요."
>
> 이렇게 말한 아내는 남편의 스프링을 팔겠다고 하는 자기 뱃심이 미안한 듯 다시 고리짝을 뒤적거린다.
>
> 영태는 아내가 다시 고리짝을 뒤적거리는 듯하여 눈물을 닦고 나서 돌아눕는다.
>
> "멀 또 찾우"
>
> 아내는 뒤적거리던 손을 멈추고 남편을 향한다.
>
> "스프링밖에 더 팔 것이 있우."
>
> "판대야 얼마 받지도 못할 거 그냥 두구 제 치마나 한 감 팔가 하구요."
>
> "치마니 입을 치마도 없겠는데 팔 치마니 어디 있우."
>
> "지난 여름에 친정 어머님이 오시었다 해주신 싸-닌 치마가 있지 않소. 빛이 어울리지 않어 한 번도 입어보지 않고 그냥 두었었어요. 파묻어 두면 무엇해요."[2]

2) 앞의 책, p.27.

이런 상황에 위기가 다가온다. 빚쟁이가 찾아오는가 하면, 주인 영감이 밀린 집세를 받으러 온다.

숨을 죽이고 있다가 그들이 가버리자, 아내가 옷가지 하나를 보자기에 싸가지고 시장으로 나가자, 그 아내가 돌아오길 기다리는 영태 마음이 불안해진다.

조금 전에 찾아왔던 노인장이 '아무리 흉가라고 하나 집값을 생각해 보란 말야. 또 흉가라고는 하나 서울 바닥에 사람 죽어 나가지 않은 집이 몇 집이나 있나. 그 망할 구미호 같은 년이 부주의해서 전염병에 제 새끼를 하룻저녁에 두 마리씩 잡아먹은 생각은 하지 못하고 무당년들 소리에만 귀를 벌리고 흉가라고 이름을 지었지 누가 흉가라고 하나'[3]라고 하던 말이 생각나 대문 밖으로 나서자, 강아지가 구멍을 파고 있다. 문득 강아지가 기둥을 파면 불길한 일이 있을 것이라는 말이 생각나자, 강아지에게 구두짝을 던진다. 다시 집안으로 들어 오니 고양이가 울어댄다. '고양이는 여자의 죽은 넋'이라고 했다며 그는 고양이를 쫓아낸다. 흉가라는 것은 미신이라던 그의 마음이 흔들리는 것이다.

아니나 다를까 작품의 결말은 바람직하지 않게 끝난다. 밖으로 나갔던 아내가 저녁거리조차 장만하지 못한 채 빈손으로 돌아오기 때문이다. 그런 아내를 바라보면서 영태는 '흉가야 흉가'라고 중얼거린다.

이상이 이 작품의 사실 구조(Facture structure)[4]다.

영태는 대학을 나온 지식인으로 설정되어 있다. 그는 직장 생활을

3) 앞의 책, p.30.

4) 사실 구조란 작품 속에 들어 있는 허구적인 사건의 기록을 의미한다. 여기에는 성격(character) · 플롯(plot) · 배경(setting) 등이 포함된다.

하지만 집세도 내지 못할 정도로 생계에 심각한 위협을 받고 있다. 가난에 시달리는 해방기 지식인의 무기력한 삶의 모습이다. 그러나 여기서 제기되는 문제의 하나는 주인공의 사고력이다. 미신을 부정하면서도 그러한 사고의 영역에 갇혀 있다는 사실이다. 지식인다운 사고력이 부족한 전근대적인 운명론자의 모습을 보여주고 있는 것이다.

이에 비하면, 아내는 당장의 끼니라도 해결하기 위해 옷가지나마 들고 나서는 현실주의자라 할 수 있다. 이는 되래 바람직한 한국의 여인상이다.

그 자신 잘못이 없으면서 불운을 겪는 공감적인 주인공이 나오는 이야기를 노먼 프리드먼(Norman Friedman)은 운명의 플롯 중의 하나인 애상적 플롯(The pathetic plot)[5]이라고 했다. 이런 플롯의 주인공

5) Norman Friedman, 'Forms of the plot', "The theory the Novel", ed. by Philip Stevick, p.157~165. 노먼 프리드먼은 플롯의 유형을 운명(運命)의 플롯, 성격(性格)의 플롯, 사고(思考)의 플롯으로 3분하고, 이를 다시 세분하여 설명하고 있다.

1. 운명의 플롯(Plots of Fortune)

(1) 진행(進行)의 플롯(The action plot): 다음에 무엇이 일어날까에 중점을 둔 가장 소박한 형태의 플롯이다. R. L. Stevenson의 장편 소설들, 미스터리 소설들.

(2) 애상적 플롯(The pathetic plot): 그 자신 잘못이 없으면서 불행에 처한 연민적 주인공이 나오는 플롯이다. 연민(憐愍)의 플롯이라고도 한다. Tomas Hardy의 「테스」, Arthur Miller의 「세일즈맨의 죽음」, Ernest Hemingway의 「무기여 잘 있거라」 등.

(3) 비극적(悲劇的) 플롯(The tragic plot): 공감적인 주인공이 판단 착오로 실수나 잘못을 저질러 그 책임을 져야 하는 불운을 겪는 플롯이다. Sophocles의「오이디푸스왕」·「안티고네」 등.

(4) 징벌(懲罰)의 플롯(The punitive plot): 성격은 근본적으로 비공감적이나 의지력이나 지적인 세련이 칭찬받을 수 있는 인물이 나오는 플롯이다. Christopher Marlow의 「파우스트 박사」에서의 '메피스토펠레스', Milton의 「실락원」에서의 '사탄', Dostoevsky의 「죄와 벌」에서의 '라스콜리니코프'같은 인물들이 나온다.

(5) 감상적(感傷的) 플롯(The sentimental plot): 수난의 플롯이긴 하나 불운의 위협을 이겨내고 결국에 가서는 모든 것이 잘되는 공감적인 주인공을 포함하는 플롯이다. Henry Fielding의 「톰 존스」, 멜로드라마들.

(6) 찬탄(讚嘆)의 플롯(The admiration plot): 주인공이 물질적인 면에서는 손실을 당하나 명예나 명성의 득을 보는 플롯이다. Mark Twain의 「톰 소여의 모험」, Washinton Irving의 「그라나다의 정복」 등.

은 의지가 약하고 사고에 결함이 있다고 한다. 그렇다면 영태의 불운(가난)은 물론 그가 선택한 것이 아니므로 그의 잘못으로 볼 수 없을 것이다. 그러나 그는 현실에 대한 올바른 판단도 적절한 대처도 하지 못하고 있다. 이런 모습은 바람직한 지식인의 형상이 아니다. 지식인은 올바른 사고력과 강한 의지를 가져야 지식인답다 할 수 있다. 이러한 의식에서 작가는 한국 지식인의 허약한 내면성을 지적하고 싶었던 것이 아닐까? 그렇다면 이 작품을 통하여 작가가 말하고자 한 것은 해방기 지식인의 허약한 내면성의 제시라 할 수 있다. 이것이 바로 이 작품에서 작가가 말하고자 한 중심 주제인 주주제(主主題)인 것 같다. 작가는 『현대 한국문학사』를 펴낸 후 '저자와의 대화'에서 스스로 이렇게 말했다. "한국 소설엔 지식인이 없었습니다. 가난한

---

2. 성격의 플롯(Plots of Character)
   (1) 성숙(成熟)의 플롯(The maturing plot): 인물의 성격이 향상되어 나가는 플롯이다. Conrad의 「로드 짐」, D. H. Laurence의 「아들과 연인」, James Joyce의 「젊은 예술가의 초상화」 등.
   (2) 개선(改善)의 플롯(The reform plot): 잘못을 저지르면서도 의지가 약하여 정도를 가지 못하는 인물이 나오는 플롯이다. Nathaniel Hawtorne의 「주홍글씨」, Franz Kafka의 「변신」 등.
   (3) 시험(試驗)의 플롯(The testing plot): 공감적이고 힘이 있고 과단성이 있는 주인공이 자신의 목적과 수단을 양보하고 포기하도록 압력을 받는 플롯이다. Ernest Hemingway의 「노인과 바다」·「누구를 위하여 종은 울리나」 등.
   (4) 타락(墮落)의 플롯(The degeneration plot): 한 때 야심이 많았던 주인공이 손실을 입어 환멸에 빠지는 플롯이다. André Gide의 「배덕자」, Chekhov의 「바냐 아저씨」 등.
3, 사고의 플롯(Plots of Thought)
   (1) 계시(啓示)의 플롯(The education plot): 생각과 믿음과 태도를 통한 사고의 향상적 변화를 보이는 플롯이다. 폭로(暴露)의 플롯이라고도 한다. Tolstoj의 「전쟁과 평화」, Mark Twain의 「허클베리 핀의 모험」, Dostoevsky의 「죄와 벌」 등.
   (2) 폭로(暴露)의 플롯(The revelation plot): 주인공이 처해 있는 본질적 상황에 대하여 주인공이 무지의 상태에 있는 플롯이다. Tolstoj의 「부활」, Rold Pha의 「개를 조심하라」 등.
   (3) 감정(憾情)의 플롯(The afective plot): 주인공의 태도나 신념이 변화하는 플롯이다. Jane Austen의 「오만과 편견」, John Stein-beck의 「가을」 등.
   (4) 환멸(幻滅)의 플롯(The disillusion plot): 공감적인 주인공이 확고한 신념을 가지고 출발하나 손실과 시련을 겪고 나서 그 신념을 버리는 플롯이다. F.S. Fitzgerald의 「위대한 개츠비」, Frank O'connor의 「이야기꾼」, John Barth의 「담배 장수」 등.

사람들을 주인공으로 한 계급대립을 중시했어요. 계급문학이 판을 쳤습니다. 이 바람에 지식인의 내적 고민을 우리 소설이 보여주지 못한 겁니다."[6]라고 말했다.

문학적 장치[7]의 하나인 '흉가'라는 제목은 불운을 암시한다. '강아지'나 '고양이'도 제목과 연관되는 불운을 상징하는 이미지로 사용했다. 작가의 첫 작품으로 해방 공간의 현실을 증언한 리얼리즘 문학이라는 점에서 소설사적 의의가 부여된다.

6) 안건혁, 앞의 기사.

7) 문학적인 장치란 작가가 의미있는 패턴을 창조하기 위하여 작품의 세부를 선택하고 배열하는 방법으로 제목(title), 시점(point of view), 문체(style)와 어조(tone) 등을 포괄적으로 의미한다.

② 「준령(峻嶺)」

『신천지』 67, 1954. 9

1950년대 초 오대산에 숨어서 무장 게릴라[8] 활동을 벌인 빨치산들의 이야기다. 초가을인데도 눈이 내려 온산이 얼어붙은 추운 날 밤이다.

오대산 중복 아지트 15호엔 태백산 지구 제7중대 인원 수명(10 명 미만)이 진을 치고 있다.

> 낙엽이 지면서부터 시작된 섬멸 작전은, 지금까지 당한 어느 전투보다도 치밀한 계획 밑에 이루어진 대규모적인 전투였다.
>
> 전투로 인한 희생자보다 기아와 주림을 이겨내지 못하여 쓰러지 것과 귀순자가 갑절이나 넘었다.
>
> 오늘의 패배도 결국은 무력에 의한 전투 그것보다도 귀순자들에 한 것이 결정적 원인이 되었다.
>
> 그런 까닭에 동수는 적 이상 귀순자를 미워함으로써 자신에 대한 각성을 높이었다.
>
> 최후의 선, 아지트 15호의 참호 속으로 옮긴 지도 벌써 두 삭이 지났다.
>
> 연락 루트의 두절은 지금에야 말할 필요도 없었지만, 그렇지 않다고 원군을 바랄 처지도 아니었다.

8) 무장 게렐라들을 빨치산이라고 한다. 빨치산은 파르티잔(partisan)에서 온 말로 이 작품에서는 비정규 무장 전사, 곧 조선인민유격대로서 1950년대 초 지리산 일대에서 암약하던 무리를 가리킨다. 그들은 산속에 숨어서 주로 밤에 아군의 중요한 군사시설이나 무기고, 관공서들을 대상으로 폭력적인 활동을 하였다.

아지트 15호에 목숨을 걸고 아사를 기다리는 자유, 그것만이 빨치산의 최후였다.[9]

국군의 섬멸 작전에 패한 빨치산 대원들이 공포와 추위 속에서 떨고 있다. 그들의 사기를 떨어뜨리는 중요한 요인은 기아와 귀순자들의 증가다. 죽음에의 공포 속에서 식량마저 떨어지자, 그들은 그대로 앉아 아사하든지, 나가서 군량을 구해 오든지, 아니면 귀순해버리든지 어느 한 가지를 선택해야 할 절박한 상황에 처해 있다. 그리하여 그들은 일단 식량을 구하기 위하여 하산하기로 결정한다. 조직 책임자이며 대장인 상수와 선전책인 철민과 동수를 제외하곤 모두 하산한다. 밤이 되자 주인공 동수는 철민이와 교대하여 보초를 서기 위하여 장총을 거꾸로 짊어진 채 밖으로 나간다.

그는 공포와 불안과 긴장에 싸여 자기를 잊어버리고 있다가 옆구리를 눌러보고 자기가 이 순간까지 살아있다는 기적에 본능적인 기쁨을 느낀다. 그러면서 생각에 잠긴다. 그동안 무엇을 지키려고 이 빙판 위에 서 있어야 했으며 어느 산줄기에 자유가 있다고 뜀박질하고 다녔는가 하고. 그는 절망적인 생각이 들어 총구멍을 자기 이마에 겨누어 보는 순간 자신은 지금까지 자유를 찾으려고 노력한 것이 아니라, 인간에게 부여된 자유를 박탈하려는 존재였다는 생각에 이르자 전율을 느낀다. 순간, 그는 방아쇠를 당기고 그냥 쓰러질 수는 없다고 생각한다. 비로소 자기 자신의 실존을 인식하게 된 그는 달을 향하여 총구멍을 겨누고 방아쇠를 당긴다. 그리곤 통쾌감을 느끼는 것이다.

9) 정한숙, 「준령」, 『신천지』, 1954.9, p.203.

때아닌 총성에 놀란 것은 토굴 속의 상수와 철민이다. 철민이 동정을 살피러 나오자 동수의 웃음소리가 지척에서 들렸다.

> "동수 동무! 적 앞에서 무슨 장난이오……."
>
> 철민을 힐끗 쳐다보는 동수의 눈자위엔 살기가 흘렀다.
>
> "왜! 왜! 총으로 달을 쏘아본 것이 그른가? 노루도 산돼지도 사냥 못 하는 총으로 달을 쏘았다고 혁명이 안되는가? 철민이! 총으로 자유를 구한다는 그것부터 큰 착오임을 나는 비로소 깨달았어……. 철민이, 무기란 사람을 구속하기 위하여 만든 것일 거야…… 하하…… 바보들이지, 바보야…… 자 이젠 나에겐 총이 쓸데없네…… 자네에게 이 총을 주면 나를 구속하고 자네 자신의 자유를 억압할 뿐일세……"
>
> 동수는 낭떠러지 으슥한 그늘을 향하여 들고 있던 장총을 동댕이쳐버렸다.
>
> 바위에 부딪치며 떨어지는 쇳소리가 들릴 뿐이었다.
>
> 철민은 동수의 태도에 별안간 심장의 고동이 높아짐을 어찌할 수 없었다.
>
> 들고 있던 장총 끝을 동수의 가슴패기를 향하여 겨누었다.[10]

총이 자유를 구하기 위하여 만든 것이 아니고 구속하기 위하여 만든 것임을 깨달은 동수가 총을 내동댕이치자, 철민은 당과 조직을 배반한 동수를 처단해야 할 위기 상황에 이른다.

---

10) 정한숙, 앞의 책, pp.207~208.

그러나 철민은 쉽게 방아쇠를 당기지 못한다. 억압과 기아 속에서 자유가 자라날 수 있다는 논리는 인간을 배신한 자들의 음모일 뿐, 자유란 따뜻한 인간이 사는 마을에 있다는 동수의 말에 공감하게 된다. 동수는 자유에 굶주렸으니 자유가 있는 곳으로 간다며 언덕 밑으로 내려간다. 철민은 장총을 버리고 동수의 뒤를 따르기로 결심한다. 그는 그것이 배반의 길이 아니라 정당한 인간에의 길임을 깨닫는다.

이야기는 위기에서 절정을 향하여 빠르게 치솟는다. 산속에선 자유도 없고 혁명의 가능성도 찾을 수 없다는 것을 자각한 철민은 장총을 내던지고 아지트로 돌아가 상수가 있는 동굴에 수류탄을 던진다. 첫 번째 수류탄이 불발하자 두 번째 수류탄을 던진다. 그러고는 상쾌한 마음으로 동수처럼 인간들이 모여 사는 마을을 향하여 언덕을 내려온다.

이러한 사실 구조를 보면 이 작품은 사고의 플롯 중 감정의 플롯을 사용한 작품임을 알 수 있다. 감정의 플롯은 주인공의 태도와 신념이 변하는 이야기 구조다. 어둠 속에서 살육을 일삼는 비인간적인 삶을 청산하고 밝은 곳에서 따뜻한 정을 나누는 인간다운 삶을 시작하겠다는 확고한 태도와 신념을 가지게 된 것이다. 어둠과 밝음은 거짓과 진실, 구속과 자유를 의미하는 대조적인 이미저리다.

단순히 스토리만을 보면 이 작품은 공산주의의 거짓 진실(허구성)을 보여준 것이라 할 수 있다. 그러나 보다 주의를 기울여 심층을 들여다보면 그렇게 간단히 말해버릴 수 없다. 이 작품을 통하여 작가가 말하고자 한 심층적인 주제는 자유에의 의지, 또는 인간애(휴머니즘)의 발견이라 할 수 있겠다.

이 작품은 제재 면에서 볼 때 분단 상황을 다루고 있으므로 분단 문학의 서장을 연 것이라 할 수 있다. 이런 분단 상황에 대한 작가의 눈길은 플롯을 달리하여 뒤의 작품 「고추잠자리」로 이어진다.

③「전황당인보기(田黃堂印譜記)」

《한국일보》, 1955. 1. 15

제1회 《한국일보》 신춘문예 현상 모집에 응모하여 가작으로 입선한 작품이다. 전통적인 미풍을 전아(典雅)한 문체로 그린 작품[11]으로 작가로서의 본격적인 출발을 예고한 작품이다. 이 작품의 배경은 한국전쟁 직후의 서울이다.

전통적인 가치는 교환가치로 계량화될 수 없는 소중한 가치다. 인장(印章)의 장인(匠人)인 수하인(水河人) 강명진(姜明振)은 바로 이러한 가치를 추구하는 예인(藝人)으로, 지난날 같은 길을 걷던 친구인 석운(石雲) 이경수(李慶秀)가 벼슬에 오르자, 그에게 세속적인 것이 아닌 무언가 아취가 있는 물건을 선물해야겠다고 생각한다. 그래서 우연히 구한 전황석(田黃石)에 인면(印面)을 새긴 도장을 들고 이경수를 찾아간다. 상대가 외출 중이어서 수하인은 그것을 그의 아내에게 내놓자, 그녀는 그것을 하찮은 돌조각으로 알고 불쾌하게 여기는 눈치다.

한편, 아내로부터 수하인의 선물을 받아본 석운은 수하인의 격(格)을 인정하면서도 별로 그것이 마음에 들진 않았다.

석운은 수하인에게서 서화를 배워 매화옥에서 20년 동안이나 고생살이하면서 수하인과 벗하며 살아왔다. 일제강점기 때엔 환경이 주는 불만에서 접근했고, 해방 후 벼슬에 이르기까지는 혼란과 울분 속에서 자주 일어나는 불평을 수하인의 격 다른 품격(品格) 속에서 삶으로써 참아낼 수 있었기에 가깝게 지낸 사이였다.

11) 오탁번, 「끈질긴 탐구 정신의 소산」. 『한국현대문학전집』 27, 삼성출판사, 1978.11.15., p.436.

비서인 오준은 주인 석운을 찾아가 수하인의 인장을 보고 그 가치를 폄훼하며, 보다 잘생긴 결재 도장을 새길 때라고 부추기며 인황석 인장을 가지고 나온다. 도장방에 들른 오준은 그 인장을 주고 만 환에 석운의 계혈석(鷄血石) 결재 도장과 자기 몫의 상아 도장 하나를 새겨달라고 한다. 도장방 주인은 오준이 가져온 도장이 수하인의 작품임을 간파하곤, 값이 싸지만 그 흥정에 응한다.

도장방 주인은 수하인으로부터 서법과 도법은 물론 돌을 다루는 법을 배운 젊은 장인(匠人)이다. 그는 일찍 가게 문을 닫고, 인장을 들고 수하인을 찾아간다.

> 젊은 친구는 오준이란 작자가 그 도장을 갖고 와서 결재 도장으로선 어울리지 않는다고 하던 말에서부터 낱낱이 일러바쳤다.
>
> "자네 복일세 …… 술을 좀 하련가?"
>
> 조용히 묻고 난 하수인은 술상을 청했다.
>
> 술을 들면서도 아무런 말이 없는 것이 마음의 동요를 누르려고 애쓰는 것같이 보여 젊은 주인은 오히려 미안스러웠다.
>
> "그것이 전황석일세. 자네 처음이지?"
>
> "네"
>
> 젊은 주인은 전황석이란 말에 주기가 훅 위로 오르는 것 같았다.
>
> "원정 민영익 씨가 쓰던 인장이지 …… 그것이 어쩌다 거부 이모가 갖구 있던 것을 우연스레 구했기에, 석운이 벼슬을 했어도 선사할 것이 있어야지. 그래 보냈더니 마음에 들지 않았던 모양이구만. 자네 손에 갔으니 이제야 제값을 불러줄 사람을 찾은 셈일세."
>
> 수하인이 갖고 가라곤 하지만 젊은 주인은 들고나올 수가 없

었다.[12]

계혈석에 도장을 새겨 주기로 하고 수하인은 그것을 받아둔다. 버릴 수 없는 친구에게 버림을 받은 듯싶어 수하인은 섭섭해한다.

이튿날 수하인은 약속대로 계혈석에 포자(布字)를 써 보았으나 손이 떨려 작업을 계속할 수가 없어 도장포 주인을 찾아가 겨우 포자만 써 주고 돌아오면서 칼을 버릴 결심을 한다.

참지 한 권을 사가지고 돌아온 수하인은 전황석 한 방을 꺼내어 다시 본다.

> 돌에 묻어 있는 손때의 아운(雅韻)과 그 고졸(古拙)한 품에, 수하인 손끝엔 새로운 흥분이 흘렀다.
>
> 참지를 접어 한 권의 책을 맨 수하인은 간격을 잡아가며 천을 헤아리는 인장을 기억에 떠오르는 대로 비교적 연대순을 따져 찍었다.
>
> 물론 전황석 한 방도 맨 나중에 찍어 놓았다.[13]

> 어떤 것은 지나치게 청아(淸雅)한 선이 경한 것 같았고, 때로는 둔한 획이 마음에 들지 않는 것도 있었지만, 끝으로 전황석 한 방만은 수하인으로서도 나무랄 점이 없었다. 아(雅)하고 담(淡)한 것이 산홍의 숨길이라면 뭉친 획은 수하인의 절정에 이른 품(品)이요 지(志)였다.[14]

12) 《한국일보》 1955.1. 16. 문화면
13) 앞의 신문, 같은 면.
14) 앞의 신문, 같은 면.

'전황당인보기'는 이렇게 해서 탄생된다.

이 작품에는 여러 유형의 인물들이 등장하여 각각 독특한 인성을 드러내고 있다.

주인공 수하인 강명진은 전통적 가치의 수호자다. 이에 비해 석운은 전통적인 가치의 세계로부터 물질적 가치의 세계로 방향을 돌린 반물반정적인 인물이다. 그리고 석운의 아내가 물질적인 가치를 좇는 여인의 전형이라면 석운의 비서인 오준은 철저하게 속화된 물신주의적 인물이다. 그런가 하면 서하인의 제자인 도장방 주인은 전통적 가치의 수호자는 아니지만 그 가치를 알고 있는 인물이다.

이 밖에도 인보기(印譜記) 탄생 과정에 보이지 않는 내밀한 역할을 한 산홍이란 인물이 있다. 그녀는 수하인이 젊은 시절에 처음으로 머리를 얹어준 기생 출신 여인이다. 수하인의 아내가 죽은 뒤, 산홍이는 그의 옆에서 차를 다리며 서화를 즐기면서 남은 인생을 살아왔다. 석운의 아내와는 대조적으로 전통적 가치관을 지닌 아름다운 인물로 부각돼 있다. 이렇듯 여러 인물의 성격이 살아있으므로 이 작품에서의 성격 창조는 큰 성공을 거둔 것으로 평가할 수 있다.

「전황당인보기」는 우리의 전통적 가치를 집대성한 문화재의 한 상징이다. 따라서 아무리 시대가 바뀌어도, 이러한 전통적 가치의 추구는 민족의 혼을 살리고 미래의 찬란한 민족문화 창조의 바탕이 되므로, 반드시 계승하고 발전시켜야 한다는 게 작가의 신념임을 알 수 있다. 이 작품은 프리드먼이 말하는 '운명의 플롯' 중의 하나인 감상적 플롯(The sentimental plot)으로 짜여졌다. 감상적(感傷的) 플롯은 수난(受難)의 플롯(Plot of suffering)이지만, 불운의 위협을 이겨내어 필경은 모든 것이 잘 되는 공감적인 주인공이 포함되며 긴 안목에서의 희망을 바라볼 수 있는 이야기의 짜임새다. 주인공인 수하인은 시대의 유물인 전황석의 장인이지만, 그가 이룩한 예술적 성과는 문화재로서 길이 보존되어야 할 것이다. 이 작품은 이런 전통적인 가치에 대한 애착(동경)을 주제화한 것이다. 주인공에 대한 작가의 태도에서 독자는 복고적인 어조(tone)를 발견할 수 있다.

④ 『황진이(黃眞伊)』

《한국일보》, 1955. 1. 19~9. 30

작가의 첫 장편소설이자, 신문에 연재된 역사물이다. 황진이(黃眞伊)는 조선시대 중종조의 명기로서 아름다운 용모와 총명함을 지녔을 뿐만 아니라, 시서(詩書)와 음률에 뛰어났고 특히 교방(敎坊) 여인의 정한을 시조나 한시로 표상한 이 땅의 드문 여류 시인이었다. 그러기에 이런 인물의 성격을 작가가 어떻게 창조해냈는지가 궁금해진다.

우선, 3인칭 전지자 시점에서 진이의 소녀 시절을 묘사한다. 문벌이 높은 황진사의 딸로 태어나 좋은 환경에서 자라난 16세의 진이는 이미 시서(詩書) 백가(百家)를 읽은 교양미를 지닌 처녀였다. 그러나 어느 날 뜻하지 않은 사건에 연루되어 충격을 받는다. 옆집 총각이 진이를 흠모하다 병사하는데, 마당 한 가운데 놓인 관이 움직이지 않아 사람들이 수군거린다. 예사롭지 않은 일이다. 총각의 넋이 진이를 잊지 못한다는 둥, 진이가 안고 쓰다듬어 줘야 한다는 둥 중구난방이다. 이윽고 구설액(口舌厄)을 염려한 진이 어머니가 진이의 생갑사 겹저고리를 내주어 그것을 관에 올려놓자 관이 움직이기 시작한다. 그런 광경을 지켜본 진이의 눈에 눈물이 고이니, 총각의 죽음으로 인한 진이의 심문(心紋)이 얼마나 컸던가를 헤아리게 된다.

> "영혼이 인간의 마음일진댄 마음은 육신의 정신이련만, 심신의 즐거움이란 상치되는 것일까…… 육신의 즐거움이 영혼의 기쁨에까지 승화할 수 없는 것 따위는 인간의 시초부터의 모순이 아닐까?"
>
> 그러나 총각의 죽음엔 그런 모순이 없는 것 같지 않았다. 그런

까닭에 진이는 더 슬프고 괴로웠다.

그의 병든 마음은 육신을 끌어갔고, 병들어 쓰러졌던 몸은 그의 마음마저 담아가고 말았으니 그지없이 애달플 뿐이었다.[15)]

진이는 총각의 병든 마음이 그의 육신까지 끌어간 것을 몹시 애달파하면서 문득 자신의 육신으로 병든 사람들의 마음을 치유하고 싶다는 생각을 하게 된다. 이윽고, 상사(相思)의 즐거움은 마음의 것이 아니라 육신의 것임을 깨닫자, 그 육신의 즐거움을 막는 것이 문벌이라는 장벽일진대 자기는 그것을 무너뜨려, 내방(內房)의 요화(姚花)의 탈을 벗어버리고 미색을 탐하는 사내 옆으로 가겠다는 결심을 한다. 이것만이 죽은 총각의 영혼을 위로하고 자기가 짊어져야 할 업원(業冤)을 푸는 길이라는 확신을 갖기에 이른 것이다.

이것이 진이가 규방(閨房)과 문벌(門閥)을 박차고 나와서 기생이 된 이유다. 남자들에게 육신의 즐거움을 줌으로써 그들을 구원하겠다는, 당시는 물론 오늘날에도 상상조차 하지 못할 기발하고도 파격적인 생각인 것이다.

진이는 스스로 관부 기적(妓籍)에 이름을 올려 굴욕과 복종의 미덕을 배운다. 우선 거처인 천수원으로 찾아온 송유수(宋留守)를 상대한다. 그는 시경(詩經)을 읽고 젊잖은 척하지만 육체를 탐하는 욕정적인 사내였다. 진이는 그와 주안상을 앞에 놓고 풍류 주색(酒色)의 정을 나눈다. 물속에 텀벙 뛰어들어 모험을 즐기는 개구리의 용기를 생각하며 운우(雲雨)의 정을 나누면서 열락(悅樂)의 밤을 보내는데, 이 일로

15) 정한숙, 『처용랑/황진이』, 『한국역사소설문학전집』 12, 을유문화사, 1975.1., p.403.

인해 간특(奸慝)한 애기(愛妓)인 계섬의 시샘을 받아 유수의 소실 춘화와도 사이가 나빠진다.

하지만, 유수가 가고 나자 처음으로 순결을 바친 그에 대한 애틋한 그리움을 느끼면서 "어저 내일이야 그릴 줄 모르던가"라는 시조를 읊조린다. 진이는 진정으로 송유수를 사랑한 것인가? 송유수는 진이의 첫 남자였다. 진이는 무엇보다 그를 통해 '상사(想思)의 즐거움'을 영혼에까지 승화(昇華)시키겠다는 자신의 꿈을 이루고 싶었던 것이다. 그 꿈의 실현이야말로 마음에 병이 있는 자에 대한 그녀의 구원이요 사랑이라고 생각했으나 진이는 사흘 동안 유수와 육체적 쾌락의 신비경에 빠져 정신을 잃고 말았으니, 그녀의 첫 모험은 실패로 끝났다고 볼 수밖엔 없다. 이는 그들의 관계가 오래 지속되지 못한 데서도 알 수 있다. 진이는 마음의 즐거움을 영혼의 즐거움으로 승화시키는 진정한 사랑을 그에게 주지 못했던 것이다.

두 번째로 만난 인물이 왕족 벽계수(碧溪水)로, 색(色)에 훼절(毁節)하지 않고 정남(貞男)을 뽐내는 인물이다.

> 성인 공자가 말하길 남녀칠세부동석이라 했으니, 벽계수는 무엇을 말하는 글귀인지도 모르는 무식한(無識漢)인 것 같았던 까닭이다.
>
> 여하간 진이는 정남이라고 자칭하는 벽계수라는 친구를 만나고 싶었다.
>
> 그것도 유수의 말에 의하면 어떤 미색에도 동하지 않는다고 장담하며 진이 자기를 보러 온다 하니 이 말은 진이에게 모욕이 아닐 수 없었다.
>
> 벽계수가 그런 의도로 송도까지 온다면 진이로서도 계략이 없을

수 없었다.

마음껏 농락하고 싶을 뿐 아니라, 그와 더불어 시문을 견주어보고 싶은 생각도 일어났다.16)

미색에 동하지 않고 정남(貞男)이라고 자칭하는 벽계수란 사람에 대한 진이의 생각은 애당초 사랑을 나누고 싶은 상대가 아닌 농락(籠絡)의 대상이었다. 그러기에 송유수가 개최하는 만월대에서 그를 만나자 시조로 의중을 떠본다. "청산리 벽계수야 수이감을 자랑 마라, 일도 창해하면 다시 오기 어려워라. 명월이 만공산하니 쉬어간들 어떠리'란 즉흥시였다. 진이는 벽계수에게 추파를 던지곤 잠시 장막 밖으로 나간다. 고목 아래서 지난봄 만월대에서 놀며 읊었던 '만월대 회고시'를 다시 읊조린다. 봄이지만 가을이 된 것 같은 서글픔을 느낀다.

한편, 벽계수는 진이의 노래 속에 감추어진 속내를 간파하고 밖으로 나갔으나, 마신 술을 토해낸 뒤 그녀의 행방을 찾다가 도랑 밑으로 굴러떨어져, 얼굴이 찢어지고 팔꿈치를 다친다, 뜻밖에도 진이가 그의 곁으로 다가와 부드러운 손길로 그의 머리를 매만져주고, 따스한 손끝으로 핏자국을 쓰다듬어 주니, 감격한 벽계수는 덥석 진이의 손을 쥐고 만다. 진이는 살짝 손을 뽑곤 일찍이 품은 '문벌에 대한 도전과 파괴'라는 생각을 떠올린다. 그런 점에서 벽계수와의 싸움은 진이의 완벽한 승리로 끝난 것이며, 결과적으로 진이는 벽계수의 영혼을 구제한 셈이다.

16) 정한숙, 『처용랑/황진이』, 『한국역사소설문학전집』 12, 을유문화사, 1975.1., p.403.

진이는 송유수 자당(慈堂)의 수연(壽宴)에 소복하고 갔다가 계심의 농간으로 유수로부터 소복한 이유를 추궁당하자, 천수원으로 돌아와 두문불출, 그와의 관계가 완전히 끊고 만다.

이때 등장한 사람이 양곡(陽曲) 소학사(蘇學士)다. 진주 태생으로 문장이 출중하고 지견이 뛰어난 데다가 효성도 지극한 사람이었다. 첫눈에 황홀감을 느낀 순간 진이는 그의 시재에 경탄했다. 앳되고 젊은 그의 품속에 안기고 싶은 욕망이 끓어올라 그에게 한껏 열정을 쏟는다. 평생 잊지 못할 사람으로 생각했으나, 이튿날 그가 떠나려 하자 누대 위에 자리를 마련하고 붙잡아 놓고 고려가요 '가시리'를 부르며 그를 보내고는 살 수 없을 것 같은 심회를 털어놓으며 한 연의 시문도 짓는다. 이별의 슬픔과 그리움을 표현한 시문이다.

그래도 소학사가 떠나자, 진이는 서책과 시문을 벗하며 살면서, 그에 대한 간절한 그리움을 담은 시조 두 수를 창작한다. "내 언제 신(信)이 없어 님을 어제 속였관대, 월침삼경(月沈三更)에 온 뜻이 전혀 없네. 추풍에 지는 잎 소리야 낸들 어이 하리"와 "동짓달 기나긴 밤을 한 허리를 버혀내어, 춘풍 이불 아래 서리서리 넣었다가, 어른님 오신 날 밤 굽이굽이 펴리라"가 그것들이다.

소학사는 진이가 진정으로 사랑했던 인물임에 틀림없다. 그의 영혼을 구제하기보다는 되려 그 영혼의 품에 안기고 싶어했던 사람이다. 그러나, 그런 사람들과의 만남이 오래오래 계속될 수 없었던 것은 야속한 운명의 아이러니였다. 그와 오래 함께했다면 진이는 더 많은 명시문(名詩文)을 남겼을 것이다.

다음에 진이가 만난 사람은 선전관(宣傳官) 이사종(李四宗)이다. 소학사로부터 소식을 듣고 찾아왔다고 했다. 진이가 그 앞에서 거문고 줄을 고르자, 그의 손이 밥상 가장자리를 친다. 둘이 일어나 덩실덩실 춤도 춘다.

어느새 사종의 품에 안긴 진이는 마냥 기쁘고 만족해한다. 진이는 그와 3년을 함께 보내고 나서 한양으로 올라가 남산 기슭에서 또 6년을 살았으나, 이사종은 다시 송경으로 돌아가서 살면 어떻겠느냐며 진이를 배로 임진강 나루터까지 태워다 준다. 그는 왜 진이를 송경(松京)으로 보냈을까? 작가는 말이 없다. 젊은 진이의 인생을 자기가 막고 있다 싶었던 게 아닐는지. 진이의 두 번째 인생은 다시 송도(松島)에서 시작되었다.

그 뒤로 진이는 기적에서 떨어져 나간 자유로운 몸이 되었는데, 이때 서울 한량(閑良) 이공(李公)이 찾아온다. 시문(詩文) · 창(唱) · 관상(觀相) · 역학(易學)에 두루 밝은 사람이다. 어느 날 그와 승지(勝地) 유람에 나선다. 우선 금강산을 향해 출발한다. 빼어난 절경을 구경하면서 '나비야 청산 가자'라는 속가(俗歌)를 부른다. 자연과 하나가 되어 청산으로 가고 싶다는 노래다.

금강산 관광을 마치자, 지리산 쪽으로 방향을 바꾸었다. 대관령을 넘어 횡계(橫溪)로 갈 즈음에 전량(錢糧)이 떨어졌다. 인가의 도움을 받고자 계곡을 내려간 이공과 길이 엇갈려 홀로 나주골로 향했다. 중간에서 숯 굽는 청년들에게 잡혀 큰 고통도 겪는다.

천신만고 끝에 진이는 다시 송도로 돌아왔다. 승지 유람은 진이에게 자연에 대한 친애감밖엔 큰 수확을 가져다주지 못했다. 육체의 즐거움을 통해 세상을 정복하고자 했던 그녀는 그것이 덧없는 꿈이자 이상이었음을 뼈저리게 깨닫는다. 육체적인 즐거움이 아닌 보다 심오한 궁극의 즐거움을 찾아야 한다고 생각했으니, 그것은 고고담담

(孤高淡淡)한 정신적인 즐거움이다. 만석(萬錫) 선사와 화담(花潭) 선생의 이야길 듣고 새로운 자기 발견과 자기 수련을 하고픈 충동을 느낀 나머지, 진이는 속세와 인연을 끊기 위해 서책을 불사르고 가야금 줄을 끊어버린다. 불교는 과거의 종교요, 시대를 등진 낙오 사상이므로 지족선사(知足禪師)를 만날 생각은 없었다. 주자학의 존심(存心) 양성에서 즐거움을 찾을 수 있을 것이라고 생각한 진이는 화담(花潭) 선생을 찾아간다. 온후한 화담 선생 앞에서, 젊은 유생들 사이에 앉아 열심히 강(講)을 들었다.

화담이 조문을 간 사이에 본 유생들은 허장(虛張)·가식(假飾)이 많은 까막까치 무리 같았다. 그들은 학문의 극(極)을 궁구(窮究)하지 않고, 위인지학(爲人之學)이니 위기지학(爲己之學)이니 하는 지엽적인 문제를 가지고 싸운다. 그들 중 생쥐 같은 한 사내가 같이 토론하던 친구들이 가버리자 진이의 손을 잡고 허리를 껴안는다. 진이는 발로 질화로를 뒤집어엎는다. 저물 무렵 화담이 돌아오자, 사람이 죽으면 어찌 되느냐고 묻는다. 사생인귀(死生人鬼)는 둘이면서 하나라고 화담이 말한다. 저녁상에 반주를 권하자, 선생은 석 잔만 마신다. 밤이 깊어, 갈 수가 없다고 하자 윗목에서 자란다. 진이가 겉옷을 벗고 잠자리에 들자, 선생은 고불(古佛)처럼 앉아 고서를 읽는다. 새벽에 일어나 보니 잠자리가 바뀌었다. 나갔다 들어오니 화담이 윗목에 정좌해 있다. '더 자라'는 자애로운 음성이 들린다.

한 치의 흔들림도 보여주지 않는 화담이다. 이런 분에게서 정신적인 즐거움을 배울 수는 없을 것 같아 진이는 산을 내려오지 않을 수 없었으나, 마음을 고쳐먹고 마지막으로 지족선사를 찾아간다. 30년을 수행한 선사는 백팔 염주를 손에 건 채 선좌하고 있다. 진이는 소복 차림으로 선사에게 허리를 굽히고 청을 드린다. 양친을 잃고 외숙 밑에서 자랐는데, 성례(成禮) 전 배필을 잃어 승려가 되고 싶어 찾아왔다 했다. 대사는 선원(禪院)을 찾아가는 게 좋겠다고 말한다. 대사님 옆에 두어달라고 청했으나 거절당한 다음 날 선원을 찾기로 하고, 암자 구석진 방에 있다가 법당 앞으로 가서 선사를 정욕(情欲)으로 유혹할 생각을 하나, 대사는 목탁만 두드릴 뿐 요동이 없다. 허탕이었다.

유월에 진이는 소복단장을 하고 다시 암자를 찾는다. 시집간 지 한 달 만에 남편이 죽어서 다시 왔노라 했지만, 대사는 재(齋)를 올릴 준비에 바쁘다. 날이 어두워지자, 빗방울이 떨어지니 진이의 가슴이 뛰기 시작한다. 우레에 이어 번개가 일자, 밖으로 뛰쳐나와 빗발을 뒤집어쓴다. 진이는 법당으로 올라가 배를 움켜쥐고 배가 아프다며 불단 앞에 쓰러져 선사의 손을 끌어다 밑배에 대고 누르며 배를 꽉 쓸어달라고 고통스레 애원한다. 선사의 손길에서 진이는 화끈거리는 열기를 느끼자, 선사의 손을 허리춤 밑으로 끌어당겨 목덜미에 매달려 애원하니, 이윽고, 진이를 안은 선사가 부처와 보살들의 눈길을 피하기 위해 불당 밑으로 뛰쳐든 순간, 그 서슬에 불단이 쓰러지고 불이 꺼지고 부처가 굴러떨어진다. 선사가 진이를 안고 밖으로 나오니, 비는 여전히 퍼붓고 우레가 울고 번개가 치는 바람에 선사는 선 채로 진이의 엷은 입술을 빨곤, 세파를 물리치고 이기고 사는 순간이 열반(涅槃)의 나라라고 여기면서 행복감에 잠긴다.

우리가 알고 있는 설화 속 황진이의 모습과는 딴판이다. 진이의 욕망이 선사를 파계(破戒)의 구렁텅이로 몰아넣었으나, 상대방은 이를 통해 이승의 행복을 찾았으니, 실로 아이러니가 아닐 수 없다. 진이의 입장에서 보면 이는 육신의 즐거움을 통한 인간 구원에 성공한 것이다. '문벌(門閥)'로 표현되는 인간의 정치적 · 사회적 · 경제적 · 문화적 · 계급적 · 종교적 장벽을 모두 무너뜨리고 한꺼번에 인간의 영혼을 구원한 것이다.

그러면, 진이는 자신이 말한, 보다 심오하고도 궁극적인 즐거움을 찾은 것인가? 그렇게 볼 수밖엔 없다. 지족선사에게 행복을 찾아주고 자신도 정신적인 즐거움의 세계를 찾았기 때문이다. 진이는 고통을 이겨내고 승리를 쟁취한 공감적인 주인공이다. 따라서, 이 작품은 감상적(感傷的)인 플롯을 사용했다고 할 수 있다. 이러한 이야기를 통해 작가가 말하고자 한 것은 아마도 인간 구원에 대한 열정이 아닌가 싶다. 이 작품은 고전과 역사에 대한 현대적인 새로운 해석과 창조 정신의 발현이라는 점에서 그 가치를 높이 평가할 수 있겠다.

⑤ 「금당벽화(金堂壁畵)」

『사상계』 24, 1955. 7

교육성이 강한 역사물로서 정한숙의 대표적인 단편의 하나로 평가받고 있는 작품이다. 이 작품이 발표될 무렵 작가는 이미 《한국일보》에 장편 역사소설 『황진이』를 연재하고 있었다.

『일본서기』(日本書紀)를 비롯한 역사적인 기록에 의하면 「금당벽화」의 주인공인 담징(曇徵)은 고구려의 승려 화가로서 오경(五經)과 채화(彩畵)에 능했으며 610년 법정(法定)과 함께 일본에 가서 오경(五經)·채화·공예·종이·먹·칠·연애(碾磑) 등을 만드는 법을 가르쳤으며, 법륭사(法隆寺)의 금당벽화(金堂壁畵)를 그린 인물로 나타난다.

역사적인 소재나 인물을 다루었으나, 역사와 소설은 다른 것이다, 소설은 허구이므로, 이 소설에 나오는 담징은 역사 속의 담징이 아니라, 작가가 창조한 새로운 인물상이다.

작가는 주인공인 담징이 금당벽화를 완성하기까지의 내적인 갈등을 심도 있게 추적해 나갔는데, 그 주된 무대가 일본의 법륭사다.

제시부에서 담징은 자신의 예술적 포부를 실현하기 위하여 조국을 떠나왔지만, 위기에 처한 조국을 버리고 온 데 대한 자책감에 시달린다.

> 담징은 바위에 앉은 채 움직이려 하지 않는다.
>
> 서녘 하늘은 붉은 빛을 금긋는가 하면, 자줏빛 구름이 솟구쳐 흐르고, 그것이 퍼져 다시 푸른 바탕으로 변하면 하늘은 자기 재주에 겨워 회색빛으로 아련히 어두워 간다.

돌바위에 기대앉은 담징은, 한순간도 쉬지 않고 서녘 하늘을 쳐다보고 있다.

그의 동광(瞳光)은 하늘빛을 닮은 듯 담뿍 부풀어 올랐던 희열의 빛이 잦아들며, 몽롱한 꿈속에 잠기는 듯 흐려졌다.

기지개를 켜고 자리를 옮겨 앉은 담징은 묵묵히 고개를 수그리고 있다.

고국의 향수에 못 이겨 나그네의 신세를 슬퍼하는 것은 아니다.

애(磑)를 만들어 이 땅의 사람을 경탄케 한 것도 벌써 이삼 삭전 일이었다.

그러나 담징의 사명은 그것에 있지 않았다.

생각하면 고국을 등진 지 삼 년.

보시의 길을 떠나, 백제 땅을 거쳐 신라에 머물다 도왜(渡倭)한지도 지금엔 어언 이 년이란 세월이 흘렀다.

이름이 종교적 보시(布施)였지, 기실 담징에겐 수학의 길이나 다름없었다.

준엄한 산악 …… 그리고 북방 오랑캐들의 침범에 의한 끊임없는 전란 …… 담징은 고국의 땅 고구려에선 편안히 화필을 부여잡고만 있을 수가 없었다.

말하자면, 자기의 예술적 포부를 마음대로 발휘할 수가 없었던 까닭에, 종교적인 보시라는 명목 밑에, 수학의 길을 떠났던 것이다.

고국을 떠나 백제에 놀고 백제를 거쳐 신라에 배운 담징은 때마침 왜국의 초빙에 응하였던 것이다.[17]

---

17) 정한숙, 「금당벽화」, 『사상계』, 1955.7., p.84.

보시(布施)의 생활을 하면서도 고구려인의 긍지를 잃지 않았던 떳떳한 조국이었다. 지금 그 조국의 북방이, 오랑캐들의 발굽 아래 휩쓸려 들려는 순간, 조국으로 돌아가지 못하고, 오히려 조국을 등지려 하는 담징으로선 견딜 수 없는 고민이 아닐 수 없었다.

담징의 고뇌는 조국에 대한 사랑과 예술적 성취욕 사이에서 빚어진다. 이 갈등의 해소 없이는 벽화를 완성할 수 없었다.

담징은 호류사(法隆寺)에 기거하며 주지 스님에게 벽화를 그리기로 약속한 지도 7~8개월이 지났지만 화필을 잡을 수가 없었다. 수양제(隋煬帝)의 말발굽 아래 신음하는 조국의 환영이 그를 괴롭힌다. 이런 사정을 모르는 왜승들은 그를 크게 비방한다. 화공(畫工)을 가장한 불량배라고 왜승들에게 매를 맞아 피를 흘리는 꿈을 꾼다. 이렇게 갈등은 더욱 심화된다. 번민에 찬 담징은 염주를 들고 대웅전을 찾는다. 불을 밝히고 마음을 가다듬어 합장을 했지만 몰아치는 바람에 불이 꺼진다. 조국의 현실에 대한 불행한 암시인 듯하여 담징은 더 괴로울 수밖에 없다. 이러한 전개는 자칫 파국으로 치달을 수 있는 위기의 순간을 내포한다.

조국에 도움도 못 되면서 포부도 펼치지 못한 자책감을 느끼면서 법당을 나서다 주지 스님과 마주친다.

> "기뻐하소서. 양제의 이백만 대군이 을지문덕 장군의 한칼 밑에 가랑잎같이 부서지고 말았나이다. 대사가 금당벽화를 착공할 때가 왔나보이다."[18]

18) 같은 책, p.90.

주지가 고구려의 승전보를 알려주자, 담징은 북받쳐 오르는 희열과 함께 자비로운 불심을 느낀다, 목욕재계하고 화필을 잡는다. 그의 손은 무학(舞鶴)같이 벽 앞에 나는가 하면, 용의 초리 같이 벽을 스친다. 드디어 마지막으로 미간(眉間)에 일 점을 찍었다.

모든 사람들은 지상열반의 세계에 도취하여 합장한 채 꿇어 엎드린다.

인간고의 종교적 승화를 주제로 한 작품이다. 감상적인 플롯이다. 불운의 위협을 이겨내는 공감적 주인공의 모습을 볼 수 있다. 이러한 플롯은 희극적 플롯과 연관이 있다.

담징은 도덕적이며 천부적인 재능을 지닌 예인(藝人)이자, 조국에 대한 애정이 강한 인물로 창조되었다. 개성과 시대성이 잘 드러내고 있는 인물이다. 한편, 왜승들은 꿈속에서도 그를 괴롭히는 비열한 인물들인데, 다만 주지는 그들 사이에서 주인공의 벽화 완성을 위해 참고 이해하면서 도와주는 초월적 · 달인적 · 예지적(叡智的)인 인물로 창조되었다.

> 붓을 놓고 그는 빙그레 웃으며 다시 화면을 쳐다보았다.
>
> 범할 수 없는 관음상이여…
>
> 그리운 사람의 환상마저 잊으려는 담징의 각고의 노력에 의하여 열반의 상징, 보살이 이루어졌도다.
>
> 벽면엔 저녁노을이 이루어졌도다.[19]

19) 같은 책, p.92.

작중 인물에 대한 서정적이면서도 영탄적인 표현은 정한숙 소설에서 발견하게 되는 특이한 문체적 특징으로 지적된다. 이는 작중 인물에 대한 작가의 깊은 애정과 경외감을 북돋워 준다.

1970년대부터 고교 국어 교과서에 수록되어 청소년들의 애독을 받은 것이 정한숙 소설의 대표작으로 정립되는 결정적인 계기가 되었다. 이 작품에서 작가는 담징의 예술혼을 조국애로 치장했다, 정한숙의 역사소설에 나오는 인물들은 항시 특이한 의상을 입고 친숙한 얼굴로 다가온다.

⑥ 「고가(古家)」

『문학예술』 16, 1956. 7

봉건적 씨족 사회가 안고 있는 복잡한 문제를 다룬 작품이다. 이 작품은 일제 말기부터 한국전쟁 직후까지의 경상북도 영주의 장동김씨(壯洞金氏) 종가 마을을 배경으로 삼고 있는데, 그 종가의 종손인 주인공 필재(弼載)는 봉건적 질서의 권화(權化)인 조부로부터 유교적인 교육을 받으며 성장한다.

> 필재가 아홉 살 나던 해에 같은 마을 애들이 보통학교엘 다 다녀도 할아버지는 필재의 땋아 늘어트린 머리를 깎아주려 하지도 않았고 앞마당에 새로운 정자를 세우고 필재로 하여금 작년이나 다름없이 거기서 하루 세 번 할아버지 앞에 강(講)을 외어 바치게 했다.
>
> 할아버지는 군자는 문방사우를 즐겨야 한다고 하며 이 어린 증손을 위하여 정자의 이름을 사우정(四友亭)이라 했다.[20]

조부가 마을로 마실을 나간 날 숙부가 불러 찾아가니 '더운데 그놈의 머린 길러 뭘 하니……'하며 깎아 버리자고 하자 필재는 반가우면서도 할아버지의 책망이 두려워 망설인다. 숙부는 필재를 잡아당겨 놓고 머리꼬리를 기계로 잘라버린다. 시원했지만 걱정이 되었다. 어머니는 사랑방엘 나가지 말라고 당부한다. 며칠 후 숙부는 필재를 데리고 보통학교에 가서 일본인 교장을 만나 학교에 입학을 시킨다.

---

20) 앞의 책, p.59.

봉건주의자인 조부는 집안의 큰 어른으로서 온갖 특권을 행사하며 정실 아내가 있음에도 불구하고 젊은 종을 첩으로 삼아 서자까지 낳는다. 이로 인하여 조부와 조모의 갈등과 함께 조모끼리의 적서(嫡庶) 갈등이 첨예화된다. 숙부는 이러한 조부의 봉건주의적 사고에 정면으로 반기를 드는 새로운 시대의 인간형이다. 그러나 그는 집을 떠남으로써 조부와의 충돌을 피한다. 남아있는 필재만이 조부에게 회초리를 맞는다. 작은할머니의 추문(醜聞), 숙부의 죽음, 숙모의 자살, 조부의 죽음 등의 사건이 잇따르면서 집안이 쇠락(衰落)의 길로 들어선다.

필재는 서울로 올라가 전문학교에 들어가나 발악하는 일제의 등살에 밀려 시골로 내려온다. 중학생이 된 작은할머니 소생인 태식(太植)이를 위하여 학생복을 사 오자, 종놈의 아들에게 무슨 양복이냐고 할머니로부터 핀잔을 받는다.

일본이 망하고 독립이 되자, 필재는 태식에게 함께 서울로 가자고 권하자 해방이 되었는데 공부는 해서 뭣 하느냐고 거절을 당한다. 조모상을 당하자 태식은 상복도 입지 않고 노름판에 섞여 술만 퍼마신다. 필재는 집안의 머슴 딸 길녀(吉女)에게 마음이 기울어 서울 갔다 올 때까지 기다려 달라고 말하고 서울로 올라간다.

다시 귀향했을 때 한국동란이 터진다. 공산군 세상이 되자, 재너머 이씨 마을 사람들이 득세를 과시한다. 태식이는 공산당에 가입하여 우쭐대며 길녀를 부역(賦役)에 끌어들인다.

국군이 인천에 상륙하자, 태식은 자기 어머니를 괴롭혔던 할머니의 집채에 불을 놓고 입산을 한다. 그를 따라갔던 길녀는 하산하여 사우정 대들보에 목을 맨다.

마을이 수복된 얼마 후 길재의 어머니마저 세상을 떠난다. 낡아빠진 집의 희생물이었다는 생각을 하다가 필재는 집을 정리할 결심을 하고 종친들을 만난다. 불타다 만 종가를 개축하고 자리를 잡고 살면서 출마하라는 종친들의 권유를 받으나 필재는 단호한 결정을 내린다.

> 종파를 나누고 문중을 따지고, 모든 이 나라의 비극은 종가를 중심해서 벌어진 것 같았다. 그것을 뼈저리게 느낀 것이 필재 자기요, 그 희생자가 태식이와 길녀인 것만 같았다.
>
> 길녀는 어떤 일이 있어도 그런 일을 다시는 반복시킬 순 없었다. 길녀는 끝끝내 견디다 이렇게 한 마디 던지곤 밖으로 나와 버렸다.
>
> "종가를 팔아치운다는 것은 도의상 안 됐지만, 그것은 내 개인 소유의 재산이 아니겠소……."
>
> 여러 잡음이 듣기 싫었던 까닭에 필재는 기어코 쏘아붙였던 것이었다.
>
> 오십여 명이 둘러앉은 자리가 별안간 소란스러워지는 것 같았다.
>
> 밖은 그대로 어둡기만 했다, 이 어둠이 가시면 새 아침이 오듯이 종가도 종손도 허물어짐으로 하여 진정 길녀나 태식이나 자기 같은 사람들이 행복하게 살 수 있는 날이 올 것만 같았다.[21]

감상적 플롯이다. 인간은 누구나 행복하게 살아야 할 권리를 가지고 태어난 존엄한 존재다. 문벌과 족보를 따지는 봉건적인 사고와 행

21) 정한숙, 「고가」, 『문학예술』, 1956.7., p.83.

위는 인간의 행복권과 존엄성을 가로막는 근본적인 장애 요인이다. 이러한 요인을 청산하지 않고는 새로운 시대를 인간답게 살아갈 수 없다는 것이 작가의 신념인 것 같다. 작가는 이 작품의 주제를 '봉건적인 비극의 표출'22)이라고 말했다. 그러면 이러한 비극을 통하여 작가가 진정으로 말하고자 한 바는 무엇이었을까? 새로운 시대를 살아가기 위해서는 봉건 의식의 청산과 새로운 가치관의 정립이 필요하다는 것을 말하고 싶었던 것이 아니었을까 한다. 그렇다면 이 작품의 심층적인 주제는 봉건 질서에 대한 개혁의 의지라 할 수 있을 것이다. 이 작품은 개화기를 거쳐 오늘에 이르기까지의 한 가문의 역사를 다루었다는 점에서 단편으로 보기보다는 중편으로 보는 것이 온당하다고 생각한다.

22) 정한숙, 『소설기술론』, 고려대학교 출판부, 1973.1., p.63.

⑦ 『암흑(暗黑)의 계절(季節)』

『문학예술』 23~28, 1957. 3~8

1951년 1·4 후퇴시부터 1953년 휴전협정 조인 시까지의 한국전쟁을 배경으로 한 피난민 가족의 비극을 다룬 작품이다. 이야기는 주인공의 고난과 가족들의 죽음으로 요약되지만, 그 과정이 매우 디테일하고 복잡하므로 우선 그 비극의 얼개를 따라가 보기로 한다.

① 1951년 1월, 중공군이 서울로 쳐들어온다는 소문에, 주인공 경옥(敬玉)은 납북된 아들을 기다리며 극진히 칠성을 올리는 시모(媤母)를 설득하여, 친정 식구들(부모와 남동생)과 함께 피난길에 오른다.

② 영등포역에서 화물칸 지붕 위에 간신히 자리를 잡자 옆자리엔 병든 아기를 안은 젊은 여인이 타고 있다. 기차가 가다가 멈춘 사이 아기가 죽는다. 수원역에서 먹을 것을 구하기 위해 경옥과 여인이 잠시 하차한 사이, 기차가 떠나버려, 두 사람은 피난민 물결에 휩쓸린다. 경옥의 아버지(최찬수)는 죽은 아이의 시체를 공중에 던져 버린다. 그는 아들 경식이가 차에서 떨어진 것을 뒤늦게 간파하곤 오산에서 내려 철길을 걸으며 아들을 찾는다.

③ 기차를 놓친 두 여인은 거리 밖으로 나가 각기 죽은 아기와 시모를 생각하며 걷는다. 갑자기 찝차가 옆에 와 멎더니 미군 장교가 타라고 손짓한다. 대화 도중, 경옥은 그 미군 장교(킨씨)가 전쟁에 나갔다가 부인으로부터 배신을 당한 사연이 있는 사람임을 알게 된다. 대전에서 내린 두 여인은 여관에 든다. 오산의

여관에서 최찬수를 기다리다 중공군이 쳐들어온다고 하여 짐을 맡기고 피난길에 오른 경옥모와 시모는 오산에서 시오리 떨어진 마을에서 노파집에 머물다가 중공군의 행패를 피하여 다시 오산으로 짐을 찾으러 가니, 도둑을 맞아 짐이 없어져 버렸다는 주인의 말을 듣는다.

④ 철길을 따라가며 경석을 찾던 최찬수는 철길 아래로 떨어졌다가 길로 나와 군용 트럭을 탄 뒤, 동승한 사람들과 함께 징용에 걸려 짐을 나르며 임시 천막에서 잠을 자다가 겨우 탈출한다. 오산 거리로 나오지만 중공군에게 잡혀 반동으로 몰려 콩자루를 메고 산을 오르는 사역을 당한다.

⑤ 경옥모와 시모는 오산 노파 아들의 도움으로 부산까지 와서 피난민 수용소에 수용된다. 뱃고동 소리를 들을 적마다 아들 생각이 나는 시모는 바지 고름에 싼 금붙이를 팔아 무당을 찾아가 점을 친다. 남은 돈의 절반을 받은 경옥모는 순댓국을 얻어먹고 와서 설사병으로 격리병원에 입원한다. 시모는 젊은 여자가 순댓국집 식모를 하고 있다는 말을 듣자, 며느리의 소식을 알아보기 위해 그녀를 찾아 나선다. 그 사이 경옥모는 만원짜리를 꺼내 들고 병원을 빠져나와 시루떡을 사 먹고 인절미까지 싸가지고 온다. 경옥모는 과식한 끝에 떡 봉지를 남긴 채 숨을 거둔다.

⑥ 거제도 수용소에 갇힌 최찬수는 탈출의 기회를 엿보다가 빨갱이들의 부정(구호품 밀매)행위를 알아차리고 한몫을 보려고 한다.

⑦ 빨갱이 쪽 오 씨를 따라 지하실로 갔다가 망치로 뒤통수를 맞고 절명한다.

⑧ 경옥은 동창생인 민자네 집에 머물다 그 남편의 수상한 태도에 집을 나와 고교 영어 교사를 한다는 병숙를 찾아가나, 그녀가 남자와 놀아나서 사직을 했다는 말을 듣곤 되돌아선다. 찝차를 타고 온 킨씨를 만났다가 영도 다리 앞에서 헤어진다. 경옥은 국제 시장 순댓국집을 찾아가 젊은 여인의 소식을 물어 자갈치에서 술장사를 한다는 여인의 집을 찾아간다. 경옥은 그녀로부터 어머니의 별세 소식과 시모가 초량 피난민 수용소에 있다는 소식을 듣곤, 여관을 찾아 들어갔다가 병숙을 만나 하룻밤을 지낸 뒤 영도 다리 앞에서 미군 장교 킨씨를 다시 만난다.

⑨ 경옥은 킨씨 수송대에 취직이 된다. 어느 날 킨씨는 패스포트에서 아들과 조카 사진을 꺼내 보여주며 아내가 배반하여 두 아이 중 하나는 그녀에게, 다른 아이는 형의 아들로 입적시켰다는 말을 한다.

⑩ 초겨울 경옥은 초량 수용소를 찾아간다. 시모의 행방을 수소문했으나 한 소년으로부터 천막 안에서 목을 매어 죽은 할머니가 있었다는 말을 들을 수 있을 뿐이다. 경옥이 놀란 것은 부모들이 생계를 위하여 일터로 간 사이에 어린 소년 소녀가 성인 놀이를 하는 것을 보고 전쟁이 어린이들의 천진성조차도 빼앗아 간 것을 알게 된다.

⑪ 다음 해 가을 경옥은 서울로 올라오지만, 서울은 공포와 절망의 허허벌판이어서, 피난 갈 때 영등포역까지 짐을 날라다 준 털보 아저씨 댁을 찾지만, 그 아내는 병자가 되었고, 그 아저씨는 되놈 일을 도와준 죄로 잡혀가 맞아 죽었다는 것이다. 창녀가 된

두 딸을 찾아온 외국 병정에게 경옥은 애인을 배반하지 말라고 쏘아붙인다.

⑫ 1953년 7월. 경옥은 킨씨와 동거한 지 반년이 돼 임신 중이었다. 킨씨는 곧 휴전협정이 조인되어 귀국 수속을 밟고 있다. 휴전이 되면 포로가 교환되고 납치 인사의 귀국이 이루어져 남편이 돌아올지도 모른다. 킨씨는 미국으로 가기 위해 군목의 정식 결혼 증명을 발급받으려면 호적 등본이 필요하다는 것이다. 경옥의 호적은 납북된 남편에게 입적돼 있다. 다른 남자의 씨를 잉태하고 있다면서 보낸 킨씨 처의 편지 구절이 떠오른다. 깊은 고뇌 끝에 경옥은 판문점 휴전 조인식이 있는 날 k 산부인과 수술대에 오른다.

이 작품에는 두 가지 플롯이 사용되었다. 그 하나는 경옥의 플롯이고 다른 하나는 부모를 비롯한 주변 인물들의 플롯이다. 전자에는 감정적 플롯이 사용되었고 후자엔 비극적인 플롯이 사용되었다. 경옥에겐 신념과 태도의 변화가 일어났고 가족들은 모두 죽었기 때문이다. 중요한 것은 주플롯이다. 전쟁으로 모든 것을 잃은 경옥은 절망적인 상황에서 킨씨에게 희망을 걸었다. 그리하여 그와 동거에 들어갔고 그의 아이까지 잉태했던 것이다. 그런데 갑자기 휴전이 협정되고 남편이 돌아올지도 모르는 상황이 벌어졌으니 자신도 킨씨의 전처처럼 남편에 대한 신의를 저버려야 할 처지에 이른 것이다. 절체절명의 위기 상황에서 경옥은 힘든 결정을 내린다. 한국 여성인 자기는 남편과의 신의를 버릴 수 없다는 결정을 내린 것이다. 경옥의 이러한 결정은 과연 올바른 것이었는가? '납득할 수 없는 결정이며 생과 고민이 계속될 거라는 작가 의식의 표현인 듯하다.'[23]고 한 문혜윤의 말처럼 선뜻 공감하기 어려운 결정이라 하겠다. 그러나 경옥에겐 그것이 최선의 결정이요 선택이었을 것이다. 왜냐하면 그것이 남편을 위하는 한국 여인의 올바른 모럴이요 미덕이라고 생각했기 때문이다. 이렇게 볼 때, 경옥은 전통적인 모럴을 중시하는 아름다운 한국 여인의 표상이라 할 수 있다. 따라서 이 작품의 주주제는 바로 한국 여인의 온건한 모럴이라 할 수 있다. 부플롯에서는 한국전쟁의 비극성이라는 편의적인 주제를 끌어낼 수 있다.

작가는 한국전쟁의 비극을 3인칭 전지자적 입장에서 객관적으로 묘사했다. 장성수 교수는 '6 · 25 전쟁으로 인해 비틀어지고 무너진 당대인들의 삶을 리얼하게 묘사함으로써 모순과 부조리의 현실에 대한 충실한 재현 내지는 증언자로서의 면모를 보여주었다고 평가했다.[24]

이 작품은 그 주제의 무거움이나 기법의 특이성에 비추어 볼 때 단연 1950년대의 대표적인 전쟁소설의 하나로 평가할 수 있다. '제1회 내성 문학상 수상'의 영예를 차지한 것이 바로 이런 점을 입증해 준다.

1960년 1월에 나온 단행본 『암흑의 계절』(현문사)에는 게재지에서의 ⑨장이 전면 삭제되었다. 킨씨가 운영하는 미군 수송대 비서로 들어간 경옥는 그 자리에서 밀려난 미스 킴의 모함으로 한국 여자 노동자들로부터 심한 린치를 당하여 병원으로 실려 간다. 세 명의 여자

23) 문혜윤, 「소설가의 삶, 소설의 삶」, 『정한숙-인간과 역사를 보는 백 개의 눈』, 글누림, 2011. 7., p.23.

24) 장성수, 「전후 현실의 문학적 진단과 처방-정한숙론」, 문혜윤 편 『정한숙』, 글누림, 2011. 11., p.90.

노동자가 물건을 훔치다가 발각되어 해고되자 미스 킴은 경옥이 고자질을 한 것이라고 생떼를 부리며 다른 노동자들을 선동하여 집단 폭행을 하게 한 것이다. 이러한 내용을 담고 있는 9장의 삭제는 국위와 관련되는 어글리 코리안(Agley Korean)들의 싸움을 폭로한 것이라는 세간의 비판을 의식하고 이루어진 것이 아닌가 한다. 그러나 이는 인생의 어두운 면을 취급하는 자연주의적인 문학관을 정면으로 부정하는 태도가 아닐 수 없다고 여겨진다.

⑧ 「고추잠자리」

『사상계』 71, 1959. 6

1950년대 초 지리산 일대에서 암약한 무장 게릴라들의 폭력적인 활동을 배경으로 한 전쟁 소설이다.

> 바우가 지금 서 있는 넓은 뜰은 바우가 자라면서 꼭 한 번은 구경하리라고 벼르면서도 보지 못하고 있던 읍사무소가 있는 고을의 초등학교 교정이다.
>
> 바우가 자란 곳은 여기서 칠십 리나 떨어진 두메산골이다.
>
> 말하자면 그 두메산골의 지형이 이상하여 면사무소가 있는 곳보다 이 읍사무소가 있는 곳이 더 가까웠다.
>
> 바우는 지금 스물하나다.
>
> 이 두메산골에 있을 땐 어머니를 도와 부데기를 일으켜 잡목을 뿌려 먹고 살았다.
>
> 바우는 정말 어머니가 보고 싶었다.[25]

'바우'는 이처럼 두메 산골에서 어머니를 도와 부대기〔火田〕를 일으켜 잡곡을 뿌려 먹고살던 순박한 청년이었다. 교육의 기회를 가지지 못한 탓으로 무지한 편이었지만, 효심이 깊고 인정이 많은 성실한 성격의 소유자였다. 그런데, 어느 날 산에 갔다가 부상당한 군인을 발견하고 순수한 인간애와 동정심에서 그를 집으로 데려와 치료하고

25) 정한숙, 「고추잠자리」, 『사상계』, 1959.6., p.369.

보살펴 준다. 그러나 뜻밖에도 그 사람은 지리산 구역에서 활동하던 빨치산 대장이어서, 그로부터 바우는 '인민 영웅'이란 칭호를 받게 되지만, 그것이 무슨 뜻인지 선뜻 이해하지 못한다.

> 바우는 무슨 말인지 잘 이해가 가지 않는 말을 곧잘 지껄였다.
>
> 그가 말을 한번 시작하면 밤가는 줄도 모르는 것 같았다.
>
> 그뿐이 아니었다. 그는 그럴 때마다 열을 뿜어내듯 열중했다.
>
> 바우는 그럴 때마다 황홀했다. 그의 말을 이해하고 동감하는 데서 느끼는 황홀이 아니라 다만 그가 너무 열중하는 까닭이었다.
>
> 그럴 때마다 바우는 자신이 안타까웠고 또 무식한 자기를 그대로 버려둔 부모가 슬그머니 원망스럽기도 했다.
>
> 그러나 그의 말은 그렇지가 않았다. 바우의 무식과 지금의 이런 처지가 앞으로 영광스러울 수 있는 재료요 근본이 된다는 것이었다.
>
> 바우 자신도 그대로 믿어지지가 않았다. 며칠을 두고 그가 되풀이 하는 소리를 듣고 나서부터 제법 바우의 귀도 열렸던 것이다.
>
> 바우는 이렇게 귀가 열리기 시작하고 나서야 우리나라가 허리를 졸라매듯 두 동강이로 갈라져 있다는 것을 알게 되었다.
>
> 바우로서는 정말 놀라운 사실을 발견했다.[26]

어느 날 대장은 바우에게 같이 산줄을 타자고 권한다. 바우가 망설이자, 대장은 자기를 따라가면 영웅의 대접을 받으며 영광스러운 삶을 영위할 수 있다며 거액의 돈까지 내어놓자, 바우는 '평생 지게만

26) 앞의 책, p.378.

지고 두더지 모양 땅만 파다 땅속에 묻혀 죽어버린다'는 건 지독히 쑥스러운 일이니, 그의 말대로 1년만 고생을 하고 나면 어머니나 동생도 지금과 같은 생활은 면할 것이라는 생각에서 그를 따라나선다.

이러한 전반부의 이야기는 바우가 동료들과 함께 운동장에서 군관 동무의 연설을 듣고 있는 현재에서 과거 회상 형식으로 전개된다. 군관 동무의 연설이 끝남과 동시에 바우의 과거 회상은 끝나고, 본격적인 현재의 이야기가 시작된다.

거리에 나선 바우는 반동분자라는 명목으로 양민을 총살하는 잔인한 인민재판 광경을 목도한다.

그때 한 마을 친구가 달려와 어머니와 동생 곱순이가 국군을 숨겨줬다는 명목으로 처형될 상황에 처해있다는 놀라운 소식을 전해준다. 달려가 보니 처형을 주도하는 자가 바로 대장임을 간파하자, 바우는 그에게 항의한다.

> 바우는 이마에 식은땀이 흘러내리는 것 같았다. 무슨 말을 대장 동무 보고해야 하겠지만 컥컥 메어버린 목에선 소리가 나오지 않았다.
>
> "대장 동무"
>
> 바우는 겨우 이렇게 소리쳤다.
>
> "내 어머니와 누이동생을 모르겠수."
>
> 대장 동무의 얼굴엔 싸늘한 비웃음이 흐르고 있었다.
>
> 순간 바우는 크게 실망했다. 아니 그의 머릿속엔 원망이 구름일 듯했다.
>
> 곱순이와 어머니가 무슨 죄를 저질렀다 해도 자기가 나타나기만

하면 용서하여줄 줄 믿던 그로선 대장 동무의 표정이 지나친 것 같았다.

"동무! 동문 벌써 잊어버렸소. 조국 해방을 앞둔 지금 누구에게나 여하한 사정도 있을 수 없소!"

어머니와 곱순이를 희생시키면서까지 인민의 영웅이 되고 싶지는 않았다.

총대를 내려 쥔 바우는 대장 동무의 앞을 가로막고 선 채 그를 노려보았다.

지나칠 정도로 험악해진 바우의 기세에 눌렸음인지 대장 동무의 얼굴도 일그러진 채 얼굴빛마저 달라진 것 같았다.

"동무!"

바우는 그가 이렇게 불러도 꼼짝도 하질 않았다. 지금까지 당당해 보이던 그의 기세도 이렇게 부르고 나서부턴 수그러져 버렸다. 공포와 긴장에 싸였던 군중은 물거품일 듯 술렁거렸다.

지금 대장 동무를 노려보는 바우의 불꽃이 피어오르는 눈 속엔 인민군 전사도 찬란한 인인 영웅의 꿈도 사라진 지 오래였다.[27]

인민의 반역자를 체포하라고 대장이 말하자, 바우는 "배은망덕한 놈아 네 다리를 보고 입을 열어라"고 소리친다.

대장이 총을 뽑으려 하자 바우는 먼저 장총의 방아쇠를 당기고 어머니와 곱순이를 데리고 숲속으로 사라진다.

이 작품에는 감상적 플롯(The sentimental plot)과 계시의 플롯(The

27) 앞의 책, p.388.

revelation plot)이 함께 사용되었다. 바우는 무지로 인하여 생긴 자신의 불운의 위협을 잘 이겨낸 공감적인 주인공이다. 그런가 하면, 그 무지로 말미암아 자신의 본질적인 처지를 알지 못하던 그가, 마지막 결정에 다다르기 전에 진실을 발견한다. 사고(思考)의 플롯의 한 유형인 계시(啓示)의 플롯을 사용한 것이다. 바우는 공산주의자들의 잔인성을 인민재판 현장에서 발견한다. 곧 그에게 공산주의자들(빨치산)은 그의 외침처럼 '배은망덕한 놈'이 아니면 '불한당 놈'이었던 것이다.

헤밍웨이(Ernest. Hemingway)의 「살인자」(The Killers)와 같은 '악의 발견'이 이 작품의 주제다. 여기서 악이란 공산주의자들의 잔악성을 의미한다.

> 바우는 총대를 짊어진 것이 아니라 지게를 짊어진 기분이었다. 화약 냄새가 가시지 않은 총대 끝엔 빨간 고추잠자리가 따라오고 있다.28)

제목 '고추잠자리'는 위에서 보듯이 작품 말미의 문장에서 따온 것으로 총(전쟁)이 무엇인지도 모르고 따라갈 정도로 무지하나, 평화로운 삶을 원하는 순박한 사람을 표상하고 있다.

분단 문학의 백미(白眉)라 할 수 있는 작품이다.

28) 앞의 책, p.389.

(2) 1960년대 소설

1960년대에 들어서서 정한숙 작가는 고려대학교 문과대학 국어국문학과 교수로 재직하면서, 4 · 19 혁명과 5 · 16 군사 쿠데타를 경험했다. 특히 고려대학교는 부정한 정치권력에 항의하는 4 · 19 학생운동의 거점이었기에, 이런 격동기에 처해서도 작가는 장편 『바다의 왕자—장보고』를 《경향신문》에 연재하면서부터 1960년대 말에 이르기까지 35편의 작품을 발표했다. 단편 26편, 중편 2편에다 장편이 무려 7편으로 이 시기에도 많은 장편을 발표했다. 이 시기에 발표된 작품 가운데서 역작인 중 · 장편 세 편(『장보고』 · 『이여도』 · 『끊어진 다리』)과, 짜임새가 좋고 성격 묘사가 뛰어난 「유순이」 등의 단편 네 편을 합하여 일곱 편을 골라 논의의 대상으로 삼는다.

⑨ 『바다의 왕자(王子) — 장보고(張保皐)』

≪경향신문≫, 1960. 4. 29~1961. 6. 13

역사적으로 실존했던 신라인 장보고(張保皐)의 일대기를 다룬 소설이다. 작가는 이미 1950년대에 역사적인 소재를 다룬 작품, 이른바 역사소설 수 편을 발표한 바 있다. 『황진이』(≪한국일보≫, 1955. 1~9), 『금당벽화』(『사상계』, 1955. 7), 『충신과 역신』(『신태양』, 1956. 1), 『계월향』(≪대구일보≫, 1957.), 『고원의 비련』(≪평화신문≫, 1957. 6~1958. 1), 『애원의 언덕』(『현대』, 1957. 11~1958. 4), 『처용랑』(≪경향신문≫, 1958. 4~1959. 4) 등이 그것들이다.

『바다의 왕자 - 장보고』는 정한숙의 여덟 번째 역사소설이다. 『삼국사기(三國史記)』와 『삼국유사(三國遺事)』에 나오는 장보고〔弓巴〕에 대한 기술(記述)을 간추려 보면 다음과 같다. 장보고는 흥덕왕(興德王) 때 친구 정년(鄭年)과 함께 당나라에 들어가 무령군(武寧軍) 소장(小將)이 되었다. 두 사람이 말을 달리고 창을 쓰면 당적할 자가 없을 정도였다. 그러나 궁파는 벼슬을 버리고 국내로 돌아와, 당시 당나라 해적이 황해에 횡행하여 신라 사람들을 잡아다 노예로 매매하는 사실을 왕께 보고하고 1만의 병사를 얻어 청해(靑海)에 진(鎭)을 설치하고 청해진대사(淸海鎭大使)가 되었다. 그는 해적을 일소하고 해상권을 잡아 신라 · 당나라 · 일본 사이의 무역을 관장하여 큰 세력을 이루었다. 838년 민애왕(閔哀王)이 희강왕(僖康王)을 죽이고 우징(祐徵)을 왕위에 올리니 이이가 곧 신무왕(神武王)이다. 궁파는 신무왕으로부터 감의군사(感義軍使)에 봉군되었다. 신무왕의 아들 문성왕(文聖王)이 앞서 신무왕과 궁파의 약속에 따라 궁파의 딸을 둘째 왕비로 삼으려 할 때, 대신들이 반대하여 이루어지지 않자 궁파가 반란을 일으켰지만, 왕이 보낸 모사(謀士) 염장(閻長)에게 피살되었다.

정한숙은 이러한 역사서의 기록을 토대로 상상력과 창의력을 발휘하여 아무도 생각하지 못했던 새로운 장보고의 일대기를 꾸며 내었다.

기록에는 궁파가 어떻게 당나라에 가서 군관이 되어 어떤 활동을 했는지에 대한 구체적인 언급이 없는데, 작가는 소설의 발단부에서 이 점부터 밝혔다.

> 일찍 남해의 외로운 섬 청해에서 어부의 아들로 자란 그는 큰 뜻을 품고 한 척의 작은 배를 모아 대륙의 땅 당나라로 찾아왔던 소년 모험가였다.
>
> 일곱 명의 소년이 조그만 돛과 노를 유일한 희망으로 넓은 황해를 건너야 했을 땐 오늘같이 이렇게 따스한 봄볕이 사람의 마음에 한가를 마련해주는 그런 달콤한 계절이 아니었다.
>
> 오늘날 궁파 자신과 정년이가 이러한 자리에 오르게 된 것도 생각하면 비록 지금은 땅속에 묻혀 유명을 달리했다 해도 떠나오던 때의 그들의 높고 푸른 뜻과 끊임없는 그 영혼들의 격려가 없었던들 오늘의 영광을 꿈조차 꿀 수 없었던 일인지 모른다.[29]

큰 뜻 품고 배를 타고 대륙으로 와서 각고(刻苦)의 노력 끝에 무령군 소장이 된 궁파는 등주(登州)로 가던 중 해적들에 의해 중국에 잡혀

29) 앞의 책, p.10.

와 노예 생활을 하는 신라의 소년·소녀들을 발견하여 그들을 신라방(新羅坊)에 데려가 맡겼다가, 적산 법화원(法花院)으로 옮긴다. 신라방은 신라인의 왕래가 빈번한 곳에 세운 신라인의 거류지이며 법화원은 항해의 안전을 기하기 위해 신라의 거류민들이 세운 사원이다.

궁파는 신라원의 행정기관인 신라소(新羅所)의 경비 '봉화'(궁파의 제자)를 시켜 소년들을 법화원으로 이송한다. 그 소년들 중 한 소년('영원')은 그곳에서 중국인집에 팔려 갔다가 탈출하여 여승의 도움을 받아, 법화원에 와 있는 누나('연옥')를 만난다.

궁파는 타지에 가 있는 친구 '정년'(鄭年)을 불러들여 해적이 잡아온 신라 소년들을 팔아주는 거간책['만복']을 체포함과 동시에 바다 한가운데 떠 있는 해적선을 불태우고 소년들을 구해내어, 주점에서 일하는 신라 소녀 '복아'(연옥의 동생)도 구출한다.

이어서 신라 조정이 갈리어 왕권 다툼을 하는 사이 도둑이 난동하는 땅에 더 머물 수 없다고 판단되자, 벼슬을 내던지고 신라로 돌아갈 결심을 하고, 정년에게 같이 가자고 권하나 상대가 선뜻 응하지 않자 궁파는 혼자 청해 땅으로 돌아온다.

그러나, 해적들로 인하여 피폐된 고향 땅을 보자, 하루빨리 해적들을 물리쳐야겠다는 의지를 다지면서 서라벌로 가는 배에 오른다.

마침내, 왕을 알현한 자리에서 이 땅의 청소년들이 해적들에게 납치돼 노비로 팔려 간다는 사실을 상주(上奏)하고 그에 대한 강구를 주청한다.

> "일찍이 청해 좁은 땅에 태어났을 때는 항상 바다 저편을 동경하였사옵니다. 이 꿈을 실현하기 위하여 당나라의 육지를 밟았습니다

만 그곳 흙을 밟고 나서부터는, 물새 울고 가는 청해 땅을 잠시도 잊고 살 수 없었습니다. 수구초심이란 말이 있습니다. 아무리 벼슬이 높고 영화가 지극하다고 한들 어찌 모국을 그리는 마음에 변함이 있겠나이까? 그러던 중 우연히 노비로 팔려 온 신라의 청소년을 보게 되었사오니 이는 불붙는 가슴에 기름을 붓는 일과도 같았습니다."

궁파는 고개를 번쩍 들어 용안을 우러러보았다. 그의 얼굴엔 어떤 권력도 지울 수 없는 힘찬 열기가 흐르고 있었다.

"이 땅의 청소년들이 노비로 팔려 갔다고?"

이렇게 중얼거리는 흥덕왕의 얼굴엔 금시 짙은 수운이 깃들었다.

"소신이 당나라 근해에서 잡은 해적선에 의하면 그놈들이 우리나라 변방을 드나들기를 자기 집 문지방 드나드는 것이나 다름없이 말하더이다."

궁파의 이 말에 여러 신하들도 불쾌한 얼굴로 고개를 돌렸다.

여러 신하들의 이러한 차가운 눈길을 궁파도 짐작 못 하는 바는 아니었다. 그러나 강직한 그의 성격은 조금이라도 이런 것을 숨겨두고 싶지가 않았다.

"변방의 수비가 이러함은 당나라에 있을 때 이미 알고 돌아왔습니다만 청해 땅에 돌아와 짐을 풀고 나니 해상의 형편이 말이 아님을 더욱 뼈저리게 느꼈나이다."

왕으로선 모두가 금시초문의 말들이었다.

"밖으론 해적의 화를 없이 하고, 안으론 풀어진 기강을 바로잡아야 하겠거늘 이에 대한 묘책은 없는가?"

왕의 물음에 궁파는 서슴지 않고 대답했다.

"풀어진 기강을 세움은 조정의 중신들이 할 바이오니 소신으로선 아뢸 바 없사오나, 한 가지 해상을 지켜서 해적의 화를 면키 위해서는 청해에 진을 두어 문전을 감시함이 옳은 줄 아옵나이다. 청해섬으로 아뢰오면 서해로는 당나라와 동으로는 왜에 미치기까지 바다에 있다해도 과언이 아니옵니다."

흥덕왕을 비롯한 여러 중신들도 궁파의 주언을 조금도 의심치 않았다.[30]

중신 회의 끝에 왕은 궁파에게 청해진 대사를 제수하고 군졸 1만의 병사를 내준다. 청해로 돌아온 궁파는 방어를 위한 축성을 하고 높은 곳에 망루를 설치하며 나무를 베어 새로운 설계로 빠른 선박을 제조한다. 그러고 나서 청해에 출몰하는 해적을 소탕하고 해상권을 잡아 신라와 당나라 일본 사이의 무역을 관장하여 큰 세력을 이룬다.

궁파는, 권력 싸움에서 밀려나 한때 청해에 피신해 있던 우징(祐徵)을 위하여 당에 있던 정년(鄭年)을 불러들여 오천의 군사를 주어 반대파 '김명'(金明)을 꺾고 화란을 평정시킨다. 우징이 신무왕(神武王)으로 등극하자 감의군사(感義軍使)로 봉해지고 식읍 2000호를 받는데, 우징의 아내가 청해를 떠나면서 궁파의 딸을 대궐로 데려가 며느리로 삼겠다고 말한 바 있거니와, 이 약속이 이행되지 않은 채 신무왕이 갑자기 서거하자, 실망과 함께 큰 분노를 느끼며, 정년을 시켜 태후(이징의 처)의 뜻을 묻는다. 태후의 말을 듣고 신왕이 대신들과 상의해 보았으나 모두가 반대한다는 소식을 접하자, 궁파는 대로하여 반역의

30) 앞의 책, pp.237~238.

배 위에 오르지만, 배가 출발하기 직전에 날아온 화살을 가슴에 맞고 쓰러지고 마니, 혁명을 통하여 새로운 세상을 만들고자 한 궁파의 꿈은 속절없이 좌절되고 만다.

이러한 사실 구조(Factual structure)를 통해서 보면, 이 작품도 앞의 「준령」이나 『암흑의 계절』에서와 마찬가지로 사고의 플롯의 한 유형인 감정적 플롯이 사용되었음을 알 수 있다. 주인공의 태도와 신념에 큰 변화가 일어났으니, 그것은 충성을 다한 국가에 대하여 반감을 갖게 된 것이다. 그것을 촉발한 것은 자신들의 영달만을 일삼는 조정 중신들의 비방과 모략이었다. 예징과 양순이 왕도와 인륜을 내세워 혈통이 천한 궁파의 딸을 차비로 받아들일 수 없다고 극력 반대했다는 것을 알게 된 궁파는 크게 분노하며 조정에 대하여 반기를 든 것이다. 결국 그의 거사는 실패로 돌아갔고 대륙을 향한 그의 장대한 꿈은 역사 속에 묻히고 만 것이다. 이러한 궁파의 비극적인 결말을 단순한 권력에 대한 사욕의 결과로 본다면 이 작품의 주제는 권력에 대한 허망한 욕망을 제기한 것으로 볼 수도 있을 것이다. 그러나 이러한 관점은 매우 편의적이고 지엽적인 해석에 머무는 것이 아닌가 한다. 보다 근본적이고 기본적인 주제는 무엇인가? 궁파는 당나라로 가서 그곳에 잡혀 온 신라의 소년과 소녀들을 구출해 내었고, 국내로 돌아와 청해의 해적을 소탕함으로써 나라와 겨레를 위하여 충성을 다한 용감하고 군센 의지를 가진 영웅적인 인물이다. 그는 어부의 아들이라는 평민 계층에서 태어났지만 스스로 노력하여 신분의 벽을 무너뜨리고 장군이 되어 국민들이 평화롭고 행복하게 살 수 있는 세상을 이룩하기 위하여 온갖 노력을 다하였다. 그러나 조정은 국민들의 삶에는 관심이 없고 오직 자신들의 안위와 권력을 지키는 데 혈안인가 하면 공을 세운 충신을 매도하고 제거하려고 하는 조직이 되고 말았으니, 조정의 배신에 대한 궁파의 분노는 극에 이르렀다고 볼 수 있다. 이러한 궁파의 분노는 트로이전에서 헥토르를 향한 아킬레스의 분노를 연상시킨다. 그 분노는 신의 없고 부패한 정권에 대한 개혁의 의지로 나타났다. 이렇게 볼 때 이 작품의 진정한 주제는 신의를 저버린 부당한 정치 세력(정권)에 대한 저항(도전) 정신이라 하겠다.

이로써 궁파의 성격이 새롭게 창조되었다. 그는 불출세의 영웅이었으나 누구보다도 국민을 사랑한 덕장이었던 것이다. 역사적 인물에 대한 작가의 현대적 해석과 창조 정신이 빛나는 작품임을 실감하게 된다.

이 작품에는 여러 부인물들이 파노라마를 펼치는데 각자가 독특한 개성과 운명을 지닌 인물로 부각되고 있다.

아이로니컬하게도 궁파가 사랑하는 딸 미윤은 아름답고 효심이 깊은 인물로 설정되었으나 마지막에 가서 왕비는커녕 사랑하는 남자(영권)와도 맺어지지도 못하는 비극적인 여인이 되고 말았다. 비극적인 여인상이다. '연옥'은 그 무게감으로 볼 때 이 작품의 여주인공이라고 할 수 있을 민큼 슬기롭고 지도력 있는 인물로, 해적에게 납치되어 당나라 부호에게 팔려 갔지만, 빠져나와 잡혀 온 아이들을 극진히 보살피는 역할을 담당하는 열성적이고 바람직한 여인상이다. 남동생인 영권은 성실하고 인내심이 강한 인물로 궁파의 딸 미윤을 사랑하지만 궁파의 방해로 만나지 못하고 일본에서 방황한다. 여동생 복아는 인정 많은 여인이나 사악한 염장(閻長)의 마수에 걸려 그 제물이 되며, 그녀의 남편인 봉화는 용감한 무인(武人)이나 궁파의 군령에 의하여 타국(당나라) 땅을 전전한다.

『삼국사기』에 등장하는 인물에 정년(鄭年)과 염장(閻長)이 있다.

정년은 궁파의 유일한 친구다, 함께 도당(渡唐)하여 군관 생활도 했지만, 아내를 일찍 여의고 절망한 나머지 술만 마시며 산다. 『삼국사기』엔 바닷속으로 들어가 50리를 헤엄쳐 가도 숨이 막히지 않으며 그 날래고 굳셈에 있어선 보고가 미치지 못할 정도며, 보고는 나이로 정년은 기예로 노상 사이가 좋지 않은 동시에 서로 지지 않으려 했다고 기록하고 있다.[31] 궁파는 정년을 법화원으로 불러들여 조선 소년·소녀들을 밀매하는 조직의 거간책 만복을 잡아 그를 앞세워 조직을 일망타진한다. 이것은 허구로 작가의 창의다. 정년이 법화원에 와서 연옥을 보고 마음에 두었으나, 봉화라는 상대가 있음을 알곤 실의한다는 이야기도 마찬가지다.

이에 비해, 염장은 악의 화신(化身)이라고 할 만큼 나쁜 인물로 그려졌다. 『삼국유사』에는 장군인 그가 자진하여 왕명을 받고 궁파를 찾아가 연회석에서 칼로 그의 목을 베었다고 기록하고 있다.[32] 그러나 정한숙은 그에 대한 여러 가지 악행을 구체적으로 묘사했다. 그는 어렸을 때 일찍이 어머니를 잃고 계부(繼父)의 학대를 피하여 가출했다가 해적들에게 잡혀 온 소년의 한 사람이었다. 법화원에서 연옥을 만난 뒤 그녀에게 음욕(淫慾)을 가지고 행패를 부리다가 봉화라는 상대 때문에 괴로워하다가 그녀의 동생 복아를 꾀어 임신을 시키는가 하면, 대궐로 가는 봉물짐을 탈취하여 도망치다가 불한당을 만나 불리해지자 같이 운반하던 광한이 부자를 살해한다. 그런가 하면 정년의 휘하로 들어가 세작 노릇을 하기도 하고, 숨어 사는 이찬(伊湌) 이

31) 신호열 역, 『삼국사기』, 동서문화사, 1976.12, p.739.

32) 권상로 역, 『삼국유사』, 동서문화사, 1977.1, p.155~156.

홍(利弘)의 은신처를 찾아내어 그 딸을 능욕하려 한다. 마지막에는 궁파의 반역에 해결사로 나서서 그에게 죽음의 화살을 날린다. 이처럼 염장은 자신의 안위와 영달을 위하여 갖은 악행을 자행하는 악인의 표상으로 형상화되었다.

1960년대 초에, 신라 시대의 바다를 배경으로 한 다양한 사람들의 이야기를 엮은 이러한 거작이 나왔다는 것은 실로 놀라운 일이 아닐 수 없다. 오늘날, 이 작품은 한국 소설에서 보기 드문 해양소설이라는 평가[33]를 받고 있다.

이 작품의 독자들은 제목이 제목인 만큼 주인공의 바다에서의 호쾌한 활약상을 기대하면서 읽을 것이다. 그러나 이렇다 할 해전 장면이 보이지 않는 데 대한 아쉬움을 느끼게 될 것이다. 해양소설의 주무대는 당연히 바다여야 할 것이다. 해양소설로 높은 평가를 받고 있음에도 불구하고, 이 점이 바로 이 작품의 한계로 지적될 수 있다. 해양은 앞으로 한국 소설이 개척해 나가야 할 새롭고 무궁한 터전이라 하지 않을 수 없다.

33) 신동욱, 「정한숙의 장보고」, 『문학의 해석』, 고려대학교 출판부, 1976, 5., p.121.

⑩「이여도」

『자유문학』45, 1960. 12

이여도는 작가의 해설처럼 판도상에 없는, 제주도 어부들의 마음속에 살아있는 이상도(理想島)이다. 곧 이상향(理想鄕)인 유토피아(Utopia)를 말하는 것이다. 유토피아란 어느 곳, 어느 시간에도 존재하지 않으면서, 그것은 새로운 세계를 꿈꾸고 모색하는 인간의 마음속에 존재한다.

이 작품은 제주도의 한 마을을 배경으로 하고 있다. 화자인 '나'의 회상은 일제강점기로부터 한국전쟁 이후까지 이어지는데, 1인칭 관찰자 시점에서 서술된다. 부인물(副人物)이 주인공의 이야기를 서술하는 관점이다. 이때 '나'는 단순한 서술자, 관찰자에 불과하며, 인물의 초점은 주인공에게 주어진다.[34]

화자인 '나'(영근)는 6년간의 군대 생활을 청산하고 고향으로 돌아온다. 전쟁이 할퀴고 간 고향은 폐허로 변했고 많은 사람들이 상처를 입었거나 죽어 없어졌다. 어머니가 세상을 떠났고, 손아래 여동생은 어느 미군을 따라 자취를 감췄다.

'나'와 순복이와 상운이는 한 마을에서 같은 해 같은 날 태어난 동갑내기로서 어린 시절 친하게 지낸 사이였지만, 상운이는 동부 전선에서 전사했고, 군에서 돌아온 순복이는 집 나간 아내의 행방을 알지 못해 고통스러운 나날을 보내고 있으며, '나' 또한 다리를 다쳐 절름발이가 되어 돌아온 것이다.

34) 신춘호 · 민병기 · 한승옥, 『문학이란 무엇인가』, 집문당, 1995.9., p.170.

이런 고통스럽고 불합리한 현실에서 화자인 ‘나’는 숲속에서 무지개를 찾고 바다를 동경했던 어린 시절의 기억을 떠올린다.

① 첫 번째 회상: 표류한 추억

소년 시절, ‘나’와 순복이와 상운이는 어느 날 배를 몰고 무작정 이상향인 이여도를 향하여 떠난다. 열심히 노를 저으며 바다를 항해해 나갔지만, 바다 한가운데서 방향을 잃고 표류한다. 밤이 되자 어둠 속에서 배고픔과 공포의 시간을 보내다가, 때마침 근처를 지나가던 배에 의하여 구조된다. 그러나 그 배는 해적선이었으나 다행히 기관장이 우리들을 디딤바위가 있는 고향 마을까지 데려다준다. 여기에서 갑자기 이 회상 시점으로부터 한참 뒷날인 ‘나’의 수병 시절의 기억이 서술됨으로써 장면의 전환이 이루어진다. (‘나’는 수병 시절, 위관이었던 그에게 남해에서 표류하던 소년들을 구조해 준 일이 있었느냐고 물었더니, 그는 그 일을 기억한다고 말했었다.)35)

② 두 번째 회상: 표류 해역 탐사와 순복이에 대한 추억

군대에서 돌아오니 디딤바위가 날아가고 피폐화된 마을만 남아있었다. ‘나’는 잃어버린 해역을 찾고자 배를 몰고 나갔다.

> 나는 이곳에 이르렀을 때 나는 공연히 가슴이 벅차지는 것 같았다. 가슴뿐이 아니다. 얼굴은 상기하고 팔다리조차도 떨렸다.

35) ( ) 부분은 소년 시절의 회억이 아닌 청년 시절의 회억이다. 임의로 시간을 왜곡하여 장면전환을 꾀한 색다른 서술 방식으로 이후의 많은 작품에서 이 기법이 활용되고 있음을 확인하게 된다.

금긋고 지나간 흰 '노리'…… 그리고 파란 물줄기와 뭉게구름…… 언젠가 우리 세 동갑이 배를 타고 나왔던 그 장소인 것만 같았다. 나는 성급히 닻을 내리고 사면을 살펴보았다 우리들이 그때 뚜렷한 어떤 표지를 만들어 둔 것은 아니었다. 유일한 목표는 나의 직감이 있을 뿐이다.

그러나 닻을 내리고 사면을 살펴보았을 땐 분명 그 장소는 아니다. 나는 오래 그물을 치는 것까지 잊어버린 채 묵묵히 앉아 있었다.

그러면 나의 추억 속에 남아있는 그 신비한 해역은 어디였을까…… 그것은 내 기억 속에만 남아있을 뿐 실지론 찾을 수가 없었다.[36)]

어디선가 뱃노래가 들려왔다. 순복이가 곧잘 부르던 뱃노래의 일절이었다.

이여도사 이여도사
뭉게구름 도는 바다 배는 간다.
이여도사

잊고 있던 그 노래가 머릿속에 떠올랐다.

이여도사 이여도사
나의 사랑 그대는 이여도에 갔는가 이여도사

36) 정한숙, 「이여도」, 『자유문학』, 1960.12., p.34.

이여도사 이여도사

돛을 단 저 배는 이여도로 가는 밴가 이여도사[37]

나는 소리나는 쪽으로 뱃머리를 돌렸으나 노래의 주인공을 찾을 수 없자, 불안한 슬픔' 같은 것을 느꼈다. 순간 '나'는 성급히 뱃머리를 돌렸다. 국민학교 예술제에 참석해야 한다는 생각이 떠올랐다. 죽은 순복의 아들, 길남이의 당부가 떠오른 것이다.

③ 세 번째 회상: 순복이 가족에 대한 추억

'나'는 예술제에 참석하기 위해 국민학교로 가면서 어린 시절의 기억을 떠올렸다. 화장실에 들어간 여선생을 뒷창문으로 엿보다가 들켜 선생님들로부터 '개망나니 같은 녀석들'이니 '뱃놈의 아들'이란 폭언을 들으며 물통을 들고 벌을 받던 뼈아픈 기억이다. 그 일로 '나'는 선생님에 대한 존경심을 버렸다. 학예회에 늦게 도착한 나는 1부에서의 길남이의 출연을 보지 못한 게 후회스러웠다. 그 옛날 순복이와 길자와 함께 출연했던 「호동왕자와 낙랑공주」 생각이 떠오르는 것이다.

2부에서는 교장 선생님이 직접 각본을 쓰고 연출하신 「디딤바위가 서 있는 마을 사람들」이 상연되었다. 디딤바위 아래 모래사장의 배 위에서 세 사람이 모의를 하고 있다. "일 년 열두 달 그물을 펴고 짜리를 잡아 봤댔자 겨우 입에 풀칠하기도 바쁜 세상"이니 우리도 한 번만 하면 팔자를 고칠 수 있는 일을 하자고 두 사람이 '영수'를 윽박지른다. 영수는 주저하다가 마지못하여 착수금을 받는다.

37) 앞의 책, p.37.

무대 뒤에선 영수의 아내가 남편에게 "돈이 아니라 금이 생기는 일이 있어도 죄짓고 사는 일을 해서는 아니 된다"며 만류한다.

> "당신은 행복한 손길로 나를 껴안고 그날 밤 처음 나의 입술에 뜨거운 입맞춤을 주셨지…… 그리고 그 뜨거운 입술을 내 귀에다 갖다 대고 이런 소리를 속삭이지 않았어요…… 이여도란 딴 곳이 있는 것이 아니라 우리들이 앉아 있는 지금 이 디딤바위골이 조상들이 대대로 찾아 헤매던 이여도야 …… 어찌하여 우리들의 조상은 판도에도 없는 이상국을 바다에서 찾았을까 …… 우리가 앉아 있는 이 디딤바위골이 바로 우리들의 낙원이라는 것을 일찍 깨닫지 못했을까 …… 그날 밤부터 디딤바위가 서 있는 마을은 당신 말씀대로 제 마음의 낙원이요, 이상향이 되었던 거랍니다."
>
> 영수는 여전히 머리털만 쥐어뜯고 말이 없었다.[38]

이 장면을 보자, '나'에겐 이 한 쌍의 젊은 남녀가 순복이와 그의 아내의 모습으로 바뀌어 보이며 순복이도 이여도의 전설을 그녀에게 속삭였을 것이라는 생각을 하게 되었다.

'나'는 이 연극에서처럼 순복에게 부정한 방법으로라도 돈을 벌어 인천이나 서울의 종삼 거리를 뒤져 아내를 찾아보자고 제안한 적이 있다.

어느 날 순복이하고 바다로 나갔다. 뱃노래를 부르며 노를 젓던 그는 바다 한가운데 이르자 뱃노래를 멈추곤 물속으로 뛰어든다. 예상

38) 앞의 책, pp.49~50.

치 못했던 돌발적인 사건이 일어나, 나는 죽은 순복이의 시체를 싣고 마을로 돌아왔으나 회한에 빠진다.

연극이 끝나 집으로 돌아오다가 나는 길자의 등에 업힌 길남이를 받아 업고 집까지 바래다준다.

④ 네 번째 회상: 순복이와 길자

'나'의 철부지로서의 어린 시절에 대한 추억이 시작된다. 숲속에 그물을 설치하여 새를 잡아 점심때 난로에 구워 점심을 때우던 일, 일찍 등교하여 난로를 점령하던 일, 예술제 때의 일 등을 떠올린다. 그중에서도 「호동왕자와 낙랑공주」 배역을 둘러싸고 마음졸였던 일이 생각났다. 호동이와 낙랑공주 역에는 순복이와 길자가 뽑혔고, 나는 호동왕자의 하인으로 뽑힌 것이다. 이것이 순복`과 길자가 서로 좋아하고 결혼까지 하게 된 계기였다.

⑤ 순복이의 수첩

순복이의 유품을 정리하다가 '나'는 그의 수첩을 발견한다. 그 수첩 속에는 순복이의 길자에 대한 추억이 적혀 있었다.

> 그녀는 나와 같은 반의 동갑이었지만 거리에 산 탓인지 나보다 조숙하게 느껴지곤 했다.
>
> "이여도가 바다에 있다고 전 생각하지 않아요."
>
> 그녀의 눈동자는 별빛보다도 빛나 있었고 말소리는 열기를 띠고 있었다.
>
> "그러면?"

이렇게 묻고 나는 그녀의 시선에서 오래도록 눈길을 돌리지 않았다.

"바로 여기가 이여도가 아닐까요. 우리가 지금 앉아 있는 디딤바위가 서 있는 언덕 말이에요."

나는 그녀의 말에 무어라고 대답할 수가 없어 그녀를 나의 품속에 껴안았던 것이다.

우리들의 조상들로부터 오늘에 이르기까지 마을 사람들이 꿈속에마저 잊지 않고 찾는 이여도는 바다에 위치하고 있는 섬이 아니라 디딤바위가 서 있는 마을과 우리들의 마음속에 있는 섬이라는 것을 절실히 깨달을 수 있었던 것이다.

내가 그날 밤을 이런 생각에 뜬눈으로 새우다시피한 것은 무리가 아니다.

세월과 전쟁이 내 고향에서 무엇을 앗아간 것이 아니라 나는 내 마음속에 있던 우리들의 낙원, 이여도를 자신이 잊고 있었다는 것을 비로소 깨달았다는 것이다.

우리들의 조상들이 배를 타고 바다로 나가 이여도를 찾아갔듯이 나는 다시 마음의 이여도인 아내, 옛날의 소녀 장길자를 찾아 떠나야 할 것이다.

아내가 살고 내가 있고 추억이 있다면, 아무리 황폐한 슬픔만이 깃들여 있는 우리들의 고향 디딤바위가 서 있는 마을은 복숭아나 살구꽃이 피는 춘삼월 모양 다시 화려한 마을로 꾸며갈 수 있지 않을까…….[39]

39) 앞의 책, p.78.

순복이 아내는 순복이에게 이여도란 사랑하는 남편과 같이 앉아 있는 그 지점, 그 순간 그들의 마음속에 존재한다고 깨우쳐주었다.

이 작품의 결말은 다시 화자의 회상으로 끝나는데, 그건 순복 아들 길남이와의 대화로 되어 있다.

> "아저씨 이여도가 어디 있지요."
>
> 나는 노에 힘을 주며 길남을 쳐다보았다. 그것은 길남이가 아니라 모험의 호기심에 불타던 복의 소년 시절의 모습이 틀림없었다.
>
> "엄마가 아버지는 이여도에 가 있다던데요."
>
> 나는 언제까지나 침묵만을 지키고 있을 수만은 없었다.
>
> "이여도는 저 수평선 끝에서 더 멀리 있단다."
>
> 나의 목소리는 가늘게 떨고 있었다. 내가 가리킨 수평선 끝을 바라보고 있는 길남이의 얼굴은 흥분과 긴장에 얽혀 있었다.
>
> "아저씨 오늘 여의도란 섬에 가봐요."
>
> "못 간다. 오늘은…… 길남이가 어서 자라지 않으면 못 가"
>
> 얼마나 매정한 대답이었을까…….[40]

순복이가 찾지 못한 이여도를 길남이가 찾아 나설 것임을 예고하면서 작품은 끝난다.

이상에서 볼 때 이 작품은 감상적 플롯을 사용한 작품이다. 길남이에게서 새로운 희망을 바라볼 수 있게 되었다.

이 작품의 서술자는 '나'이지만, 서술의 초점은 순복이와 그 가족

40) 앞의 책, p.90.

이다. 이 순복이 가족에 대한 '나'의 회상기를 통하여 작가는 무엇을 말하고자 한 것인가? 전쟁으로 상처받은 사람들이 꿈꾸는 이상세계가 어떤 것인지를 말하고 싶었던 것이 아닌가 한다. 그 이상세계는 실존 여부와는 상관없이 보다 나은 미래를 꿈꾸는 사람들, 뚜렷한 삶의 목표를 가진 사람들만이 그리는 세계다. 그것을 상징하는 것이 바로 '이여도'라는 것이므로 이 작품의 주제는 '이상 세계에 대한 동경'이라 할 수 있다. 권영민 교수는 이에 대하여 유토피아를 찾으려는 사람들의 '강렬한 이상 추구의 정신'[41]이라고 함축성 있게 표현하고 있다.

마아테를링크(Maurice Maeterlinck)의 '파랑새'가 꿈을 좇는 어린이들의 동화라면, 「이여도」는 행복한 미래를 꿈꾸는 우리 모두(어린이와 성인)의 동화〔꿈이야기〕라 할 만하다.

이 작품에도 회고적인 연상 기법이 사용되어 화제를 모으고 있다. 최동호 교수와 작가의 대담을 보자.

鄭 '이여도'의 경우 시간의 이동, 장면의 이동, 장면의 전환 등을 통해 연상적인 방법을 채용했습니다.

崔 시간과 공간의 배치를 통해 상상력의 범위를 확대할 수 있을 것으로 보입니다. 그럴 경우 작품 전체의 통일성에는 문제가 있지 않습니까?

鄭 어떤 작품에 있어서든지 작품의 유기성은 중요한 문제입니다. 소설에서 구성이 강조되어야 할 이유도 거기 있습니다. 그리고 작가

41) 권영민, 『한국현대문학사』, 민음사, 1993.7., p.162.

의 부단한 시도도 이런 점들에 유의해야 합니다.[42]

작품의 유기성을 해치지 않는 범위 안에서 연상적인 기법을 사용했다는 작가의 설명이나, 이 기법은 그 긍정적인 효과에도 불구하고 주제나 이야기의 짜임새를 파악하는 데 얼마간의 부담을 안겨주는 것이 사실이다. 한승옥 교수는 이에 대하여 '트릭의 사용'이라고 주장하면서 '주제를 내면화하는 데 약점'이 될 수 있다[43]고 지적했다. 이러한 기법을 의식의 흐름이나 내적 독백으로 설명하는 이들도 있다.

정한숙은 「이여도」를 통하여 한국인이 그리는 이상세계를 보여주었다. 그리하여 '이여도'는 한국인의 마음의 본향이며 유토피아가 되었다. 이런 점에서 이여도는 한국인의 이상향을 제시한 보기 드문 걸작(傑作)의 하나로 평가받아 마땅할 것이다.

42) 정한숙, 「나의 문학, 나의 소설 작법-최동호와의 대담」, 『고가』, 1991.9., p.350.

43) 한승옥, 「한국 전후 소설의 현실 극복 의지」, 『숭실어문』 제3집, 숭실대학교 국어국문학회, 1986.6., pp.277~278.

⑪ 『끊어진 다리』

을유문화사, 1962. 10. 10

작가는 이 작품에 대하여 '에덴을 건설하려는 한 인물의 의지를 그린 작품'이라고 설명하고 있다. 이 작품은 화자인 '나'의 소년 시절이었던 일제 말로부터 성인이 된 1960년대 초까지의 회상기로 되어 있다. 그러므로 그 시간적 배경은 일제 말 → 해방 → 미군정기 → 6·25 전쟁 → 4·19 이후를 포괄하고 있는 것이다. 그러나 스토리는 이러한 시간적 배경에 따라 질서 있게 순차적으로 진행되지 않고, 그때그때 기억의 흐름에 따라 현재에서 과거나 선과거로, 때론 다시 현재로 왔다갔다 하면서 거의 무질서하게 이어져 나간다. 이러한 서술방식을 '의식의 흐름'으로 파악하는 이들도 있지만 제임스 조이스(James Joyce)나 버지니어 울프(Verginia Woolf)류의 '의식의 흐름'이나 '내적 독백'과는 다르고, 작가의 의도적인 '시간 왜곡'의 기법으로 보인다. 이러한 시간 왜곡은 서술상의 편의(자유로움)와 기억 내용의 충실한 묘사와 전달을 위한 하나의 효과적인 장치로 사용된 것이 아닌가 한다.

이 작품의 공간적인 배경은 이북(평양 근방)에서 이남(서울 및 개간지)으로 옮겨진다.

전체 7장으로 구성되어 있는데, 1장에서 7장까지의 사건은 연대기적 시간의 추이와는 무관하게 다양한 기억의 조각들로 짜 맞춰져 있다.

첫머리에서 서술자이며 주인공인 '나' 곧 연(演)은 지금(1960년대)으로부터 20년 전(일제 말)의 존 모리스와 헤어지던 날의 일을 회상한다. 일제의 기독교 탄압으로 선교사들이 자국으로 귀환하게 되자 선교사의 아들이며 동갑내기 친구인 모리스가 우리나라를 떠나게 된 것이다.

우선 '나'는 소년 시절의 교회와 학교생활에 대한 기억을 떠올린다. 이것은 모리스가 떠나던 날 이전의 기억이다. 그 기억은 과거에서 더 먼 과거(선과거)로 거슬러 올라간다.

> 유아 세례를 받고 자란 내게 있어선 교회와 학교생활이 동등한 비중을 차지하였다.
>
> 이렇듯 기독교적인 가정에서 자란 나는, 주일 학교에서 경쟁적으로 암송시키는 성경 구절을 한 번도 외우질 못했다. 그것은 내무성의와 태만에서가 아니라 역시 두뇌 탓으로 돌릴 수밖에 없었다. 학교 공부도 마찬가지다. 그러나 나는 누구에게도 못지않게 근면한 편이었다.44)

화자는 이 근면성(6년 개근상의 소유자)이 군 제대 후(1951년) 회사 취직의 걸림돌이 되었다고 말한다. 선과기에서 현재로 돌아온 것이다. 이러한 시간의 왜곡은 작품의 시작부터 끝까지 이어진다.

그러면, 작품의 원활한 이해를 위하여 회상을 통하여 나타난 주인공의 삶의 역정을 정리해 보자.

화자인 '나'는 어머니의 젖이 부족해 암죽을 먹고 자랐다. '모리스 존'과 나누어 먹어야 했기 때문이었다.

44) 정한숙, 『끊어진 다리』, 을유문화사, 1962.10., p.6.

아버지는 교회의 종지기다. 그러나 아버지의 소관사는 그것뿐이 아니었다. 일요일과 삼일날 저녁때를 제외하고 언제나 선교사댁 젖소와 정원과 채소밭을 돌봐야 했다. 그렇게 바빠도 일요일은 새벽부터 밤 예배 시간에 이르기까지 일정한 시간에 따라 종을 울리곤 했다.[45)]

이런 부모 밑에서 연(演)은 국민학교를 다니며 동갑내기인 존과 우정을 쌓아간다. 모리스 선교사와 연의 아버지와의 사이는 고용자와 피고용자 사이었으므로 연과 존 사이의 관계도 대등한 관계가 아니었다. 그것은 주로 경제적인 생활의 차이에서 오는 어쩔 수 없는 관계였다. 그러나 연은 존을 진정한 친구로 생각하고 함께 어울렸다. 연은 존에게서 '쏘냐'란 한 괭이를 선물 받아 여자 친구의 이름인 미혜(여자 친구)로 바꾸어 잘 키우려 했다. 그러나 그 괭이는 어쩌다 집을 나가서 죽고 만다.

어린 시절 일제는 우리나라 학생들에게 쇠붙이와 은종이를 수집하고 관솔을 따서 바치게 했다.

우리들은 일 년 사시절 가릴 것 없이 수업이 없는 날은 담임선생님에게 인솔되어 들과 산으로 나가는 대신 집집에서 나오는 쓰레기통을 뒤졌다.

크고 작은 쇠붙이는 물론 심지어는 궐련을 포장했던 은종이까지도 수집해 와야만 했다. 이 썩은 쇠붙이와 은종이가 탄환이 되고 비

45) 앞의 책, p.6.

> 행기의 날개가 된다는 것이다.
>
> 증산을 도모하기 위한 이러한 노동에 종사하는 우리들은 비판이 나 불평이 있을 수 없었다. 학과에 앞서 이런 것들이 우리들에게 있어서 성적의 중요한 점수를 차지하게 되었으니 말이다.[46]

일제는 또 창씨개명(創氏改名)을 하라고 한다. 일인 히모도 선생은 친절하게도 연의 창씨명을 아사히노보로(朝日昇)라고 지어주기까지 했다. 일본인 선생 가운데도 인간적인 사람이 있었다. 이에 비하면 한국인 선생들은 이기적이고 굴종적이었다.

일제는 기독교를 탄압하여 선교사들을 본국으로 철수시켰다. 모리스 선교사가 미국으로 환국하게 되자, 아들인 존은 교만한 일본은 망할 것이니 다시 만날 수 있을 거라며 떠난다.

연은 유아세례를 받았지만 어머니로부터 극락 · 무릉도원 · 용궁 등의 이야기를 들으며 자랐다. 그러므로 아직 기독교에 대한 확고한 신념을 갖지 못한 상태였다. 그 무렵 아버지가 교회종 헌납에 반대하다 일경에 잡혀가 신의주 형무소에서 옥사하게 되자 연은 아버지 대신 모리스댁 젖소를 돌보며 신(神)에 대한 회의에 빠진다.

일제는 교인들에게 신사참배(神社參拜)를 강권하고 한국어 말살 정책으로 일본어를 사용하라고 강제한다. 그러면서 경제적 착취 행위를 감행한다. 양곡 · 송유(松油) · 쇠붙이 · 가마니 공출이 시작된다. 이런 가운데 일부의 모리배들이 일제를 등에 업고 치부를 한다. 그 대표적인 인물이 최상운이다. 그는 고물상을 하여 재산을 모은 뒤, 선

46) 앞의 책, p.116.

교사 집을 접수하여 주인 노릇을 한다. 정원의 거대한 나무를 잘라 숯을 묻는가 하면 동족의 재산까지 빼앗는 야비하고 추악한 반민족인 행위를 서슴지 않는다. 부호인 진사집 놋그릇을 다 빼앗고 그 가족까지 분해시켜버리는 것이다.

동족이 굶는데 그는 기름진 음식을 차려놓고, 산홍이 등의 영춘관 기생들을 불러 잔치를 연다, 연이 모자가 정원을 갈아 힘들게 재배한 채소와 감자 등을 마음대로 가져간다. 연은 이에 강력하게 반발한다. 산홍이는 최상운 처에게 머리채를 잡혀 봉변을 당하고 연의 집부엌으로 피신한다. 연은 잃어버린 그녀의 신발을 찾아다 준다. 이로써 그녀와의 나쁘지 않은 인연이 시작된다. 연의 정원(대지)에서의 수확도 공출의 대상이 된다. 한편 최상운의 잔치를 도와준 어머니는 대가로 얻어온 뼛국을 마시고 눈이 밝아지는 것 같다고 말한다.

> 이른 잠을 깬 어머니는 냄비를 들고 차가운 이슬을 밟으며 언덕을 올라갔다. 호박이나 오이를 따러 올라간 것이 아니다. 버드나무 밑에 그들이 뜯다 버린 갈비뼈와 닭 뼈가 버려져 있었다.
>
> 나 모양 고기 굽는 냄새에 시장기를 느끼며 잠들지 못하고 있던 파리떼가 날아와 열심히 달라붙어 뜯고 있었을 것이다.
>
> 어머니는 그것을 하나하나 주워서 냄비에 담는다.47)

어머니는 그것으로 국을 끓여 이웃과 나누어 먹는다, 이런 비참한

47) 앞의 책, p.240.

현실에 대하여 연은 분노하며 빈곤이 자존심마저 마셔버린다고 한탄한다.

일제는 가마니까지 짜서 공출하라고 한다. 연은 동창생 상기로부터 얼마간의 짚을 구하여 미혜와 함께 힘들게 가마니를 짜서 공출을 한다.

1945년 8월 15일, 해방의 날이 왔다. 신사(神社)는 불타고 교회는 활기를 찾는 듯했다. 숲속에 굴러 박혔던 종을 종각에 매단다. 종은 구원의 상징이다. 그러나 그 구원은 아무 데도 없었다. 소련의 붉은 군대가 북쪽에 진주하자 그들의 억압과 착취가 새롭게 시작되었다 연은 일제에 아부한 강 선생을 도와줬다는 누명을 쓰고 반동으로 몰려 철창에 갇히게 되었으나 소련의 한국인 2세 김이반의 도움으로 풀려난다.

미혜는 여성 동맹에서 일을 하다 갑자기 사라진다. 이남으로 도망갔다는 소문을 듣고 연은 깊은 고독에 빠진다. 마침내 연은 목사님 가족과 함께 미혜가 갔을 이남으로 갈 채비를 하고 평양으로 나온다. 중공군이 한국전쟁에 개입한다.

이남으로 내려온 연은 미군의 구호를 받게 되었다. 목사님이 얻어온 구호물자를 남대문 난전에서 팔아 겨우 연명을 한다. 미군정하 피난민이 들끓는 남한은 무법천지였다. 연은 목사님이 얻어오는 구호품을 사모님과 같이 남대문 시장 난전에서 팔아 겨우 연명한다. 어느 날 미군정이 관리하는 청년회원 소속의 한 청년에게 납치되어 물건을 뺏기고 구타를 당한다. 마침 그때 산홍이 나타나 구원해준다. 그 청년회 대장이 최상운이며 산홍이는 그의 애인인 최상운의 음식점 옆에서 제품점을 내고 있었다. 연은 산홍이로부터 미혜 소식을 듣고 만날 생각을 한다.

어느 날 노점에 앉아 있다 미혜를 만났다, 옷차림이 황홀했다. 그녀는 몇 가지 옷가질 골라 외상으로 가져갔다. 미혜가 나타나지 않자 연은 집을 물어 찾아갔더니 그녀는 양갈보들과 함께 살고 있었다. 해방은 되었으나 전쟁이 미혜를 파멸시키고 만 것이다. 연은 눈물을 흘리며 발길을 돌린다.

연은 이북과 부정한 장사를 하여 큰돈을 벌자는 최상운의 제의를 거부하고 국방군에 입대한다. 6·25가 일어나 괴뢰군이 남침을 한다. 연은 전투에 참가했다가 한쪽 다리를 잃고 병원에 입원한다. 의족을 하고 제5 육군 병원에서 나왔을 때, 군민회가 열린다는 신문 보도를 보고 회의장을 찾아갔다가 미혜를 만난다. 미혜는 성 병균이 눈을 갉아 먹어 눈이 먼 상태였다. 그런가 하면 최상운은 강원도 국회의원에 당선된다.

1960년 4월 19일 백만 학도들에 의하여 혁명이 일어나 부패한 자유당 정권을 무너뜨렸다.

> 나와 미혜는 1960년이란 해를 맞아 완전히 흥분되어 버리고 말았던 것이다. 그러나 이러한 흥분도 내 신념을 뒤흔들어주지는 못하였다. 그것은 우리들의 흥분이 벅찼던 까닭이다.
>
> 희망, 승리……, 도취……, 그 어느 것도 우리들을 당장에 기아로부터 건져주진 못했다. 우리들을 가난과 기아로부터 구출시킬 수 있는 힘은 우리들의 어깨와 다리를 믿는 것밖엔 없다는 신념을 스스로 습득할 수 있었을 뿐이다.[48]

48) 앞의 책, p.180.

가난에서 벗어날 수 있는 힘을 길러야 한다는 신념을 실행하기 위하여 '연'은 미혜와 함께 해발 300미터의 산중턱에 있는 개간지로 들어와 초가집을 짓고 땅을 일구면서 닭 500마리, 소 3마리, 돼지 30마리를 기른다.

힘든 인간의 노력도 자연의 힘 앞에서는 무기력한 것이다. 홍수 사태로 인하여 가꾸어 놓은 보금자리가 씻겨 나가 황무지가 되고 만다. 무너진 산, 묻혀 버린 산에 쟁기조차 댈 수 없는 형편이다. 가을 농사는 태반을 잃었지만, 다행히도 보리와 감자 농사는 풍작이다.

'연'의 마을 사람들은 어려움 속에서도 수해 피해가 더욱 극심한 이웃 H 마을을 돕기 위하여 감자와 보리를 가지고 가서 음식을 끓여준다.

이때 요란한 경적이 울리며 세단이 달려오더니 외국인 기자 세 명이 내린다. 수해의 참상을 보도하기 위해 온 사람들이다. 연은 여기서 극적으로 존과 만난다. 취재를 마치고 존은 연의 마을을 구경하고 가겠다고 한다. 마을을 향해 걸어가는 두 사람 앞에 끊어진 다리가 보인다.

> "사변 때 끊어진 것일세."
>
> "폭격에?"
>
> "그렇겠지."
>
> "언제 세워진 것일까……."
>
> 존이 무심중 지껄이는 말에 나는 기울어진 난간머리를 보았다.
>
> 昭和 × 年 × 月 × 일 竣工.

"우리와 동갑인데…… ."

"연, 그 앞에 서. 동갑 기념으로 한 장 찍어 두게."

존의 말대로 나는 그 앞에 섰다. 일제의 침략의 길이었던 끊어져 나간 다리의 난간 옆에 선 내 마음속에 오르내리는 회포의 정은 무엇인지 모르게 서글프기만 했다.

사진의 렌즈를 쳐다보는 눈시울이 자꾸만 흐려지는 것을 나는 억지로 참아야만 했다.

끊어져 나간 다리…… 부러져 잘라버린 내 다리…… . 그러나 우리들의 불편은 그런 다리뿐이 아니라 인위적으로 막혀버린다. 나는 물론 오랜 세월 속에 지금은 생사조차 모르고 있는 어머니에 대한 마음의 다리까지도 해마다 녹슬어 가고 있다.[49]

'나'는 존을 데리고 집으로 온다.
결말부다.

"그래 앞으로 어떻게 할 작정인가?"

무거운 침묵을 깨뜨리고 묻는 존의 말이다.

"어떻게 하다니……. 미혜의 보이지 않는 눈이 우리나라의 현실이 아닌가?"

나는 그때 의족을 풀어 놓았다.

"이 다리가 우리들이 살고 있는 경제적인 실정이고……."

존은 그제서야 내 한쪽 다리가 없는 것을 비로소 알았다.

49) 앞의 책, p. 402.

나는 존의 얼굴을 찬찬히 쳐다보며 말을 이었다.

"존, 신경 없는 이 고무다리도, 보이지 않는 미혜의 눈도 결국은 내 의지로서 볼 수도 있고 움직일 수도 있는 것이야. 인간의 의지가 곧 운명이라는 말이 있지 않나. 말하자면 운명이란 의지의 결정 같은 것이니까."[50]

"아무리 많은 구제품과 레이숀 박스라 해도 헐벗음과 굶주림을 막을 순 없을 거야. 공연히 인심만 사납게 하기 쉽지."

존은 무엇을 생각하는지 길게 숨길을 돌리며 눈을 감은 채 고개를 쳐들고 있었다.[51]

연은 미혜의 보이지 않는 눈처럼 캄캄한 현실에서 고무다리에라도 의지하며 경제 활동을 해야 살아갈 수 있지 않겠느냐고 반문한다.

살아가기 위해선 보이지 않아도 보려고 하고 움직일 수 없어도 움직이고자 하는 강인한 의지가 있어야 하며 그 의지 여하가 운명을 결정해 준다는 신념을 피력한 것이다. 결국 작가는 이러한 연의 신념을 통하여 외세의 침략과 전쟁으로 모든 것이 망가진 폐허 위에서 가난을 극복하고 자유를 되찾아 인간답고 풍요로운 삶을 누릴 수 있는 새로운 세상(그것을 낙원이라 해도 좋다)을 만들어 나가기 위해서는 무엇보다 국민 각자가 강인한 의지력으로 무장해야 한다는 것을 일깨워 주고 있는 것이다.

이와 함께 작가는 그러한 세상(낙원)을 만드는 데 있어서 외국의 원조가 필요하다는 수동적인 태도는 지양해야 한다는 관점을 드러내고

50) 앞의 책, pp.404~405.
51) 앞의 책, pp.405~406.

있다. 외세에 의존해서는 민족 자립이 불가능하다는 연의 자각은 작가의 역사의식의 반영이라고 정영아는 말한다.[52] 연의 마지막 대화는 쇼펜하우어(Arthur Shopenhauer)의 다음과 같은 주장과 통한다. "시선(施善)이란 걸인으로 하여금 그 빈궁 상태에서 벗어나게 하는 것이 아니고, 도리어 그 빈궁 상태를 연장하여 주는 것이다."라는 주장이다. 시선(施善)보다는 자립 의지를 심어주어야 한다는 맥락이다. 이상을 통해서 보면 이 작품의 주제가 무엇인지 알게 된다. 부조리한 현실을 극복하기 위해서 가장 요구되는 것은 주체적인 삶의 의지라는 것이다. 이러한 '현실 극복의 주체적 의지'가 이 작품의 주제다. 전체적인 짜임새를 보면 불운을 이겨내는 감상적 플롯이라 할 수 있다.

앞에서 본 바와 같이, 주인공 연은 거센 역사의 흐름 속에서 꿋꿋한 의지로 어려움을 견뎌 나가는 의지적인 인물로 창조되었다. 아버지가 죽은 후 어머니를 모시고 생계를 이어 나갔고, 군에 입대하여 조국을 위해 투쟁했는가 하면, 성병으로 눈이 먼 미혜를 감싸안고 새로운 삶을 개척하는 인물이다. 이에 비하여 반동적인 인물인 최상운은 일제의 앞잡이-깡패의 우두머리- 국회의원으로 변신을 거듭하는 악마적 인물의 총체적 결정이다.

『끊어진 다리』라는 표제의 '다리'에는 두세 가지의 상징적인 의미가 있다. '끊어져 나간 다리'는 파괴된 국토를 상징하며 '부러져 잘라버린 내 다리'는 불구의 몸을 상징한다. 여기에 작가는 불편한 또 하나의 다리가 있다고 말한다. 그것은 '인위적으로 막혀버린 다리'로

52) 정영아, 『정한숙 소설연구』, 고려대학교 대학원 석사논문, 1998.

어머니에 대한 '마음의 다리'라고 하였다. 이것은 어머니에 대한 간절한 그리움을 상징하는 것이라고 할 수 있다.

『끊어진 다리』는 일제강점기로부터 4 · 19에 이르기까지 급변하는 시대를 살아온 우리 민족의 고난의 역사를 담아낸 장편 서사시다. 우리는 고난 앞에서 현실 극복에 대한 주체적인 의지를 가지고 자력갱생의 길로 나가야 한다는 작가의 목소리에 공감하지 않을 수 없다. 절망을 딛고 일어서는 작가의 상승적인 미의식을 높이 평가하지 않을 수 없다. 그런 점에서 60년대에 창작된 이 소설의 문학적 성과는 독보적이라고 할 수 있다. 윤석달은 이 소설을 분단 문학의 표본[53]의 하나라고 평가했다.

53) 윤석달, 「분단 현실의 소설적 형상화와 역사의식-정한숙의 "끊어진 다리론"」, 『정한숙』, 글누림, p.171.

⑫「닭장 관리」

『현대문학』 101, 1963. 5

특이하게도 이 작품에서 작가는 우화적인 기법, 곧 알레고리(allegory)를 사용하여 국가와 민족의 역사적 현실을 풍자하였다. 이 작품은 일제 식민지 시대로부터 해방기와 미군정기를 거쳐 6·25 사변(한국전쟁)이 일어난 이후까지 우리 민족이 외세의 침략이나 침탈받던 시대를 배경으로 하고 있다.

이 작품에는 알레고리를 구성하는 세 개의 요소가 존재한다. 그것은 닭과 닭장과 닭장의 관리인이다. '닭'이 우리 민족의 우의(寓意)라면, '닭장'은 우리 국토의 우의라 할 수 있다. '닭장의 관리인'은 닭을 사육하고 닭장을 경영하는 자다. 그러나 이 작품에서의 관리인들은 본래부터 닭장을 소유하고 관리했던 자가 아니라 외부에서 들어온 자들이다. 이들은 한 마디로 외세(外勢)라 할 수 있다. 이들로 인하여 닭(우리 민족)의 수난사가 시작되는 것이다.

> 첫닭이 울어도 날은 새지 않았다. 두 번 세 번 연달아 울어도 어둠은 가시질 않았다. 이렇듯 갤 줄 모르는 어둠 속엔 총총한 별빛만이 천 년을 두고 내리듯이, 많은 전설들이 내리깔렸다.
>
> 날이 샌 적이란 단 한 번도 없었다. 그러나 언젠가는 그 새지 않는 날이 확 풀려 오를 것을 믿고 있었다. 그런 기대가 빚어낸 전설인지도 모른다.

> 나날이 불어만 가는 많은 닭 속에서 한 쌍의 학이 올라 푸른 하

늘빛을 받아 닭 모양을 한 한 쌍의 봉황새가 되어 다시 날아내려 어둠이 깔리는 오동나무 가지에 앉아 울면 날은 새어 마을엔 새 아침이 온다고…….

터무니없는 소리 같지만 누구나 그것이 자기 소망이었던 까닭에 이 전설을 믿었다.54)

이 작품의 도입부는 이렇게 닭장 속에서 한 쌍의 학이 날아올라 봉황새가 되어 다시 오동나무 가지에 내려앉아 울면 새 아침이 올 것이라는 전설에 대한 마을 사람들(민초)의 믿음으로 시작된다. 오랜 세월 닭들은 관리인들의 핍박을 받으며 어둠 속에서 살아왔지만 언젠가는 봉황이 나타나 새 아침을 열어줄 것이라는 소망을 지녀왔던 것이다.

전개부에서는 외세에 의하여 고통을 당하는 닭들의 수난사가 그려진다. 그것은 세 단계로 펼쳐진다. 첫 번째는 일제의 민족 말살 정책으로부터의 수난이고 두 번째는 해방 후 혼란기의 미소 군정에 따른 수난이며 세 번째는 한국전쟁 후의 외세에 의한 민족의 수난이다. 우리 민족에게 고통을 안겨준 이들 외세(일본 제국주의자 · 미 · 소)는 닭장의 관리자로 형상화된다.

닭장(국토)의 첫 번째 관리자는 '작달막한 키에 참을성이 없는 포악한 성격의 소유자'인 데다가 '인색하고 팩하는 성미'를 가진 일본 제국주의자다. 이 관리자는 닭들의 산란율을 높이기 위하여 종자 개량을 첫 과제로 삼고 외래종을 들여와 재래종을 개량시키려고 한다. 종

54) 정한숙, 「닭장 관리」, 『현대문학』, 1963.5., p.128.

의 개량이나 동화(同化)는 우생학적 접근이 필요할 뿐만 아니라 한두 대에 이룰 수 없는 계획임을 깨닫지 못하고 있다. 그는 병약한 외래종에는 쌀겨에다 조개껍데기나 계란껍데기는 물론 생선가루를 섞어 주는가 하면 망간이란 약까지 풀어먹이는 특별 대우를 하지만, 빛깔 좋고 강인한 울음소리를 내는 재래종에는 인색한 대우를 하면서 막대한 이익을 챙긴다. 닭장 관리에 맛을 들인 관리인은 만주를 비롯하여 중국의 일부 그리고 남방 일대에까지 그 손을 뻗친다. 그러면서도 외래종에 잘 동화되지 않는 닭은 식육용으로 시장에 내놓는다. 이로 인해 많은 수탉들이 죽어 나갔다. 본래 붉고 빳빳한 벼슬을 지닌 수탉들은 오랜 세월 시달림을 받게 되자 축 늘어지지 않았으면 병신스럽게 한 쪽 귀퉁이가 떨어져 나갔다. 이렇게 포악하고 교활한 관리인은 마침내 패가망신과 함께 빚을 짊어지고 물러가고 만다. 이것이 바로 일제의 민족 말살 정책으로 인한 우리 겨레의 고난사의 제1막이다.

일본이 패망하자, 두 사람의 관리인이 나타났다. 북과 남에 각각 소련군과 미군이 진주하여 군정을 실시하게 되었다. 따라서 북쪽과 남쪽에 각기 다른 관리인이 등장한 것이다.

> 두 닭장 관리인은 성격부터가 판이했다. 한쪽이 문이라고 말하면 한 쪽은 벽이라고 우겨대기가 일쑤다. 이렇게 어거지를 쓰는 것을 보면 성격의 탓이 아니라 어떤 이해관계인 듯싶었다. 이해관계가 서로 상반된 사람들이 어떻게 남북으로 닭장을 끊어 맡아 관리하게 되었는지 기묘한 일이다. 물론 첫 번 관리인이 저지른 실패의 대가를 물려받은 것이겠지만 닭들의 생각으론 어처구니없는 일이 아닐 수 없었다.

> 첫 관리인의 포악에 견디지 못하여 오랜 세월 닭장 밖으로 나가 살던 닭들도 울타리 안으로 모여들었다. 원래 닭들은 양지진 곳을 즐겨한다. 북쪽 닭장 속의 닭들은 양지를 찾아 남쪽 울타리로 옮겨왔다.
>
> 놀란 것은 남쪽 닭장 관리인보다 북쪽 관리인이다. 그대로 있단 빈털털이가 될 뿐이다. 그는 서둘러 검은 벽으로 돌려막아야 했고 그것도 안심되지 않아 가시울타리를 쳤다.
>
> 원래는 같은 닭장이었던 것이 관리인의 상반된 이해관계로 인위적인 장벽이 서게 되자 이제는 그 왕래조차 끊어지게 되고 말았다. 한 사람이 관리하게 된 때보다 더 큰 비극이 생기지 않을까 닭들은 두려워했다. 이때부터 닭들에겐 또 어두운 밤만이 시작되었다.[55]

해방기에 나타난 두 관리인은 서로 이해관계가 달라 한 국토를 남북으로 끊어 관리하게 된 것이다. 남북 사이에는 장벽이 생겨 서로의 왕래가 끊어지고 닭들은 또 다른 어두움 속에서 살게 된 것이다. 두 관리인의 관리법은 판이했다.

소련 군정 세력을 상징하는 북쪽 관리인은 '무질서의 질서'를 즐기는 듯 기존 시설을 뜯어내고 계란과 사료를 마구 퍼내어 갔다. 닭들은 다시 모래를 파헤치고, 울타리 안에 돋아난 노리끼리한 잡초나 뜯어 먹어야 했다. 수탉들은 털이 빠지고 살이 내렸다. 발톱이 닳도록 파헤쳐도 주워삼킬 만한 모래도 없었다. 암탉들이 수탉 구실을 하려드는 때도 있었다. 북쪽의 관리인은 신호로 닭들을 불러 모으는 훈련

55) 앞의 책, pp.131~132.

을 시켰다. 그러고는 꼭 같은 많은 상자들을 닭장 안으로 가져와 암탉들을 그 안에 집어넣고, 병아리들은 공동 사육장으로 보냈다. 우렁차게 울던 수탉(민족 지도자)들은 울 흥미를 잃고 말았다. 이런 식의 훈련에 익숙지 못해 빠져나오는 닭들에겐 먹이를 덜 주어 굶주림에 허덕이게 했고 자주 빠져나오는 놈들은 표시를 해두었다가 잡아내어 처치해 버렸다. 그러고는 사육장에서 자란 큰 병아리들은 데려다 상자 생활에 익숙하도록 훈련시켰다. 얼마 후 관리인은 빨간 물감통을 들고 와 상자 속에 들어있는 공동 사육장에서 자란 닭의 머리에 붉은 칠(공산주의 사상의 주입)을 해주고 이들에게는 특별한 먹이를 주고 진보적이요 현대적인 시설이라며 전등불을 가설한다. 이것은 닭들에게 새로운 시련이었다. 상자 속에서 낮과 밤의 구별도 못하고(정체성의 상실) 알을 낳기 위하여 먹이를 받아먹을 뿐이다. 예정 수량을 채우지 못하면 도태되어 목숨을 내놓아야 했다. 한 달에 서른 다섯 알을 낳을 정도로 혹사당함으로써 산란율이 높아져 생산 초과를 이룩하면 닭들은 자기가 낳은 알의 껍데기도 먹을 수 있게 되었다. 이런 관리인의 경륜을 따르다 보면 닭의 수명은 점점 짧아져 가는 것이다.

이렇게 북쪽의 관리인은 자유를 빼앗고 하나의 질서(주의나 사상)를 중시하는 관리법으로 민중을 탄압했다.

미군정 세력을 상징하는 남쪽 관리인은 자유(주의)를 표방하면서도 능글맞을 정도로 셈이 빠른 경영을 한다. 임시비는 아끼지 않으면서 경상비는 절약한다. 사료는 헤프게 쓰면서도 생돈을 처넣는 데는 인색하다. 그는 울타리 밖 그늘 밑에 앉아서 트랜지스터를 튼다. 낮닭이 울지만(민중의 절규), 그는 재즈곡에 취해 있다(무관심하다). 게으른 낮닭들이 울다가 싸움을 시작한다. '독재 왕국의 군주 같은' 흰 수탉

(최고 권력층 지도자 이승만)과 누런 수탉(중하위 지도자)이 맞붙는다. 늙은 '흰 수탉'은 '누런 놈'에 비하여 싸움에 노련하다(횡포가 심하다). 누런 놈의 한쪽 눈알이 터지자 싸움이 끝난다.

남쪽 관리인은 이런 남쪽 권력층 사이의 싸움에도 관심이 없다. 사욕만 채우면 그만이다.

관리인은 부인이 가져다 놓은 점심밥에도 식욕이 나지 않는 모양이다. 그는 느린 동작으로 샌드위치의 속만을 뽑아먹고는 빵 껍질을 닭장을 향하여 던진다. 그것을 먹으려고 닭들이 야단법석이다. 그때 흰 수탉이 나타나 떡 버티고 서있자 닭들은 달려들지 못한다. 눈알이 파랗고 털이 노란 암탉(최고 권력자의 부인)이 두서너 번 빵조각을 쪼아보다 맛이 신통치 않은 듯 물러서자 그 옆에 서 있던 다른 수탉(중하급 권력자)이 그것을 물고 이리 뛰고 저리 뛰고 한다. 닭들(민중)은 부스러기라도 노리지만, 소용이 없는 것이다.

수탉들(권력층)은 욕심을 부려 물고 뜯지만, 그것을 먹이통이나 닭장 한구석에 처박아둔다. 그것이 썩는 냄새(부패)가 진동하는 것이다. 닭장 전체가 썩어가도 관리인은 아랑곳하지 않는 것 같다. 그러자 한 수탉이 나타난다.

> 꽤나 날씬하게 생긴 수탉이다. 모두가 축축 늘어진 모습들이지만 그 놈만은 유난히 싱싱해 보였다.
>
> 지난해 깐 병아리가 벌써 그렇게 자랐는지도 모를 일이다. 그놈은 생김새만 날씬할 뿐 아니라 그 목소리까지도 특별나게 아름다웠다.
>
> 지쳐빠진 암탉도 그 날씬한 몸매와 아름다운 목소리에 반했는지

곧장 그 뒤를 따라다니며 먹이를 줍기 위하여 땅을 헤치고 다녔다.

이른 아침 그놈은 힘차게 홰를 치며 울었다. 지친 몸에 자는 둥 마는 둥 눈을 감고 있던 암탉들은 그 소리에 눈을 뜨고 그놈의 옆으로 몰려들곤 하였다.56)

'인간 사회에 있어서 시인의 존재와 같아보이'는 그놈은 민중의 슬픔과 기쁨을 자기 것으로, 때로는 터지는 분통과 노여움을 부르짖듯이 우렁차게 울어대더니 암탉들과 닭장을 돌며 먹이통을 마구 파헤치자 거름이 되다시피한 빵조각들(부정부패의 증거)이 나왔다. 이런 꼴을 못마땅하게 노려보던 흰 수탉이 탁한 울음소리를 냈다. 이 소리에 여러 닭들이 날씬한 수탉 쪽으로 몰려든다. 불의의 습격을 받은 암탉들은 갈팡질팡한다. 닭장 안은 금세 수라장이 되어버린다. 이러한 남쪽 권력자들의 싸움에 대하여 관리인은 남의 집 닭싸움을 구경하듯 넘겨다보고 웃기만 한다. 젊은 수탉은 대세에 밀려 꽁무니를 뺀다. 생명의 위험을 느낀 그놈은 철사를 빠져나가 남북의 경계선이 되어 있는 닭장 위에 올라앉아 목을 뽑아 청승맞게 울더니 북쪽 닭장을 향하여 내려앉고 마는 것(월북)이다. 봉황의 도래를 소망했던 닭들은 허탈에 빠지고 만다.

한여름이 시작된 어느 날 새벽이다. 닭장 안엔 큰 소란이 일어났다. 그것은 이 닭장을 가로막아 놓았던 벽과 철조망을 뚫고 이쪽 닭장으로 침범해 온 것이다. 먹이에 굶주린 닭은 닭이 아니라 살쾡이

56) 앞의 책, pp.138~139.

떼나 다름없었다.

그들은 먹이통을 부수는가 하면 정말 살쾡이 아니면 솔개 모양 살찐 암탉과 병아리를 마구 앗아갔다. 모든 수탉들은 암탉에 대한 명예를 걸고 싸웠지만 불의의 습격이고 보니 당해낼 도리가 없었다.[57]

1950년 6월 느닷없이 머리에 붉은 칠을 한 북쪽의 닭들이 남침을 해왔다. 솔개나 다름없이 잔인한 그들은 남쪽의 닭들을 마구 살상한다. 붉은 볏이 떨어지고 눈알이 터지고 죽지와 다리까지도 부러져나가도록 싸웠으나 당해낼 수가 없었다. 그런데 가장 위엄을 부리던 그 흰 수탉의 모습은 보이지 않았다. 이런 소동으로 남북쪽 닭장은 모두 엉망이 되어버렸다.

(인구의 6분의 1이 희생될 정도로) 전쟁의 피해가 커지자 미소 양국은 자신들의 이해관계에 의하여 휴전협정을 맺었다.

이번 소동에 눈을 밝히고 내려왔던 그 젊은 수탉(박헌영)은 흰 수탉을 찾아 헤매다가 남쪽 관리인이 던진 연막탄에 놀라 북쪽으로 퇴각한다. 그는 제한된 자기 상자 속에 들어가 감시와 제재를 받게 되자 떠나온 고향을 그리다가 여러 수닭들의 습격을 받곤 피를 흘리며 쓰러진다. 북쪽 관리인은 그의 목을 따 튀겨 버렸다. 배신자란 명목으로 처형당하고 만 것이다.

남쪽 닭장 안에서는 자유를 구가하며 자국의 이익만을 추구하는 관리인의 무책임하고 느슨한 관리 탓에 닭들의 싸움이 그치지 않았다. 남쪽 지도층의 권력 싸움과 부패가 천지를 진동하여 관리인은 흰

57) 앞의 책, pp.140~141.

수탉과 그 암탉을 격리시켜 놓자 남은 수탉들이 군웅할거함으로써 많은 닭들이 고통을 당한다. 그래도 관리인은 그것이 그저 불쾌한 듯 트랜지스터를 돌리며 외면한다.

결말은 다시 봉황을 그리는 닭들의 소망으로 끝난다.

> 관리인들에겐 환한 낮인진 몰라도 닭들에겐 언제까지나 가시지 않는 어둠만이 이 한낮에도 내리고 있는 것 같았다.
>
> 양쪽 관리인은 닭장 주변에 떠도는 전설을 부인한다 해도 닭들은 믿어야만 편하고 보람을 가질 수 있었다.

> 날아오른 닭이 학이 되었다. 그 학이 다시 한 쌍의 봉황으로 변하여 오동나무에 앉아 울면 날이 새고 동이 트리라…….[58]

우리 닭장 관리인의 무능과 불철저한 관리로 인하여 관리권이 타국인에게로 넘어가자 우리 닭들은 어두운 닭장 속에서 그의 천대를 받으며 고통스럽게 살아가지 않을 수 없게 되었으나, 그래도 우리의 닭들은 언젠가는 봉황새가 날아올라 새 아침을 열 것이라는 전설을 굳게 믿으며 끈질기게 살아오고 있다.

이 이야기의 흥미의 초점(Focus of interest)은 외래 관리인이다. 그들의 관리법에 의하여 우리 닭들의 운명이 결정되었기 때문이다. 그러나 이 작품의 중심인물은 그들이 아니다. 곧, 인물의 초점(Focus of

58) 앞의 책, p.144.

charaeter)은 많은 닭들이다. 그 닭들 가운데서도 흰 수탉(이승만)이나 젊은 수탉(반대파 지도자)이나 머리에 붉은 칠을 한 닭(공산주의자)이 아니라 평범한 우리의 닭들, 곧 민중들이다. 민중들에게 고통을 주는 것은 외세나 남북의 정치 지도자나 마찬가지다. 특히 국내의 정치 지도자는 무능하며 다만 권력 투쟁과 부패에 혈안이 되어 있을 뿐이다. 따라서 이들로부터 고통을 받는 일반의 닭들이 이 작품의 주된 인물들이다. 이들은 자기 잘못이 없는 데도 불구하고 외세와 국내의 정치 지도자들로부터 이중의 고통을 당하며 살아야 한다. 그러나 그들은 고난의 현실 앞에서 절망하지 아니하고 내일에 대한 꿈을 버리지 않는다. 이렇게 이 작품은 애상적 플롯으로 짜여져 있다.

이러한 닭들의 수난사를 통하여 작가가 말하고자 한 것은 무엇인가? 천년을 두고 가실 줄 모르는 어둠 속에서도 우리 민족은 언제나 새 아침을 열어줄 위대한 지도자의 출현을 염원하면서 끈질기게 살아왔다는 것이다. 따라서 이 작품은 고난의 시대를 살아가는 민중들의 한결같은 염원을 주제로 한 것이다. 이 작품의 도입부와 결말부에 나타나 있는 봉황새 전설이 의미하는 우의(寓意)는 바로 이것이다, 이 대목에시 송하춘 교수가 봉황새의 전설을 육사의 '손님(청포도)과 초인(광야)'에 견주면서 정한숙의 작가적 소망을 읽을 수 있다[59]고 말한 것은 적절한 해석이요 탁월한 지적이라 하겠다.

이 작품에서 우리가 눈여겨볼 대목은 우리의 근대사에서 우리 정치 지도자들의 치욕스러운 몰골이다. 주인을 잃고 국민들이 배고픔에 고통을 당하고 있음에도 불구하고 이승만 정권은 정권을 유지하

59) 송하춘, 「결 고운 삼베, 혹은 무명 가닥」, 『금당벽화』, 고려대학교 출판부, p.403.

기 위하여 정적과 싸움을 하거나 자기들의 이익만을 추구한 부패 정권이었음을 보여주었다. 한국 정부의 더럽고 무능한 민낯을 폭로함으로써 날카로운 풍자(satire)의 칼날을 보여주었다. 이 점에서 이 작품은 채만식의 풍자적 작가 정신을 계승한 소설로 풍자적 알레고리(satiric allegory)가 빛나는 작품이라 하겠다.

⑬ 「해녀(海女)」

『문학춘추』 2, 1964. 5

바다를 삶의 터전으로 삼고 살아가는 해녀들의 고단한 삶과 성의 문제를 취급한 작품이다. 이 작품의 시간적 배경은 작가의 창작 시기인 60년대 초로 짐작된다. 공간적 배경은 바닷가 마을이다.

도입부에서 작가는 해녀들의 입장에서 바다의 의미를 이렇게 설명한다.

> 바다는 우리들의 도장(道場), 바다는 우리들의 직장, 바다는 우리들에게 삶을 가르쳤고 바다는 우리들에게 생활을 지탱해준다.[60]

바다는 스스로 슬픔을 참을 줄 아는 견인주의자이지만 때로는 분노를 폭발시켜 해일을 일으키거나 해안선을 들이친다. 바다의 분노는 육지의 횡포 때문이다. 본시 바다와 육지는 이웃이었다. 그러나 육지(사람)가 바다를 너무 학대하며 어족을 남획하는 등 바다의 질서를 깨뜨려 왔기에, 이로 인한 바다의 분노는 인간의 불행이나 죽음과 연결되는 것이다. 바다를 삶의 터전으로 삼고 살아가는 사람들의 비극의 원인을 우리에게 환기시켜 주는 대목이다.

> 마을이래야 선창가를 굽어 내려다보여 이십여 호가 띄엄띄엄 자리잡고 있다.

60) 정한숙, 「해녀」, 『문학춘추』, 1964.5., p.16.

효순은 이 마을에서 낳아 이 마을에서 자랐다.

퇴악을 걸머진 효순은 걸음을 빨리하였다. 안갯발이 트이는 사이로 그림자는 보이지 않은 채 말소리가 들린다.

효순은 아버지의 얼굴을 모르고 자랐다. 언니가 스물다섯, 효순이는 금년 들어 열아홉이다.

언니 위로 오빠들이 있었다고 하지만 효순은 그 오빠들도 아버지 모양 영 기억에 없었다.

아버지의 모습이라면 이웃에 홀아비로 살다 어디론지 종적을 감추어 버린 곰보 영감의 얼굴이 떠올라 몇 해 전만 해도 혼자 얼굴을 붉히곤 했다.[61]

효순은 어머니의 세 번째 남자의 딸이지만 그 남자가 누구인지 알지 못한다. 사생아인 셈이다. 두 번째 남자의 딸인 언니와 성이 다르다. 효순은 그것이 부끄러워 같은 성으로 갈아달라고 조르다 학교를 일 년도 채 다니지 못하고 그만둔다. 어머니는 육십이 되어서도 잠수를 한다. 그럴 때면 곰보 영감과 효순은 바닷가에 불을 피워 놓고 물속에 들어간 어머니를 기다리곤 한다. 그 곰보 영감이 행방을 감추자 어머니가 일에서 손을 뗀다.

언니는 4년 전 뱃놈을 싫어하는 어머니의 뜻을 거스르고 뱃놈과 결혼하였으나 길숙을 뱃속에 가진 채 바다에 남편을 잃는다. 젖줄이 꺼져 젖을 타박하는 길숙은 궁둥이를 두들겨 맞는 천덕꾸러기가 된다. 그런 언니를 못마땅해하면서 효순은 조카를 따뜻하게 보살핀다.

61) 앞의 책, p.18.

언니와 동갑인 귀네는 '쥐 못 잡은 괭이두 집에 있으면 괭이 구실을 한단다'고 우기는 어머니가 시키는 대로 다리 병신인 경삼이한테 시집을 가지만 경삼이는 곰보 영감처럼 귀네의 뒤치다꺼리를 하나 끝내는 시름시름 앓다 죽는다.

효순은 퇴악과 구럭을 걸머지고 선창가로 나온다. 보패 아주머니 등 마을의 아낙네들이 모두 나오지만 밤에 조합의 최 씨와 술을 마신 언니는 가장 뒤늦게 나온다.

돌섬을 향하여 배를 띄운다. 돌섬까지는 두 시간 남짓 거리다. 그물을 거두는 고깃배의 그림자가 보인다. 효순은 좋아하는 성균의 목소리를 들은 것 같아 긴장한다.

돌섬에 도착하자 효순은 더 많은 수확을 기대할 수 있는 제비섬으로 갈 결심을 한다.

> 마을 해녀들 중엔 제비섬이란 이름만 들었을 뿐 가보지도 못 한 축이 태반이다.
>
> 첫째 제비섬까지 가려면 체력이 있어야 했고 호흡이 길어야 했다. 돌섬에서 제비섬까지 가는 거리도 거리지만 제비섬 밑바닥은 돌섬 같지가 않았다. 돌섬 같으면 두세 길만 들어가면 되지만 제비섬은 최소 열 길은 들어가야 했다. 그것도 그것이지만 제비섬 주위에서 작업을 하다 몸이 해수에 얼면 곧 나와 불에 몸을 녹일 수 있는 불을 피워 놓을 장소가 없었다. 불을 피울 수 없다는 것은 배를 댈 만한 곳이 못 된다는 것이다.
>
> 누구나 쉽사리 가지 못하는 곳이기에 제비섬에 대해선 갖가지 구설이 많았다.

도깨비 섬이라는 둥 제비섬은 어느 예쁜 처녀의 죽은 귀신이 조화를 부리는 섬이라고까지 했다.[62]

제비섬에 대한 효순의 도전이 시작된다. 효순은 언니의 만류를 무릅쓰고 제비섬을 향하여 헤엄을 쳐 나간다. 제비섬에 도착하자 효순은 다섯 번이나 물속으로 뛰어들어 방어와 낙지를 잡고, 소라와 전복 등을 캔다. 물 위 바위로 나온 효순은 낮아진 체온을 회복시키기 위하여 기력을 다하여 돌섬을 향하여 헤엄쳐 나간다. 돌섬 근처에서 언니의 도움을 받아 겨우 바위 위 불가로 나온다.

배를 타고 선창가로 돌아온다. 최 씨가 저울로 달더니 다섯 관이라고 한다. 언니가 네 관 반이라면 자기는 그 배가 되는데 다섯 관이란 말이 되지 않는다. 효순이 다시 무게를 달라고 외치자 언니는 나머지를 자기에게 늘여주었다고 최 씨를 두둔한다. 최 씨의 부당한 계량에 효순은 분해한다. 옆구리를 찌르며 밀어내는 언니도 귀찮다. 효순은 아랫목에 몸을 대고 눕는다.

효순은 무릎을 지지기 위하여 속옷까지 벗고 엎드렸다. 속옷이래야 빤쯔뿐이다. 등허리에 흐른 땀이 끈끈하다. 그러나 땀을 흘리고 나야 몸은 거뜬하다.

내일부턴 다시 안 갈란다… 안 가구 말구, 내가 뭣 하러 간담… 씨!

62) 앞의 책, pp.24~25.

최 씨의 얼굴이 떠올랐다. 효순은 그를 노려보았다. 순간 최 씨의 얼굴은 언니의 얼굴로 바뀌어졌다.63)

언니와 최 씨의 농간에 속은 효순은 다시는 제비섬에 가지 않겠다고 결심한다. 그러나 성균의 등장으로 효순의 결심은 흔들린다. 어느 날 밤 몰래 찾아와 가슴을 내리누르는 성균이에게 효순은 배를 안 탄다는 조건으로 몸을 허락한다. 효순은 성균과의 행복한 삶을 위하여 다시 제비섬으로 가겠다고 마음먹는다.

효순은 매일 같이 제비섬으로 간다. 힘들여 채취한 전복, 소라의 반을 언니 구럭에 넣어준다.

행복한 효순은 언니의 동갑내기인 귀네네 구럭에도 얼마간을 넣어준다. 그 인심을 언니가 가로채도 효순은 조금도 언니를 미워하지 않는다.

그런데 또다시 사건이 반전하는 계기가 찾아온다. 읍에 나간 성균이 돌아오지 않는 것이다. 불안해진 효순은 어제와 오늘 제비섬엘 가지 않고 언니와 함께 돌섬에서 물질을 한다. 일을 하다가 허벅다리와 옆구리를 눌러보니 자신도 모르게 몸매가 달라진 것 같다. 젖통도 부풀어 오르고 밑 배도 불름하고 둔부도 커진 것 같다. 몸이 자유롭게 움직여지지 않는 것 같다고 효순은 생각한다.

효순은 물에 들어가지 않고 눈물을 흘린다.

자기 아니면 갔다 올 사람이 없나….

63) 앞의 책, p.32.

혼자 중얼거리고 난 효순은 메마른 입술을 빨았다. 성균이가 정 말 오지 않으면…. 집 식구에 몰려 배를 타게 되면…. 아니 형부와 같아지면…. 나도 언니와 같아져야 하나….[64]

'계집이란 남편을 소중히 여길 줄 알아야 한다. 잠수하는 해녀란 더욱 그렇지. 남편 섬기길 달걀 다루듯 해야 한다니까'라고 말하던 어머니를 따르려 했던 효순이로선 걱정이 아닐 수 없다.

감상적 플롯을 사용한 작품이다. 주인공이 불운의 위협을 잘 이겨 낼 수 있는 희망을 가지게 된다.

효순은 자기희생을 통해서라도 사랑하는 남자를 굳건히 지키고자 하는 강인하면서도 청순한 성격을 가진 아름다운 해녀상으로 창조되었다. 이에 비하여 언니는 실리에 밝고 인정이 없으며 육욕에 굶주린 세속적인 해녀의 표본으로 형상화되었다.

진정한 사랑을 주제로 한 작품이다. 그것을 이루기 위해선 자기희생이 따라야 한다는 것을 일깨워주고 있다.

바다는 모든 생명의 어머니요 정신적 신비와 무한성, 죽음과 재생, 무궁과 영원을 상징하는 이미지다. 이 작품에 나타난 이미지는 생명의 어머니, 재생의 어머니에 가깝다. 바다에 대한 긍정적인 이미지 구축에 기여한 작품임을 알 수 있다. 그리고 바다에서 살아가는 해녀들의 삶의 모습을 세밀하게 관찰하여 묘파했다는 점에서 드문 리얼리즘적 어촌, 또는 바다소설 중의 한 편으로 평가할 수 있겠다.

64) 앞의 책, p.38.

⑭ 「유순이」

『현대문학』 166, 1968. 10

시골에서 서울로 올라온 소녀의 도시화 과정을 정감 있게 다룬 작품이다. 60년대의 서울을 배경으로 한 작품이다. 시골 여성들은 아직 양장을 하기가 어려운 때였다. 스무 살의 유순이는 시골에서 살다가 영아네 집 식모살이로 왔다. 그녀는 밤이 되면 잠을 이루지 못하고 창밖을 내다보며 새벽을 맞는다. 첫눈이 오던 날도 창밖에 내리는 눈을 바라보며 '아이 시원해라. 펑펑 쏟아져라' 하면서 밤을 새웠던 것이다. 그러던 그녀는 맥이 없다면서 시름시름거리다가 자리에 눕는다. 주인집 딸인 영아가 병원에 가보라고 해도 곧 나을 거라며 거절하며, 약을 지어다 주어도 잘 먹지 않는다. 영아는 대학에서 심리학을 전공하는 학생이다. 다음은 두 사람의 대화다.

> "심리학이라는 게 무얼 하는 공부예유."
>
> 유순은 한참 동안 자기 나름으로 그것이 무엇을 하는 것인가를 생각하던 끝에 다시 묻는 모양이었다. 이번엔 영아가 말문이 막혀버리고 말았다. 심리학이란 개념을 어떻게 설명해야 유순이가 쉽게 알아들을 수 있을까를 생각했기 때문이다.
>
> "사람들의 마음을 연구하는 거지……"
>
> "사람들의 마음을유. 그럼 의사 선생님과도 같네유."
>
> "그렇다고도 할 수 있지."
>
> "그래유……. 그럼 언닌 내 마음도 잘 알겠네유."
>
> 영아는 또 한 번 말문이 막힐 수밖에 없었다.

"유순의 마음이 어떻게"

영아는 시간을 얻기 위해 이런 반문을 했다.

"제 마음이유?"

유순이는 자리에 누운 채 몹시 망설이는 듯싶었다. 영아는 아무런 재촉도 하지 않고 유순이 입에서 무슨 말이 나오기만을 기다렸다.

"별안간 가슴이 답답하기 시작하더니만 이렇게 몸이 시름시름 아프질 않아유."

유순의 음성은 울먹이고 있음이 분명했다.

"유순이 고향에 누가 계시나."

"부모님과 동생이 있어유."

서슴지 않고 대답하는 유순에게 영아는 더 캐어 물을 수가 없었다.

"유순이는 요즈음 고향 생각을 하고 있는 모양이지."

"별로 그런 것 같지도 않은데유."

영아는 유순이가 요즈음 무엇 때문에 가슴의 답답증을 느끼게 되는지 알 길이 없었다.65)

영아는 유순이의 병이 향수(鄕愁)와 관련된 것이 아닌가 생각을 하면서도 확실한 원인을 알 수 없었다. 그런데 첫눈이 오는 날 영아가 유순이의 표정을 살펴보니 티끌만 한 그늘도 찾아볼 수 없을 정도로 환해 보이는 것이다. 가슴이 답답하고 온몸이 쑤신다고 몸을 틀던 유순이의 모습과는 딴판이어서 영아는 유순을 정말 이해할 수 없었다고 생각한다.

65) 앞의 책, pp.48~49.

그러나 유순이는 병의 증세가 악화되자 고향으로 내려가겠다고 집을 나간다. 모두가 그녀는 다시 돌아오지 않을 것이라고 생각하나 하룻밤을 자고 나니 병이 말짱 났다고 하면서 돌아온다. 이렇게 유순의 병은 고향만 다녀오면 씻은 듯이 나아 버린다.

유순의 어머니는 '들락거리면서 길에다 돈을 뿌리지 말고 주인집에 진득이 붙어 있으라.'고 타이른다. 유순은 그런 어머니의 말씀을 따르기로 결심한다.

유순은 고향을 사랑하고 투박한 시골(충청도) 사투리를 쓰는 전통적인 시골 여성이다. 영아가 원피스나 바지를 주어도 자기는 도시 여성이 아니라고 입지 않는다. 마지못해 영아 어머니가 한복을 마련해주자 그것은 받아 입는다. 치렁치렁 허리까지 내려오는 머리를 자르라고 해도 싫다고 한다.

날이 추워지자 유순은 치마 속에 바지를 입어 보며, 영아에게 우습지 않느냐고 묻는다. 우스우니 벗으라고 하자 유순은 치마를 벗는다, 솜저고리를 입으려 하자 영아가 빼앗고 스웨터를 내어주니, 할 수 없이 받아 입는다. 영아 어머니가 잘 어울린다고 칭찬한다.

> "유순이는 내일이나 모레쯤 또 시굴 가야겠군……"
>
> "시굴엔 뭘 하러 가유."
>
> 영아가 무엇 때문 그런 뜻밖의 소리를 하고 있는지 알 수 없다는 듯 유순은 눈을 크게 떴다.
>
> "함박눈이 저렇게 펑펑 쏟아지니 유순은 또 가슴이 답답해질 게 아니야."
>
> "아이 언니두, 시굴엔 인젠 다시 안 간대두유."

"지금까지 시굴에 가고파서 갔었나, 몸이 아파 갔었지."

"하긴 그래요. 그렇지만 이젠 앓지 않을 걸유."

"그것이 마음대로 되나."

"그럴 자신이 있는 걸유."

"내가 보기엔 그렇지 않을 걸……"

"그럼 제가 시골 또 갈 것 같어유."

영아는 가벼이 고개를 끄덕였다.

"안 갈 꺼라니께유."

영아는 그래도 또 한 번 고개를 살래살래 흔들어 보였다.

"언닌 무엇 때문에 자꾸만 그렇게 생각한대유."

"유순의 그 긴 머가 짧아지지 않는 한 유순인 또 시골로 가고 싶은 병을 앓을 거야."66)

긴 머리를 영아가 가위로 잘라준다. 영아의 손끝이 가늘게 떨린다. 이 작품의 결말이다. 떠나온 고향을 그리워하면서 도시적 환경에 적응하려고 노력하는 주인공의 이야기로, 감상적 플롯을 사용했다. 때묻지 않은 한국 소녀의 순박한 아름다움을 주제화했으며, 한편 한국적인 것이 사라져 가는 데 대한 아쉬움도 간접적으로 보여주었다.67) 이 작품에 나오는 '눈'은 정신을 맑게 해주거나 치료해 주는 정화(淨化)와 치유의 상징이라 하겠다.

정한숙의 단편 중에서 가장 짜임새가 좋고 살아 있는 인물 창조에 성공한 작품 중의 하나가 아닌가 한다.

66) 앞의 책, p.58.

67) 김재두, 『정한숙 소설연구-주제 의식을 중심으로』, 건국대학교 박사학위 논문, 2002., p.99.

⑮ 「백자도공(白磁陶工) 최술(崔述)」

『현대문학』 180, 1969. 12

도자기를 빚는 도공의 창조 과정을 액자소설의 형태로 구성한 작품이다. 외화(外話)는 작가가 입수한 도자기 연구가인 곽성식이 수집한 자료에 대한 소개이고 내화(內話)는 그 자료에 나타난 도예가 최술에 대한 이야기다. 그러므로 이 작품에는 두 개의 시점이 존재한다. 외화의 서술자 시점과 내화의 곽성식의 시점이다. 전자는 1인칭 관찰자 시점이고 후자는 3인칭 전지자 시점이다.

이 작품은 고려말에서 조선시대로 넘어오던 시기의 송도와 광주의 도요지(陶窯地)를 배경으로 삼았다.

주인공 최술은 고려말 송도 송홧골에서 태어났다. 아버지가 송화요(松禾窯)를 만드는 가마터에서 물레를 돌리며 흙을 다듬는 세공인이었으므로 그 가마터에서 떨어진 흙을 주물러 원숭이 · 오리 · 거북 등을 만들면서 자란다. 어느 날 흙 속에서 청아한 푸른 빛을 띠는 사기 조각을 발견하는데, 아버지가 일하는 가마에서 구워내는 사기와는 딴판이었다. 조각들을 맞추어 보니 푸른 하늘을 흐르는 구름, 다리를 쭉 뻗은 학, 사자의 머리들이 나타난다, 누가 이렇듯 아름다운 그릇을 구워냈으며 그걸 왜 여기다 버렸을까? 그날 밤, 잠을 이루지 못한다. 그것이 고려자기 조각임을 알지 못한다.

17세에 도공이 되었다. 나이는 어렸지만, 솜씨 있는 도공으로 인정받았다. 그는 잡부들이 하는 태토(胎土)를 만드는 일에 직접 발벗고 나선다. 좋은 기물을 만들려면 태토가 좋아야 한다는 신념을 갖는다. 이처럼 투철한 장인 정신을 지닌 도공이다. 부모를 잃고 나선 온 화청장(畵靑匠) 중 나이가 가장 많고 유약(釉藥)의 대가인 박고남의 딸 순네와 결혼한다.

옛사람들은 저렇듯 아름다운 빛과 모습을 그대로 화병과 술병에 옮겨 놓을 수 있었는데 왜 지금의 화청장이들은 그런 솜씨를 부리지 못하는 것일까…… 최술은 안타까움에 초조하기만 했다. 최술은 그 안타까움을 달래려 각령 안으로 들어갔다. 어두컴컴한 그 속엔 빚어 놓은 도기가 찬판 위에 아무렇게나 놓여 있었다.

그 하나를 골라 붓을 들었다. 지금까지 남의 눈을 피해 가며 구름과 꽃과 당초와 봉황 등을 그려보기도 하고, 이것을 다시 칼로 새겨 보기도 한 것이 몇 번인지 모른다. 그러나 그 어느 하나도 자기 마음에 드는 것이 없었다. 그럴 때마다 최술은 그 도기를 자기 손으로 부쉈다. 그릇을 마구 부숴버렸을 땐 잠시 마음이 홀가분했지만, 그 홀가분해졌던 마음엔 밤이 어두워 이 마을에 차곡차곡 내려깔리듯이 새로운 침울만이 더해졌다.

지금 붓을 들고 도기 위에 구름과 한 쌍의 학을 그려보고 있는 최술의 이마엔 땀방울이 솟아 있었다.

태토를 개는 잡부들의 역사만치나 그에게도 힘에 겨운 모양이었다.68)

그러나, 원하는 대로인 만족한 그림이 나오지 않자 술만 마시고 뒤늦게 귀가한다. 순네는 그런 남편을 걱정하다가 친정으로 간다. 최술

68) 정한숙, 「백자도공 최술」, 『현대문학』, 1969.12, pp.41~42.

은 사기 조각들을 들고 박고남을 찾아간다. 최술은 장인을 통하여 두 가지 사실을 알게 되니, 하나는 화청장이들은 유약을 만드는 비법을 아무에게도 가르쳐 주지 않고 자손에게만 물려준다는 것이요, 다른 하나는 기물의 색조나 형태는 시류를 따라야 한다는 것이다. 여기서 '시류'란 제요직(諸窯直)의 지시를 의미한다. 도공은 자기 멋대론 자기를 만들 수 없었다는 뜻이다. 만약 조정이 싫어하는 것을 고집하면 역적이 된다는 장인의 말에 놀란다.

그에 반해 최술은 독창적인 것을 만드는 것이 도공의 보람이라고 믿었다. 그는 조선시대 태조 4년 스물다섯의 나이에 송홧골 관요를 떠나 광주땅으로 옮겨 간다.

생활은 궁핍했으나 사기장이로서의 보람은 느낄 수 있었다. 정권이 교체됨에 따라 제요직에서 관리하던 관요를 사옹원에서 관리하게 됐기 때문에 이윽고 고려청자의 아름다운 빛깔 복원이 아닌 새로운 것에 대한 꿈을 지니게 된다.

> 푸른 하늘이 더욱 아름다운 것은 그 위에 흰 구름이 떠 흐르기 때문이다. 고려 사람들은 푸른 하늘의 아름다움은 느꼈어도 흰 구름의 빛남은 알질 못했다. 인간은 하늘의 섭리에 그 목숨을 걸고 살아가는 것이다. 하늘의 섭리를 지배하는 것은 푸른 하늘이 아니라 흰 구름이다. 구름이 개면 해가 비쳤고 구름이 몰려들면 비를 뿌린다. 풍운의 조화야말로 신의 조화요 조물옹의 의지인 것이다. 이 속에 나서 이 속에 살아 이 속에 죽는 것이 인생이다. 그렇듯 조화무쌍한 흰 구름, 그렇듯 아름다운 흰 구름…… 최술은 그런 빛의 자기를 구워내고 싶었던 것이다. 태조가 역성혁명을 이룩했듯이 최술은 자기의 혁

명을 꾀해보고 싶었다.69)

이런 고집으로 여러 사기장들에게 욕과 뭇매로 돌아온 어느 날, 소문을 들었다며 사옹원(司饔院)에서 내려온 한 관원이 전용 각령과 가마를 쓰게 하여 최술로 하여금 기물을 만들어 구워내게 하자. 백날이 되던 날 가마에서 끄집어낸 기물들을 본 관원들은 놀라지 않을 수 없었다. 같은 흰 빛인데도 청백과 황백과 담백의 그릇이 구름이 흘러가는 가마 속에서 나왔기 때문이다. 고려청자의 푸른 빛과 이조 백자의 흰빛이 잘 어우러진 여러 빛깔의 기물들이다. 그중에서 가장 출중한 것이 투조백자필통(透彫白磁筆筒)이었다. 소박하고 묵직하면서도, 태가 있었고 격이 흐르는 것이다. 여태까지 고려 사람들은 푸른 하늘의 아름다움은 보았지만 흰 구름의 빛남은 보지 못한 것이다. 이에 비하여 조선시대 사람들은 흰 구름에서 아름다움을 찾아낸다.

송하춘(宋河春) 교수는 조선시대 백성들이 흰 구름의 아름다움을 발견한 것은 '고려청자에 대한 비판적 인식과 자기 혁명'을 통해 획득한 결실이라고 말하고 있다.70)

최술은 두 가지 백자의 아름다움을 이어받으면서도 더 아름다운 자기를 만들기 위해 창조적인 노력을 경주한 끝에 새로운 백자를 만들어 낸 것이다. 그 새로운 미를 창조하기 위한 불굴의 의지가 바로 이 작품의 주제다.

작가는 최술이란 도공의 인고의 삶을 통하여 창조적인 노력만이 새로운 미적 가치를 창출할 수 있다는 것을 실증해 보인 것이다. 감

69) 앞의 책, p.47.

70) 송하춘, 「결 고운 삼베, 혹은 무명 가닥」, 『금당벽화』, 고려대학교 출판사, 1998.8., p.407.

상적인 플롯이다. 불운을 이겨내고 희망을 현실화하는 공감적인 주인공의 이야기이기 때문이다.

이 작품은 작가가 직접 도요지에 가서 관찰하고, 문헌 연구까지 한 뒤 창작한 것으로 보여진다. 도자기의 제조 과정이 자세하고 전문적인 용어 사용이 이를 뒷받침하고 있는바, 많은 시간과 노력의 투자 끝에 얻어낸 역작이라 하겠다.

(3) 1970년대의 소설

1970년대에 와서 박정희(朴正熙) 군사 정권은 유신헌법(維新憲法)을 제정하여 중앙집권 권위주의 독재 체제를 구축했다. 유신 반대 운동이 시작되고 민주화 투쟁이 거세게 일어나자 사회는 또다시 혼란 속에 빠졌다. 부마(釜馬) 민주항쟁이 일어나더니, 이윽고 박정희가 피살되었다. 독재 정권이 무너지자 신군부 세력이 반란을 일으켜 전두환(全斗煥) 정권이 들어서게 되었다. 이런 시대의 정치적 사회적 현실을 역사적 안목으로 냉엄하게 바라보면서 새로운 창작의 모티브를 발견하여 쓴 작품이 『조용한 아침』이다, 이 시기에 쓴 중편 「어느 소년의 추억」도 단연 돋보이는 작품이다. 이 시기에도 그는 단편 26편, 중편 1편, 장편 2편, 도합 29편의 작품을 썼다. 그 중에서 위의 두 작품을 포함하여 8편을 중심으로 이 시기의 작품 특질을 살펴보기로 하였다.

⑯「거문고 산조(散調)」

『현대문학』 190, 1970. 10

「전황당인보기」와 마찬가지로 무너져 가는 전통적 가치에 대한 향수 내지는 애착의 정신을 다룬 작품으로 현대의 서울을 배경으로 삼았다.

강월 여사는 가곡과 거문고의 명인이다. 그녀는 15세부터 가곡과 거문고를 배웠다. 율의 제일인자라고 할 수 있는 홍 씨로부터 혹독한 가르침을 받아 입지의 발판을 쌓는다. 아버지가 직조업, 직물공장을 거쳐 방직공장을 운영하다 수재인 홍수가 겹쳐 세상을 떠나자 할 수 없이 권번(券番: 기생 조직)에 들어간다. 뛰어난 창과 거문고 솜씨로 화류계(花柳界)에서 이름이 높아져 간다. 그러나 강월은 다른 기생들과는 달리 꼿꼿하게 자신을 지킨다. 총독부 관리가 협박을 하고 장사치, 사업가들이 환심을 사려 하나 모두 거절하여 독종이라는 욕을 먹기도 한다. 스물다섯 살 때 수재민을 돕기 위한 부민관 공연에 참가하여 갈채를 받는다. 강월은 그 자리에서 단소를 부는 청년에게 마음이 끌려 그날 밤 그를 집에 초대하여 비단옷 한 벌을 마련해 주고 함께 살고자 하나 청년은 단소를 벗 삼아 떠돌아다니길 좋아한다. 구름처럼 떠돌아다니다 강월 옆으로 돌아와 많은 것을 가르쳐 준다. 이로 인해 강월은 삼십 년을 거문고와 더불어 외로움을 모르고 살 수 있게 된다. 이상이 강월의 인생 역정이다. 그러나 이야기는 강월이 국악계를 은퇴하고 집에서 젊은 처녀들을 가르치는 데서부터 시작된다.

> 기울어져 가는 낡은 기와집 안방이다. 화문석 위엔 흰 모시 치마 저고리를 입은 중노의 여인이 무릎 위에 거문고를 올려놓고 앉아 있

다. 거문고 소리가 울려 퍼지기 시작하였다. 여인은 바른손에 숫대를 잡고 숫대질을 해가며 왼손으로 거문고의 여섯 줄을 짚어 내렸다. 담아한 음조와 현묘한 운율이 방안에 오롯한 선율을 그렸다.

거문고 소리에 뒤이어 여인의 입에서 가곡이 흘러나왔다.[71]

거문고 줄에 맞추어 뽑는 여인의 가락은 우렁찬가 하면 때로는 부드럽고 애절하기 그지없었다. 여인의 눈짓에 따라 대청에 앉아 있던 다섯 명의 처녀들이 가락을 뽑아대었다. 여인의 옷차림새와는 거리가 멀었다. 그들은 정강이가 보이는 미니스커트에 머리는 단발도 아닌 머슴애들 머리모양 깎아 올렸는가 하면 기를 대로 길러 풀어헤친 머리다.[72]

여기서 '흰 모시 치마저고리'와 '미니스커트'는 구세대와 신세대를 의미함과 동시에, 전통적인 가치와 신시대의 가치를 표상한다. 두 개의 가치, 곧 낡았지만 고상한 가치와 새롭지만, 세속적인 가치가 서로 충돌하면서 대립하는 양상을 보여준다.

이러한 대립은 '팬텀 제트기'의 등장으로 더욱 심화되는데, 대청마루의 들보를 흔드는 팬텀 제트기의 굉음에도 강월 여사의 표정은 조용하지만, 젊은 처녀들은 거문고를 내려놓은 채 일어서거나 궁둥이를 들썩거리며 제트기의 뒤꽁무니를 찾기에 바쁘고, 오히려 강월은 20여 년 전 태평양 전쟁 때의 B29 폭격기의 유연한 모습을 떠올린다. 강월은 거문고를 무릎 위에 올려놓지만, 처녀들은 거문고를 잡아

71) 정한숙, 「거문고 산조」, 『현대문학』, 1970.10., p.91.
72) 앞의 책, p.91.

당기지 않는 것이다.

강월은 많은 제자들을 가르친다. 그러나 아직 자신의 음을 물려줄 제자를 골라내지 못한다. 자질이 있다고 생각하고 눈독을 들이면 이해타산이 빨라 재주를 들고 돈과 바꾸려고 한다. 줄도 제대로 갈라 짚지 못하면서 무대에 나서기를 꺼리지 않는다. 세태가 바뀌어 국악(國樂)을 외면하는 세상이 되었다. 그럼에도 불구하고 이들은 왜 강월을 찾아온 것인가?

> "너희들은 유행가나 그런 현대 무용을 배우지 무엇 때문에 힘든 창이나 거문고 따위의 낡은 것을 공부하려고 하냐?"
>
> 그녀들은 한동안 말이 없었다. 강월은 그녀들의 심정이 궁금하다.
>
> "거문고나 창을 하는 사람이 적지 않아요……."
>
> 한 처녀의 대답에 이어 또 한 처녀가 입을 열었다.
>
> "그러니까 출세가 빠르지요……."
>
> 이번에는 셋째 번 아가씨가 장구를 쳤다.
>
> "그러니까 돈벌이도 빠르고요……."
>
> 강월은 전신의 힘이 푹 빠져나가는 느낌이었다. 무어라 대꾸할 말이 없었다.[73]

새로운 세대의 생각을 이해하지 못해, 이해가 가지 않을 땐 단절이 있을 뿐이라고 생각하면서 강월은 무릎 위에 거문고를 올려놓는다.

---

73) 앞의 책, p.101.

물결치듯 우람한 소리가 난다. 아니 격랑이 바위를 때려 부수는 소리다. 그것은 거문고의 소리가 아니라 세상이 자기를 외면하는 데 대한 참을 수 없는 노여움의 격정이 저렇듯 뇌성벽력 같은 소리를 내게 하는지도 모른다고 강월은 생각하며 연주를 멈춘다.

애상적인 플롯을 사용했음을 알 수 있다.

몰락해 가는 전통적인 예술에 대한 애호의 정신을 주제화한 작품이다.

이 작품에서 거문고는 몰락한 가치의 유물(遺物)을 의미한다.

세태의 변화에 따라 예술의 가치도 변할 수 있다. 그러나 그것이 속화되어서는 아니 될 것이다. 전통적인 가치는 소멸되어선 아니 되고 발전적으로 계승되어야 한다. 그럼에도 불구하고 젊은 신세대들은 그것을 명리를 위한 도구나 수단으로 이용하려고 한다. 이런 잘못된 사회 현상에 대한 작가의 비판적인 시각과 함께 전통을 옹호하는 정신을 보게 된다.

⑰「금어(金魚)」

『지성』 1, 1971.11

불상과 불화에 관련된 예인들의 예술적 정열을 그린 작품이다. 내화(內話)는 삼존천불상(三尊天佛象)을 새긴 백제의 청년 임실(任實)의 이야기이고 외화(外話)는 불화(佛畫)를 그리는 오늘날의 아심(芽心) 스님의 이야기다. 이 두 개의 이야기를 연결해 주는 매개인으로 불화와 불상을 연구하는 한 대학원 여대생이 등장한다. 그러므로 이 작품은 백제시대의 공주(公州)와 지금의 공주를 배경으로 한 작품임을 알 수 있다.

이야기는 아심 스님이 공주 박물관을 방문하는 데서부터 시작된다. 그녀는 삼존천불상 앞에 선다.

> 합장을 끝내고 아심 스님은 회흑색 비신에 조각된 불상을 들여다보았다. 본존 여래상을 중심으로 양쪽으로 부처가 시립하고 있다. 비신을 더듬는 아심 스님의 눈길이 다사롭듯이, 부각 되어 있는 불상에서도 황홀한 기운이 아심 스님의 마음속으로 흡수되는 느낌이다. 아심 스님은 불상을 지켜보고 있으면서도 바른 손에는 염주알을 쉬지 않고 돌렸다.
>
> 처음 박물관을 찾아와 삼존천불상을 대했을 때 아심 스님은 그 황홀함에 어찌할 바를 몰랐다. 그때도 그러했지만 지금도 마찬가지였다.[74)]

74) 정한숙, 「금어」, 『지성』 1, 1971.11., p.193.

아심 스님의 박물관 방문이 처음이 처음이 아니었음을 알 수 있다. 그 이유는 결말부에서 밝혀진다.

아심 스님은 1946년 소련군이 북한에 진주하여 부녀자들을 겁탈한다는 소문에 약혼자 김동성과 월남했다. 그녀는 국방경비대에 입대한 김동성이 송악산 전투에서 전사하자 수덕사로 들어와 여승이 되었고 김일엽(金一葉) 스님으로부터 아심(芽心)이란 법명을 받은 본명이 정희(貞姬)라는 여인이었다.

어느 날 수덕사를 찾아온 여대생이 승방을 쓰고 싶다고 하여 아심 스님은 그녀와 한방을 같이 쓰게 된다. 불화와 불상을 연구하는 대학원 학생인 그녀가 스님에게 공주에 가서 삼존천불상을 보라고 권한다. 백제 시대의 유물로 정교하게 조각된 불상으로 깊은 감명을 받았다. 자기가 본 것 중에서 삼비오안(三鼻五眼)의 원칙이 지켜진 유일한 작품이라는 것이다. 삼비오안이란 얼굴을 그리는 원칙으로 얼굴의 길이는 코의 세 갑절이고, 얼굴의 길이는 눈 길이의 다섯 배, 신장은 얼굴의 6.5배가 되게 하여야 한다는 것이다.

여대생은 아심 스님에게 삼존천불상의 전래 과정을 이야기한다. 그것이 내화의 이야기다.

나당 연합군과의 전투에서 계백(階伯) 장군이 전사하고 의자왕이 웅진성(熊津城)으로 도망가자 16살의 석공이었던 소년 임실(任實)은 신라 소년 관창(官昌)의 영향을 받아 나라를 위기에서 구하고자 홀어머니를 두고 군문에 입대한다. 복신(福信) 장군이 지휘하는 주류성에서 적과 싸운다. 복신 장군은 일본에 있는 풍왕을 모셔다 왕위에 오르게 했으나 사소한 다툼으로 오히려 그에 의하여 죽임을 당한다. 이에 대하여 작가는 백제의 아성(牙城)이 붕괴된 것은 나당 연합군에 의해서가 아니라 왕실의 내분에 의한 것이라고 해석한다.

흑치상지(黑齒常之), 사타상여(沙吒相如) 두 장수마저 전사하자 임실은 마지막으로 남은 임존성을 찾아가 지수신의 수하로 들어가 적군과 싸운다, 왕자 충승과 충지는 지수신을 배반하고 적군에 항복한다. 마지막에 임실은 지수신 성주와 함께 성을 빠져나와 후일을 도모하기 위하여 잠시 고구려 땅으로 향하다가 적을 만나 싸우다가 부상을 입고 쓰러진다.

이렇게 장수와 병사들은 조국을 지키기 위하여 목숨을 초개같이 버리지만 왕이나 왕자들은 개인의 안위를 위하여 비겁하게 항복하며, 관료들이 세력 다툼에 몰두한다는 것을 임실은 삼 년 동안의 병사 생활을 통하여 명확히 깨닫게 된다.

임실은 어느 암자의 스님으로부터 구원을 받아 상처의 치료를 받고 무예(검법)까지 지도를 받는다. 살생을 하지 말라는 스님의 가르침을 받고 임실은 검법 연습을 중단하고 약초를 캐거나 주변의 밭을 가꾼다. 임실은 햇빛에 반사되는 검회색빛 돌을 발견한다.

> 임실은 그 돌 앞에 합장을 하고 고갤 숙였다. 자신도 모르게 취해진 행동이었다. 합장을 하고 서 있는 임실의 손끝은 떨렸다. 임실은 약초를 팔아 몇 개의 정과 망치를 마련해 갖곤 매일 같이 맑은 냇물에 몸을 닦고 나서 그 돌을 갈기 시작했다. 돌을 닦고 있을 때마다 그의 눈앞에 떠오르는 것은 자기가 끝까지 모셨던 장군은 물론 많은 동료들의 모습이었다. 사람이 죽으면 다 부처가 된다는 생각은 스님으로부터 배운 것이 아니라 암자에 기거하며 스스로 터득한 생각이었다.

> 돌의 생김새를 이용하여 임실은 대좌와 비신을 같은 돌로 하기로 하고 먼저 부처님으로 모셔 앉히기 위해 양련 자리를 마련했다. 이 자리 위에 보존여래상을 중심으로 양옆으로 두 여래상을 새겼다. 물론 그 세 분은 흑치상지 장군과 사타상여, 지수신 장군이었다.
>
> 삼존불을 새기고 나서 임실은 앞면과 측면과 그리고 뒷면에다 작은 여래좌상을 새겼다. 작은 여래좌상은 짚신팔이를 하던 문덕이를 비롯한 모든 동료들의 얼굴이었다.[75]

임실의 조국애가 땅에 묻힌 동료들과 잠들지 못하는 망령들의 넋을 위로하고 그들의 극락왕생을 기원하는 삼존천불상을 완성시킨 것이다.

이야기는 액자 속에서 빠져나와 현실로 돌아온다. 아심스님은 초화를 들고 김동성 소위의 넋을 위로하기 위하여 대자대비한 부처님의 모습을 그린다. 붓이 나가지 않을 때는 공주박물관을 찾아가 삼존천불상 앞에 합장을 하고 돌아온다. 개안 미소의 새로운 부처님의 얼굴을 그린 불화가 완성된다.

고통을 이겨내고 꿈을 현실화하는 감상적 플롯이다.

불가에서 불화를 탱화(幀畵) 또는 만다라(曼茶羅)라고 한다고 작가는 말한다. 만다라(Mandala)의 원형적 이미지는 '통일과 정신적 통합에 대한 열망'[76]을 의미한다. 아심 스님의 열망을 담은 그림이다. 제목의 '금어'는 탱화를 그리는 사람을 말한다. 아심 스님을 지칭한 것임

75) 앞의 책, p.203.

76) Wilfred L. Guern, EarleLe G. Labor, Lee Morgan & John R. Willingham, "A Handbook of Critical Approaches to Literature", Haper & Rou Publishers, 1979, p.158.

을 알 수 있다.

두 사람의 작품은 모두 전란을 배경으로 창조되었다. 나라를 구하기 위하여 싸우다가 장렬하게 죽어간 영웅들의 빛나는 혼을 기리고자 하는 예술적 충동과 열망이 빚어낸 아름다운 창조물이다. 여기서 예술인의 창조 정신이란 주제가 탄생한다.

⑱ 「한계령(寒溪嶺)」

『월간문학』 83, 1976. 1

1970년대의 경제 개발 계획에 의한 관광도로 건설 사업과 관련된 개발 현장의 하나인 한계령을 배경으로 한 작품이다.

오상필 노인은 내설악에서 아내와 함께 약초를 캐다 팔며 살고 있다. 한일합방 때 그의 아버지는 일제에 항거하다가 이곳에 은신하여 화전을 하면서 살다가 죽었다. 그가 열두 살 때였다. 이것이 오노인이 내설악에 자리를 잡고 살게 된 연유이다. 슬하의 3남 2녀 중 유일하게 살아남은 아들이 있었으나 그마저도 월남전에 출전했다가 사망했다.

이곳에 주둔하고 있던 공병대가 원통 한계령 양양으로 이어지는 길을 뚫기 위해 계곡을 폭파하고 있었다.

이야기는 오노인이 폭파 작전에 참여했다가 부상당한 한 장병을 구출해온 데서 시작된다.

> 상필 노인 집 아랫목에 핏기 없는 창백한 얼굴을 한 시신 같은 젊은이를 이불에 씌워 묻어둔 채 꼭 만 이틀이 지났다.
>
> 깨진 이마에 검붉은 핏자국이 그대로 남아있었다. 무명 헝겊으로 둘러 감은 가슴은 숨을 쉴 때마다 솥 속에서 밥이 잦아들 때 모양 씩씩거렸다.
>
> 부상한 이 젊은이를 옮기던 날은 늦저녁 때였다. 며칠 계속 내린 눈이 교통을 차단하여 결국은 그를 이곳에 머물게 했다.

상처는 이마가 깨진 것뿐인데 혼수상태에서 깨어나질 못했다.77)

상필 노인 부부는 월남전에서 죽은 아들을 생각하며, 웅담 녹인 물을 먹이면서 정성껏 치료해 준다. 20여 일 만에 기력을 회복한 장병에게 왜 이런 일을 하느냐고 묻자, 그는 노인에게 산업구조를 하루 생활권으로 바꾸는 일은 경부고속도로와 마찬가지로 꼭 해야 할 일이라고 설명한다. 이런 도로가 생김으로써 적의 침입을 막고 외국 손님을 끌어들여 돈도 벌 수 있다고 부연한다. 국토 개발의 의의와 효과를 올바로 이해하고 있는 건전한 청년임을 알 수 있다.

그런데 알고 보니, 그는 고향 평택에 아는 사람이 아무도 없는 고아였다. 아버지는 6 · 25 때 전사하고 어머니는 고아원에 세 살인 아기를 맡기고 재혼했다는 것이다.

노파는 제대하면 외로운 사람끼리 같이 살자고 제안했는데, 입대 전에 근무하던 공장의 친구로부터 같이 일하자는 편지를 받고 청년은 서울로 떠난다.

한계령 도로가 개통되자, 청년이 사장 차를 빌려 타고 와서, 두 노인을 태우고 한계루로 가서 내년에 길이 포장되면 돌아와서 여기에 휴게소를 짓겠다고 말한다. 노파는 마냥 즐겁기만 하다.

그러나, 이 작품의 결말은 청년이 시공식에서 K장군이 한 말을 회상하면서 목숨을 잃은 동지들을 위해 뜨거운 눈물을 흘리는 데서 끝난다.

K장군은 '파괴는 건설의 모체'라고 하면서, 우리가 하는 작업은 단

77) 정한숙, 「한계령」, 『월간문학』, 1976.1., p.57.

순한 자연의 파괴가 아니고 꼭 해야 할 작업이므로, '우리는 조국의 번영과 민족의 안녕을 위해 이 성스러운 작업을 완성시켜야 할 사명을 가지고 있는 것'이라고 역설한다. 감상적인 플롯을 보여준다.

이 작품의 초점 인물은 젊은 청년이다. 그는 외로운 노인들에게 새로운 삶의 희망을 불어넣어 주고자 함과 동시에 친자 이상의 효심을 보여줌으로써 그들과 일체감을 갖는다. 이들을 하나로 묶는 유대(紐帶)는 서로에 대한 사랑이다. 그러므로 이 작품은 인간에의 사랑을 주제로 했다고 할 수 있다. 이에 부수되는 다른 주제로 국토 개발에 대한 긍정적인 인식을 들 만하다. '한계령'이란 제목은 스스로도 상처를 받아 고독하지만 다른 사람들의 행복을 위해 사랑을 베푸는 따뜻한 마음씨를 가진 사람들이 지향하는 삶의 목표를 상징한다고 볼 수 있다.

⑲「어느 소년(少年)의 추억(追憶)」

『현대문학』264, 1976. 12

작가의 소년 시절의 경험이 묻어나는 반자전적인 작품이라 할 수 있다. 앞서 본『끊어진 다리』의 주인공 '나〔演〕'는 평안도 영변에서, 그리고 이 작품의 주인공인 '나〔오칠섭〕'는 서울에서 각각 소년 시절을 보낸다. 두 사람이 자란 곳은 다르나 매우 비슷한 소년 시절을 보낸다. 그들이 성장하면서 살아간 시간적 · 사회적 환경은 일제강점기로 같다.

이 작품의 화자는 일인칭(一人稱) 서술자 시점에서 이야기를 시작한다.

화자는 다섯 살 때, 집달리들에 의하여 집에서 쫓겨나 큰 기와집과 넉넉한 살림살이를 두고 오막살이 집으로 이사를 간다. 식구는 형과 어머니와 나 셋이다. 아버지는 집을 나가 행방이 묘연하다. 형은 초등학교 삼 학년에 다니다 학교를 그만두고 선교사 집에 가서 심부름을 해주며, 어머니는 남의 집에 일을 나간다.

> 어느 날 나는 혼자 집에 있었다. 형은 선교사 집에 가서 심부름을 하였고 어머니는 넉넉히 사는 집의 삯일을 하러 가면 혼자서 집을 지켜야 했다. 나는 항상 오정 때가 되기 전부터 배가 고팠다. 집안과 부엌을 아무리 뒤지고 살펴도 먹을 것이 있을 리 없었다. 배가 고프면 방 안이 더 추웠다. 우리가 밤에 덮고 자는 치마도 어머님이 입고 나갔으니 뒤집어쓰고 있을 것도 없었다. 하는 수 없이 나는 밖으로 나왔다.[78]

큰 집을 잃고 극심한 곤궁 속에서 어린 시절을 보낸 작가의 생애와 유사하다. 화자이며 주인공인 칠섭은 거리로 나갔다가 일본 아이들에게 뒤통수에 눈 뭉치를 얻어맞고 쓰러진다. 그들은 칠섭의 몸을 짓밟고 발로 차기도 한다. 악이 난 칠섭은 공격해 오는 한 아이의 발길을 잡고 쓰러트린 뒤 깔고 앉아 얼굴을 물어 버린다. '쪽발이 새끼들아, 나를 차면 이놈을 물어 죽이겠다'고 고함을 치자 그들은 도망을 친다. 억울해하며 돌아온 동생에게 '그들한테 이기는 법을 배워야 한다'고 말하던 형이 앓다가 갑자기 죽는다. 그 동안 형은 선교사 집 심부름을 해주고 2원 60전의 생활비를 벌어 왔었다.

어느 장날 거리에 나갔다가 만난 노인이 칠섭을 골목으로 데리고 가서 시장의 차일에 그려져 있는 태극에다 사괘를 더한 그림을 땅바닥에 그리더니 그게 우리나라의 국기임을 가르쳐 준다. 칠섭은 태극기와 일장기를 비교해 보면서 비로소 일본에 대한 적개심을 갖게 된다. 칠섭은 태극기를 벽에 그린다. 어머니의 주의를 받고 아버지를 그리워한다.

중일 전쟁이 일어나자 아이들의 놀이도 전쟁놀이 일색으로 바뀐다. 어느 날 밤 아버지가 집에 왔다가 새벽에 사라진 일이 생긴다. 이튿날 일본 형사들이 찾아와 아버지가 왔었느냐고 묻자 칠섭은 어머니의 주의를 생각하며 부정해 버린다. 독립 자금을 얻기 위하여 아버지가 마을에 왔다는 소문을 듣는다. 칠섭은 독립운동이 일제와 싸워 이기는 일임을 비로소 깨닫게 된다.

일제의 앞잡이 길주사가 곡식을 가지고 와 칠섭의 학업을 도와주

78) 정한숙, 「어느 소년의 추억」, 『현대문학』, 1976.12., p.51.

겠다고 꾀면서 아버지의 자수를 회유한다.

칠섭은 학령이 차서 학교에 입학을 한다. 학교에서는 일본 군가를 가르치고 고철을 주워 바치라고 하는가 하면 송진 채취를 강요하고 일어 사용을 강제하고 창씨개명까지 하라고 한다. 일제의 식민지 약탈 정책이 극에 달한 시대다. 많은 사람들이 징용에 끌려가고, 가난한 집 딸들이 정신대에 팔려 가고, 강제로 젊은 청년이 지원병에 자원하도록 부추기며, 전쟁터로 몰아냈으니 지원이란 말이 어색했다. 이런 판국에 일제에 아부하면서 동족을 괴롭히는 악덕 한국인도 있었다. 이런 현실에서 송유 채취 작업에 나선 예민한 감수성을 소유한 칠섭은 형이 일했던 선교사 집 근처에서 만난 관리인 아저씨로부터 충격적인 이야기를 듣는다. 할아버지가, 독립군인 아버지 때문에 감옥에 갇혔으며, 길가란 자가 그 할아버지를 속여 우리 전답을 갈취하고도 모자라 어머니를 도둑으로 몰았다는 놀라운 사실이었다. 집이 파산하고 어머니가 고생한 것은 길가 놈 때문이었던 것이다.

길섭은 일찍 등교를 한다. 교실 문이 잠겨 풍금 소리가 들리는 직원실을 엿보았다는 이유만으로 도둑으로 몰려 어머니의 호출을 받게 된다.

길섭이 집으로 돌아왔을 때, 어머니는 쓰러져 혼수상태였다. 이튿날 어머니가 세상을 떠나자 혼자가 된 칠섭은 울면서 이제 '괴로운 세파를 스스로 헤엄쳐 넘어가야 할 마음의 준비'를 다져야 하는 절박한 처지를 실감한다.

즉시 선교사 댁 관리인 아저씨를 찾아가 우유 배달 일을 맡는다.

"넌 왜 건방지냐?"

"난 조금도 건방진 데가 없는데……."

"건방지지 않으면 우리들한테 왜 인사를 하지 않았느냐? 앞으로 우리들한테 인사를 않으면 넌 죽을 줄 알어라!"

이런 일이 있은 후 나는 나 자신이 멍청해지는 것을 느낄 수 있었다. 감정은 죽었고 그들이 어떤 눈초리로 보더라도 눈길을 딴 곳으로 돌리고 못본 척했다. 이때부터 나는 묵종을 배웠고 막연하나마 민족과 민족의 관계를 생각하고 암담한 내 장래를 생각하지 않을 수 없었다. 그것은 나뿐이 아니었다. 이 땅의 모든 사람들이 삶을 영위하려면 어떤 일에든 입을 다물고 복종할 수밖에 없었다. 일본인 앞에서 자기 권리를 주장하기보다는 그들의 눈에 보이지 않는 우리들의 어떤 정신 자세가 필요했다. 어떤 수모를 당해도 그것을 이겨낼 수 있는 감정이 필요했다.[79]

살기 위해선 이런 소극적인 자세가 필요할 때도 있다. 그러나 반복되는 이런 수모 앞에서 더 견딜 수 없다는 것을 깨닫자, 칠섭은 대결의 길로 나선다.

결말은 일본 놈이 깨뜨린 우유병으로 놈의 얼굴을 찌르는 길밖에 없었다. 이제 도둑으로 모는 학교로 돌아갈 수도 없고, 여기 머물러 있을 수도 없는 벼랑 끝에 선 것이다. 칠섭에겐 낯선 새로운 땅이 필요했다. 뛴다. 이것만이 살아남기 위한 마지막 길이었다. 기필코 싸워서 이겨야 하는 것이다. 사고의 플롯 중 감상적 플롯이다.

79) 앞의 책, p.100.

이러한 사실 구조를 통해서 볼 때, 이 작품은 생존을 위한 투쟁의 의지를 주제로 삼은 것임을 알 수 있다.

일제하에서 소년기를 보낸 한 인물의 추억담이지만, 민족의 고난사를 압축하고 있는 역작이다. 『끊어진 다리』에서의 '연이'의 소년 시절을 더욱 구체화한 작품으로 여겨진다. 현대를 사는 우리 청소년들은 이 작품을 통하여 우리 선조들의 고난의 역사를 이해하고 새로운 역사 창조의 의지를 다져가야 할 것이다. 이런 의미에서 이 작품은 청소년 교육에 활용하기에 최적의 교재가 될 수 있다. 자라나는 세대에 대한 작가의 기대와 희망을 엿볼 수 있는 격조 높은 청소년 문학으로 평가할 수 있다.

⑳『조용한 아침』

청림사, 1976. 3

작가의 마지막 장편소설이며 '제1회 흙의 문학상' 수상작이다. 1950년대 중반부터 1970년대 중반에 걸친 역사적인 격동기를 살아온 이 땅의 젊은이들의 처절했던 삶의 현장을 증언한 작품이다.

그 젊은이들을 대표하는 인물이 이 작품의 주인공들인 영재(永在)와 영식(永植) 형제다. 이들은 농촌 출신으로 도시로 나갔다가 다시 농촌으로 돌아온다. 따라서 박은숙(朴銀淑)이 지적한 것처럼 도시에서의 역사적 시간과 농촌에서의 개혁의 시간이 엇갈리면서 이야기가 전개된다.[80] 그들의 아버지 김용팔(金容八)은 선돌골 사람들 중에서는 생활이 나은 편이다. 그러나, 아들 영재의 학비 조달을 위하여 논밭을 팔게 되어 가세가 기울기 시작한다. 가난으로 선돌 마을을 등지는 이웃을 떠나보내고 돌아오는 눈길에서 사슴을 잡으려고 돌을 던지다가, 되려 그 돌에 맞아 등을 다치고, 그것이 원인이 되어 자리에 누웠다가 등창이 되어 필경은 죽음에 이른다.

> 용팔은 슬하에 두 아들을 두었다. 선돌골 실개천에 용이 났다는 것은 그의 두 아들 중 맏아들인 영재를 가리켜 하는 말이었다. 선돌골 사람들은 대개 자식들의 교육은 기껏해야 이웃 마을에 있는 초등학교를 졸업시키는 것이 고작이었다. 용팔이도 그 정도밖엔 생각하지 않았다. 그런데 두 아들들의 담임 선생들의 간청에 이기지 못하여

80) 박은숙,『정한숙소설연구』, 건국대학교 교육대학원 석사학위논문, 2002.7., p.76.

> 읍에 있는 중고등학교에 보냈고 성적이 우수한 영재를 서울에도 명문인 K대학 법과에 진학시킨 것은 모두 다 용팔의 의사가 아니었다.[81]

K대학 법학과를 다니는 영재는 서울에서 가정교사로 전전하면서 근근이 학업을 계속한다. 그러나, 계속되는 경제적 어려움으로 고시 공부를 포기하곤 자포자기 상태에 빠진다. 하지만 학업을 포기할 수가 없어 고심 끝에 고향으로 내려가 논문서를 이장에게 주고 돈을 빌려 서울로 올라오지만, 마감 기일이 지나 학교등록은 하지 못하고 만다.

실망한 나머지, 영재는 종로 3가에 있는 선술집에서 술을 마시다 영옥이란 여자를 만나 처음으로 여자의 체취를 맡는다. 청루에서 자던 그들은 근처에서 불이 난 틈을 타 현장에서 빠져나온다. 두 사람이 싸구려 여관을 전전하는 사이에 논문서를 잡혀 마련한 학자금은 탕진돼버린다.

영식은 우선 연명하기 위해, 간부 후보생을 지원하여 군에 입대한다. 전방에서 소대장 근무를 하면서 어느 날, 하숙집 주인으로부터 아내와 손자 · 손녀를 살리기 위해, 공산당이 된 아들을 직접 죽인 피맺힌 사연을 듣게 된다.

5 · 16을 맞이하자, 상사를 따라 혁명 대열에 참가했다가 군복을 벗고 나서 취직을 하고 가정도 꾸미지만, 뜻밖에 그의 상사가 반혁명세력으로 몰려 투옥되자, 자신도 물러나 아내가 경영하는 식료품 가

81) 정한숙, 『조용한 아침』, 청림사, 1976.3., p.3.

게에 의지하여 간신히 연명해 나간다.

한편, 고등학교 2학년인 동생 영식은 학교를 쉬고 어머니와 함께 농사일을 시작한다. 하지만, 우박이 내려 농사를 망치자, 그도 고향을 떠나 형이 있다는 서울로 올라온다. 영식은 형을 찾기 위해 제기동 주소지는 찾았으나 형은 만나지 못해 못하고 K대학 교무과로 가서 비로소 형이 군에 입대했다는 사실을 안다. 마침 형의 친구 병오를 만나 앞으로의 대책을 강구한다.

그런데, 남대문 무허가 하숙집에서 아들을 기다리다 못해 거리로 나온 어머니는, 사기꾼들에게 속옷 깊숙이 감추었던 쌀 한 가마 값의 돈을 몽땅 털리고, 차도에 뛰어들어 실신한다. 영식은 쓰러진 어머니를 안고 하숙으로 돌아오나 어머니는 이승을 하직하고 만다. 이튿날 병오가 찾아와 그의 도움으로 어머니는 망우리 묘지에 안장된다.

영식도 할 수 없이 군에 입대한다. 영식은 군에서 농업학교를 나온 김 하사와 친해져, 그로부터 미개척 토지인 구릉(丘陵)을 개발하면 가난을 면할 수 있다는 말을 듣는다. 김 하사는 제대하면 자기 마을로 가서 함께 지내자고 제의할 만큼 영식이에게 친밀감을 보인다.

제대 후 영식은 김 하사(오복이) 집으로 가서 몇 년을 호수에서 가물치 낚시와 뱃사공 노릇을 하여 돈을 모으면서 김 하사의 여동생 오숙이를 사랑하게 된다. 애써 모은 돈으로 영식은 고향의 논과 밭 십여만 평을 사들여 오숙과 함께 고향으로 돌아온다. 그녀는 마을 부녀자들에게 한글을 가르친다. 영식은 땅에다 오동나무와 밤나무를 심고 양송이 재배에 나선다. 샘이 난 친구 종배가 집에 불을 지르나 영식은 참으면서 새로운 희망의 불길을 지핀다. 새마을 운동이 일어나던 때라 영식은 이장을 설득한 뒤 마을 사람들을 동원하여 산과 산을 막아 저수지를 만들고 하천부지를 개간하여 3만여 평의 농토를 만든다. 언덕을 깎고 개천 가운데 수로를 판다. 영식은 새마을지도자로 대통령상을 받는다.

이 사실을 신문 보도를 통해 알게 된 영재는 동생의 존재를 새롭게 인식하고 고향으로 내려온다. 동생을 만난 영재는 이민을 가겠으니 여비로 백만 원만 도와달라고 한다.

영재는 이튿날 아버지의 묘소를 참배한 뒤, 영식이 이룩한 산림과 저수지를 돌아보고 떠나기 직전 모처럼 시작한 '새마을 사업'이니, 도와달라는 아우의 간청을 듣자 잠시 생각에 잠기다가 고향에 머무르기로 결심하곤, 조용한 새 아침을 맞이한다.

상승적인 미의식을 보여주는 감상적인 플롯을 사용했다.

전 18장 중에서 1장(우골탑), 2장(봄비), 3장(귀향), 4장(그름의 자유), 7장(전방), 13장(제3공화국)이 주로 영재의 이야기이고, 6장(재앙), 8장(망우리), 10장(매운탕), 12장(느티나무 밑), 14장(해산), 16장(모범농가), 18장(조용한 아침)은 영식의 이야기다. 5장(귀하신 몸)은 가짜 이강석 사건에 관한 이야기이고, 나머지인 9장(축전), 11장(일기), 15장(술집), 17장(풍차의 의지)은 젊은 지성 남준을 중심으로 한 대학생들의 현실에 대한 인식과 비판에 관한 이야기들이다.

> 대학이 왜 사회 현실에 관심을 가지며 발언을 하고 싶게 되었는가? 사실상 사회 전반에 걸쳐 너무나도 부정과 부패가 만연되어 있기 때문이다. 정치가 그렇고 경제가 그렇고 문화가 그렇다. 비단 대학의 문제만이 아니라 이 나라 모든 상황과 직결되는 심각한 요인들이다. 대학에서 배우는 정치학 개론이 오늘날의 정치와 유리 상반될

때 학생들이 겪는 가치관의 정도는 큰일이 아닐 수 없다. 또한 부정 부패가 만연되고 불신 풍조가 팽배한 사회의 현실은 그대로 대학의 현실로 직결되기 마련이다. 이런 모순과 무리를 없애려는 의지가 가장 첨예화되기 쉬운 것도 사실이다. 그렇다고 대학이 사회의 거울이거나 또는 부정과 부패와 불안을 제거할 수 있는 구실이 있거나 그런 능력이 있는 것도 아니다. 그러나 사회의 부조리는 대학의 현실을 흐리게 하며 대학의 본질을 흔들리게 하는 수가 많다. 연중행사처럼 겪는 데모 · 휴강 · 개강 · 데모 · 이런 악순환도 따지고 보면 사회의 여러 요소가 원인이 되어 온 것이지 대학생의 면학 태도나 대학 행정의 미비에서 온 것이 아니다.[82]

혁명이 성취되고 나서 오늘에 이르기까지 우리들 앞에 펼쳐진 것은 과연 무엇일까? 이승만 정권이 소중하게 간직하던 온갖 부정, 온갖 위선, 폭력 등을 그대로 이어받아 4 · 19혁명이 주었던 감격은 순식간 암담과 절망만으로 우리들의 머리를 다시금 강타하고 있지 않는가. 그러나 파란 많던 이해 경자년…

연초부터 잇따랐던 큰 사건들…

3 · 15의 부정, 마산의 참사, 4 · 19를 전후했던 유혈, 데모, 데모만이 계속되었던 이해… 그러나 여기서 우리가 한 가지 얻은 것이 있다면 민권의 신장일 뿐이다.[83]

82) 앞의 책, p.207.
83) 앞의 책, p.256.

사회의 부정부패 곧 사회적 부조리가 대학의 현실과 본질을 혼탁하게 하여 대학이 학문의 전당으로서의 사명을 할 수 없게 되었기 때문에, 대학은 데모 · 휴강 · 개강 · 데모를 되풀이할 수밖에 없게 된 것이라는 관점이 드러나 있다.

> 대학은 지도자를 양성하는 곳이요, 민주 시민을 키우는 곳이지만 그것은 본질적으로 지도자의 자질과 덕성과 자질을 갖춘 시민을 말하기 때문에 대학생은 이러한 지도자의 정신을 배워야 한다. 그럼에도 불구하고 대학을 다니는 것을 취직 공부로 착각하는 학생들이 많기 때문에 오늘의 대학이 높은 이상을 저버리게 되었다. 교수를 학점이나 따는 매개물로 생각하면 교수와 학생 간의 애정이나 대화는 바라기 어려운 일이다. 대학 교수도 교수직을 하나의 생업으로 간주하는 경우도 있지만, 대학 교수란 자기 전공 분야의 학문은 물론 여타의 인간 생활에도 깊은 관심과 조예를 지녀야 한다. 지도자를 가르치는 일은 학문의 전수에서만 끝나는 것이 아니라, 보다 높은 인간 교육이라는 차원에서 이해되고 수행되어야 할 것이다. 물론 대학교수나 대학생의 가치관이 변하게 된 요인이 그들 자신에게만 있는 것은 아니다. 대학이 국가와 민족의 지도자를 양성하는 곳임을 망각하고 학원을 무대로 치부하는 쓸모없는 것은 모리배가 대학의 사명이나 본질을 편리한 대로 좌지우지하는 현실이 있는 속에서는 아무리 훌륭한 대학의 구성원이 있다 해도 그것은 아무짝에도 쓸모없는 것에 지나지 않는다. 이런 곳에 다니는 학생은 재학 때부터 물질 일변도의 타협과 불의를 배우게 되기 때문에 그들이 사회에 나가면 재빠르게 속물화되어 사회악의 구성원으로 둔갑해 버린다.[84)]

대학은 지도자를 양성하는 기관이므로 대학생은 지도자 정신을 배워야 한다는 것을 강조하고 있다. 대학이 인간 교육이라는 높은 이상을 버릴 때 학생들은 속물화되고 만다고 경고하고 있다.

현실은 어느 사회이고 간에 부조리하게 전개되는 것이다. 교실에서 배운 항해술이 바다에 나갔을 때 그대로 통한다고 생각하면 안 될 것이다. 바다라는 현실은 시시각각으로 파고를 달리하는 무한 가변적인 것이므로 교실에서 배운 원리대로 항해하기는 힘든 법이다. 그렇다고 교실에서의 항해 원리를 거부하고 무턱대고 바다로 배를 몰아가는 것은 익사나 파손의 위험을 자초하는 결과가 될 것이다. 바로 여기에서 대학의 이상과 현실이 조화를 이루어야 한다는 당위적인 말이 성립되는 것이다.[85]

학생들은 교실에서 배운 원리를 현실 세계에서 조화롭게 활용하는 지혜가 필요하다는 것을 깨우쳐 주고 있다.

너희들의 마음을 나는 알고 있다. 스크럼을 짜고 운동장을 돌며 함성을 지르는 이유를 알고 있다. 굳게 닫힌 철문을 열고 밖으로 뛰쳐나가려는 그 마음들을 나는 알고 있다. 그러나 지금은 그럴 때가 아니다. 너희들의 뜻을 표시했으면 조용히 교실로 들어가 조용히 기다려야 하지 않겠느냐? 질서가 무너진 혼란 속에선 혼란만 이 되풀이될 뿐이지 어떤 해결의 실마리를 잡아내기는 힘든 법이다. 이제 그

84) 앞의 책, pp.208~209.
85) 앞의 책, p.210.

만 흥분을 가라앉히고 저 푸른 하늘을 바라보아라.

결실이 없는 조락이란 슬픈 일이다. 천금 같은 이 시간을 이렇게 허비할 수 있단 말이냐? 교실로 들어가라.[86]

지금 민주주의를 애국을 생각하기에 앞서 너희들 자신을 위한 공부를 해야 할 때다. 그 길만이 민주주의와 애국을 위한 길이다.

학교를 지키자.

지금은 학교를 지키는 길만이 민주주의와 애국을 하는 길이다.[87]

지금은 교문 밖에서 데모 등으로 시간을 낭비하지 말고 교실로 들어가 공부를 하는 것이 학교를 지키고 민주주의를 실현하고 애국하는 길임을 깨우쳐 주는 지도자(교수)의 외침을 엿볼 수 있다.

이상을 통해서 보건대, 이승만 정권부터 5·16 정변에 이르기까지, 한국의 정치는 부정과 부패로 점철됐고, 그에 따라 사회는 혼란의 도가니에 빠졌다. 그 결과 대학도 본연의 사명을 다할 수 없게 되어 학생들이 거리로 뛰쳐나오는 사태에 이르게 되었음을 알 수 있다. 이런 현상에 대해 양식이 있는 교수들은 학생들에게 학교로 돌아가 학문 탐구에 열중하라고 외쳤다.

이 작품의 형 영재는 가난 때문에 학업을 포기했지만, 그가 대학에서 올바른 교육을 받고 유능한 인물로 성장하지 못한 이면에는, 부패

86) 앞의 책, pp.347~348.
87) 앞의 책, p.354.

한 정치와 혼란스러운 사회적 현실이 큰 영향을 미쳤음이 사실이다. 한편, 동생 영식의 경우는 어떠했는가? 그는 빈곤 때문에 고등학교조차 마치지 못하고 아버지의 유업인 농촌을 지키려고 힘든 노동을 하면서 살아가려 했지만, 자연의 재해 앞에 일 년 농사를 망치게 되자, 형이 있는 도시로 나와 새로운 삶을 설계해 보려 했지만, 전쟁과 무능한 정치세력이 날뛰는 부조리한 현실에 뿌리를 내릴 수 없게 되고, 어머니마저 잃고 혈혈단신이 됐음에도 그는 군에 입대하여 농업학교 출신의 최 하사를 통하여 농촌 개발의 꿈을 갖게 되어, 제대 후 그것을 행동으로 옮겨 삶의 활로를 개척하기에 이른다. 아무리 환경이 어렵거나 현실이 부조리해도 좌절하지 않고 그것에 맞서서 싸워나가는 불굴의 의지가 그를 새마을 운동의 투사로 만든 것이다. 절망에서 빛을 찾는 불굴의 의지가 새로운 삶의 동력임을 실증해 보인 이 작품의 주제는 바로 재생, 또는 재활의 의지라 하겠다.

제목 '조용한 아침'은 타골의 '조용한 아침의 나라'를 연상시킨다. 그러한 인물이 당대의 전형인 것이다. 그러기에, 감상적 플롯이다.

삼인칭 전지적 작가 시점에서 인물을 서술하면서도, 작가는 작품에 직접 개입하여 사실을 논증하는 태도를 보이기도 한다. 그럼으로써 인물에 대해서는 객관적 태도를 보이면서, 독자에게는 교화적인 태도를 보여주는 어조를 빚어내고 있다. 그러나 이러한 담론의 개입은 자칫하면 작품의 주제를 흩트려 놓을 수 있으므로, 보다 압축하거나 절제된 기술을 하는 것이 바람직하다고 본다.

정한숙은 외연적인 의미를 지닌 단어들을 주로 선택한다. 곧 외연적인 어법에 의존한다는 의미다. 그만큼 쉬운 우리말을 선택함으로써 독자들에게 친근한 느낌을 준다. 그러나, 문장의 구조는 그렇게 단순하지 않다. 단문(單文)보다는 복문(複文)이나 혼문(混文)을 즐겨 사용한다. 그것은 인생의 한 부분보다는 전면을 바라보기를 좋아하는 그의 인생관 내지는 세계관의 반영인 것으로 보인다. 따라서 정한숙은 단편보다는 중편 내지는 장편에 능한 작가임을 알 수 있다. 그러므로 정한숙은 나무만을 보는 작가가 아니라 숲을 보는 작가라 할 수 있다. 이 작품은 새마을 운동이 한창이던 1970년대를 장식한 농촌문학을 대표하는 기념비적 작품으로 평가할 수 있겠다.

㉑「산골 아이들」

『한국문학』 50, 1977. 12

시골 소년들의 맑고 건강한 성장 과정을 보여주는 작품이다. 이 작품의 지리적 배경은 산골 마을이다. 영동 고속도로가 계곡 밑을 끼고 도는 큰길로 자동차가 지나가는 것이 보이는 해발 800미터가 넘는 고산 지대다.

소년 오복은 아침에 샘터로 가서 이를 닦는다. 치약이 다 떨어져 칫솔로 그냥 이를 닦는다. 작년 여름 방학 근로 봉사 대원들이 와서 칫솔과 치약을 주고 갔던 것이다. 대학생 선생님이 하루에 아침 저녁으로 두 번씩 이를 닦으라고 가르쳐 주었다. 어머니는 아껴서 쓰라고 했지만 오복이는 하루에 두 번씩 닦았으므로 치약이 다 떨어진 것이다. 여기서 치약은 도시인의 사치스러운 생활용품이란 의미를 띤다. 오복인 12살이다. 언덕길을 오르다가 칠성이를 만난다. 그 칠성이네 집 반대쪽으로 내려가면 목장이 있다. 철망이 둘려 있어 더 갈 수가 없다. 여기서 철망은 소년들의 자유와 꿈을 앗아가는 어른들의 폭력이나 약탈의 상징물이 되고 있다. 그들이 서 있는 곳에서 30미터쯤 되는 언덕에 야생 복숭아나무가 서 있었다. 몇 년 전만 해도 복숭아나무는 그들 것이었다. 그런데 철조망이 쳐지면서부터는 목장 주인 것이 되었다. 목장 주인은 순 도둑이라고 말하면서 오복이와 칠성이는 철망 줄을 올리고 들어간다. 오복이가 발로 나무를 차니 복숭아 몇 개가 떨어진다. 두세 알을 주우니 세파트가 요란하게 짖어댄다. 도망을 치다 오복은 철조망에 걸려 이마가 찢어지고 어깨와 잔등에서 피가 난다.

우사(牛舍) 청소인인 곰보 영감은 두 어린애가 밖으로 빠져나간 것을 확인하고 안도의 숨을 쉬며 사장이 오면 복숭아나무를 베게 하겠다는 생각을 한다. 아이들의 사고를 예방하기 위해서다. 곰보 영감의 따뜻한 인간미가 돋보인다.

오복이, 언챙이 삼칠이를 만난다.

> "목장에 복숭아 훔치러 갔었구나?"
> "훔치긴 누가 훔쳐?"
> "너희들이……"
> "그럼 우리들이 도둑이란 말이야?"
> "남의 물건을 훔치면 도둑이지……"
> "어째서 그 복숭아나무가 남의 것이야?"
> "철조망 안에 있으니까 목장 주인 것이 아냐?"
> "그 전엔 철조망이 없었잖어?"
> "그땐 몇 년 전이야."
> 삼칠이 말대로 몇 년 전까진 철조망이 없었다. 철조망이 없었을 땐 그 복숭아나무는 목장 주인 것이 아니라 오복이가 생각하고 있듯이 그들 것이었다.88)

이렇게 선악의 기준을 놓고 말싸움을 한다. 싸우다가 오복은 복숭아를 내밀며 삼칠에게 한입 물어보라고 한다. 순진한 소년들의 우정 어린 모습을 군더더기 없이 핍진하게 보여주고 있다.

88) 정한숙, 「산골 아이들」, 『한국문학』, 1977.12., p.49.

오복은 뻐꾸기 울음소리를 들으며 삼칠에게 생각나는 게 없느냐고 묻는다. 머지않아 봉사대 선생님들이 올 테고 그땐 약속대로 의사 선생님을 모시고 와 갈라진 네 윗입술을 수술해 주지 않겠느냐는 것이었다.

칠성이가 새알을 들고 왔다.

> "너 건 왜 훔쳐 왔느냐?"
>
> 삼칠이가 칠성을 노려보며 다졌다.
>
> "훔쳐 오긴……"
>
> "훔치지 않았으면 어디서 생겼어?"
>
> "둥우리에서 가져온 거지 훔치긴 어디서 훔쳐?"
>
> 훔쳐 왔다고 따지는 삼칠을 노려보며 칠성이가 맞섰다.
>
> "너 그건 복숭아를 훔친 것보다 더 큰 죄야. 그렇지? 오복이……"
>
> "응 그래."
>
> "그것 봐."
>
> "복숭아는 주인이 있어도 이건 주인이 없잖어……"[89]

칠성의 이런 대꾸에 오복은 은근히 화가 나서 복숭아를 딴 것은 훔친 것도 죄도 아니고 목장 주인이 나쁜 거라고 말한다.

삼칠은 작년에 아버지가 주워 온 꿩알을 선생님에게 가져갔다가

89) 앞의 책, pp.52~53.

꿩이 우는 것은 알을 잃어버렸기 때문이라는 말을 듣고 되가져온 일을 기억하고 알을 둥우리에 갖다 놓으라고 말한다. 칠성은 알을 들고 가서 둥우리에 넣는다. (여기서 꿩알이 상징하는 것은 생명 그 자체다.)

오복이는 크면 군대에 가겠다고 한다. 삼칠이도 수술을 받으면 군대에 갈 수 있을 거라고 말한다. 삼칠이가 제안한다. 군대 갔다 와서 여기에 목장을 만들자고. 그러나 철조망은 치지 말자고 한다.

시골 소년들의 티 없이 맑고 소박한 동심의 세계를 펼쳐 보였다. 선악의 개념도 잘 구분하지 못하면서도 착하게 성장해 가는 건강한 소년들의 모습을 성공적으로 형상화했다. 성숙의 플롯(The maturing plot)을 사용한 작품이다. 이는 성격의 플롯 중의 한 유형으로, 목표가 완전히 형성되지 못 한 상태에서 향상적인 방향으로 성격의 변화가 이루어지는 공감적인 주인공이 나오는 이야기의 플롯이다. 교양소설의 플롯과 유사하다. 결론적으로 자아 성장기 소년들의 정체성을 주제화한 작품이다.

황순원의 「소나기」와 같은 소년 소설로서 자라나는 소년 소녀에 대한 작가의 따뜻한 애정을 느낄 수 있는 아름다운 작품이다.

㉒ 「입석기(立石記)」

『소설문예』, 1978. 1

어머니의 산소 개수(改修)와 관련된 어느 부부의 이야기를 다룬 작품이다. 도시 개발이 한창이던 1970년대의 서울 성북구 지역(작가가 주거하던 곳)을 지리적 배경으로 하였다.

아내는 기침을 하며 가래에 피가 섞여 나온다. 병원에 가도 의사는 이상이 없다며 병명을 말해주지 않는다. 박봉으로 생활이 어려운데 남편은 연탄을 때지 말고 보일러 시설로 바꾸자고 한다. 그러면서 아침에 일찍 나갔다가 통금시간 가까이 돌아온다. 그러고서 3남 1녀를 키웠다. 어느 날, 남편은 이번 청명 때 어머니 산소를 고치겠다고 말한다. 아내는 비석이라도 세워두어야 나중에 이북의 선산으로 모실 때 무덤을 잃어버리지 않을 것이라고 말한다. 선산에 모시라는 것은 어머니의 유언이다.

시어머니는 항도(港都) 부산에서 세상을 떠났다. 피난살이 중이라 생활이 곤란했다. 남편은 이 학교 저 학교를 뛰어다니며 적은 강사료를 받아오지만 살림이 어려운 아내는 두 살 난 아이를 업고서 옷가지를 들고 자갈치 시장으로 나간다. 이럴 때 어머니가 병이 나 병원에 입원시킨다. 어머니의 병은 심화병〔노환〕이다. 둘째 아들이 납치를 당했고 막내가 괴뢰군 의용군으로 끌려갔다. 평양의 딸은 남하하지 못했는데, 사위만이 덜렁 찾아온 것이다.

> "애야, 너의 처가 이번 지나 보니 사람이 그만하면 되었더라 ……."

가라앉은 시어머니의 음성이다. 며느리는 긴장했다. 남편과 시어머니의 말을 엿듣고 싶어 서 있었던 것은 분명 아니지만 어떻게 하다 이 지경이 되어 버렸다.

"처음엔 나도 무척 너희들의 결혼을 반대했다마는 하기사 나만 반대했느냐? 그쪽에서도 반대했었지……."

며느리의 눈앞엔 바로 어제 같은 결혼 전후 일들이 스치고 지나갔다.

"너의 처가 그만했으면 사람이 된 사람이야.」

"제가 그런 것을 잘 알고 있었으니까 어머니께서 그렇게 반대하신 결혼을 우기고 한 것이 아닙니까?"

"그래…… 참 그렇지…… 그런데 내가 너한테 한 가지 부탁이 있다."

"부탁이라구요."

(중략)

"너 앞으로 무슨 일이 있어도 네 처를 배반하는 일이 있어선 안 된다…… 알겠느냐?"90)

최후가 다가옴을 느낀 어머니는, 며느리의 사람됨을 잘못 판단했던 지난날의 과오를 털어놓는다. 오랫동안 막혀 있던 시어머니와 며느리의 정이 통한 것이다.

어머니는 목사를 불러달라고 청한다. 어머니는 목사에게 '영혼은 하나님 나라로 가지만 육신은 제 남편 곁으로 가서 묻히고 싶다'고

90) 정한숙, 「입석기」, 『거문고 산조』, 예성사, 1981.2., p.193.

말하곤 눈을 감는다.

아내는 어머니의 묘지를 수리만 하고 비석을 세우자고 제언한다. 그러고 사람을 시켜 수리를 하고 있다고 말하다가, 한 해에 두세 차례나 무덤에 갔으면서 왜 무덤을 그렇게 황폐하게 내버려 뒀느냐고 말한다. 남편은 어안이 벙벙해진다. 지난 추석에도 말짱했기 때문이다. 여기서 사건은 반전된다.

아내는 어머니의 무덤을 잘못 알고 무인총(無人塚)을 개수했던 것이다. 남편은 인부를 불러 입석을 지고 올라오게 하고 청명까지 새로 역사를 해달라고 부탁한다. 그리고는 아내에게 영혼이 있다면 어머니도 당신의 마음을 알 것이라고 위로한다.

남편이 우리 대에 어머니를 선산에 모시지 못하면 아이들에게 맡기겠다고 하자, 아내는 우리 대에서 못하면 그것으로 끝내야 한다고 말한다. 어디까지나 그것은 우리의 책임이라고 못을 박는다.

이 결말부에 대하여 김인환 교수는 '산소 자리를 잘못 찾아 무연총을 손질한다는 삽화를 통하여 슬픔은 간접화되고 작품의 담담한 어조가 유지된다.'[91]고 쓴 바 있다.

아내가 무인총을 손질하는 과오를 범하지만, 결국에 가서는 정상성이 회복된다. 부모를 공경하면서 자식으로서의 책임을 다하는 따뜻한 인간애를 느끼게 하는 작품이다. 감상적 플롯이 사용되었고 부부애를 주제로 한 작품이다.

정한숙의 자전적인 경험이 온전히 묻어나는 아름다운 실향문학이라 하겠다.

91) 김인환, 「긍정의 미학」, 『거문고 산조』, 예성사, 1981.2., p.258.

㉓「청개구리」

『새마음』, 1978. 9

세대 간의 화해[92]를 다룬 작품으로 이해되고 있다. 현대의 서울이 배경이다.

이 작품의 도입부에는 기존 소설 문법에서는 보기 어려운 작가의 장황한 사설(辭說)이 나온다. 그것은 가뭄과 비와 기상과 관련된 이야기들이다. '칠년대한에 비 내리지 않는 날 없다'는 속담을 필두로 하여 가뭄으로 인하여 농사를 짓기 어렵게 되었다든가, 식수가 부족하다든가, 벼멸구에 대한 예방이 필요하다는 신문 기사 내용을 소개하는가 하면, 첨성대를 세운 우리 조상들은 슬기로운 사람들이었다는 등등의 이야기다. 그러면서 오늘날 우리 시민들은 기상 예보를 엉터리로 생각하면서도 기대를 걸지 않을 수 없다는 등등의 사설이다. 서두로선 좀 지루하고 장황한 느낌을 준다.

주인공인 길수 할아버지 이경식(李京植)은 어렸을 때부터 율(律)을 공부하여, 그것으로 평생 업을 삼아온 사람이다. 피나는 노력 끝에 일가를 이루었으나 사회로부터 큰 대접을 받지는 못했다. 아들에게 업을 전하지 못했고 아내가 죽고 나서는 거문고를 벽에 걸어놓고 타지 않았다. 1주일 전에 모 방송국에서 TV 프로에 참가해 달라는 연락을 받았으나 극구 거절하다가, 흘러간 인생들의 장기 자랑이니 꼭 출연해 달라는 권고에 결국 수락을 했다. 손이 굳어 연습이 필요하여 줄을 짚었다. 그 소리가 문제였다. 중간고사를 앞둔, 고3인 손자 길수가 그

92) 장현기,「따뜻한 작가 눈그물에 비친 세계형식」,『안개거리』, 정음사, 1983.10., p.360.

소리에 귀가 거슬려서 공부를 할 수 없다고 짜증을 낸 것이다.

길수 아버지는 낚시광으로 비가 온다는 예보에도 불구하고 주말이면 낚시질을 간다. 길수 어머니는 빨래를 하다가 시아버지의 거문고 소릴 듣는다. 오래간만에 들으니 세상 시름이 잊혀져 마음이 조용히 가라앉는 것 같다고 말한다.

"어머니, 이번 중간시험 잡친 것은 순전히 할아버지 탓이니까 그리 아세요."

"네가 시험 잘못 본 것을 왜 할아버지 탓으로 돌리고 그러니?"

"저 따분한 소리가 귀에 거슬려서 공부가 안되는 걸 어떡해요."

"그것이 네가 그만큼 정신을 집중시키지 못했다는 증거가 아니야. 할아버지가 따분한 금을 며칠을 두고 반복하시듯이 너도 마음을 절반만큼이라도 반복했다면 성적이 그리 나빠지지는 않았을 것이 아니냐……."

"어머니는 도대체 누구 편이십니까? 할아버지가 가깝습니까? 장래가 촉망되는 이 아들이 가깝습니까?"

"그게 무슨 소리냐. 나야말로 너도 알고 있다시피 이 집에선 항상 중립지대 아니냐, 그런데 너의 아버지나 너는 자신의 이해관계로 나를 자기 쪽으로 끌어들이기도 하고 멀리하기도 하니 내 탓이라기보다는 너의 부자 마음가짐 새에 따라 내 위치가 좌우된 게 아니냐?"

"정말 그러세요, 어머니!"

"너의 어머니가 언제 거짓말하던 때가 있었더냐?"[93)]

93) 정한숙, 「청개구리」, 『안개거리』, 정음사, 1983.10., pp.126~127.

며칠 동안 손을 익힌 할아버지는 멜로디가 제대로 나오자, 무아의 경지에 빠진다. 녹화하는 날이다. 집을 나서는 할아버지의 모습이 모자의 눈에 달리 보인다. 며느리의 눈에는 곱게 늙은 흰 학으로 보이고, 길수의 눈에는 전근대적인 할아버지의 모습으로 보인다. 두 사람의 관점이 극명하게 갈린다. 그것이 바로 세대 간 감각의 차이다. 전자는 고아한 것인데 후자는 낡고 고루한 것이다.

할아버지는 며느리에게 '장독 뚜껑 단속 미리 잘해두어라'고 당부한다. 소나기가 내릴 것 같다면서 거문고와 검은 우산을 들고 나선다.

이에 길수는 날이 개어 있는데 비가 온다니 할아버지는 청개구리라고 비아냥댄다.

그러나 결말은, 길수 어머니가, 시아버지의 거문고 독주를 보면서 숨이 막힐 듯한 흥취를 느끼는 장면과 함께, 빗방울이 떨어진다는 길수의 외침으로 마무리된다. 감정적 플롯이다.

어머니는 이 집안의 현명한 중재자(仲裁者)다. 곧 가족들 간의 갈등의 중재자임과 동시에 할아버지의 율도 이해하는 원만한 어머니로 부각되었다. 이런 어머니는 원형적인 심상의 하나인 좋은 어머니(The Good Mother)[94]의 한 표상이라 할 수 있다.

할아버지의 독주(獨奏)는 시끄러운 소리가 아니라 품격 높은 명연주였으며, 그의 기상 예보 또한 틀리지 않고 적중했다. 구시대인들의 기예(技藝)와 지혜도 현대인의 그것 못지않게 탁월할 수 있다는 것을 알 수 있게 해준다. 그것을 폄하(貶下)하고 터부시할 것이 아니라, 오

94) Wilfred I. Guerin의 앞의 책, p.160.

히려 잘 이해하고 소중히 여겨야 할 책임이 현대인에게 있다는 것을 깨닫게 해 준다. 그것이 바로 과거와의 화해(和解)가 아닌가 싶다.

(4) 1980~1990년대의 소설

1980년대부터 1990년대 초까지에는 전두환 정부와 노태우 정부가 성립되어 5 · 18 민주화 운동(1980), KAL기 피격사건(1983), 남북 고향 방문단 교류(1985), 6월 민주 항쟁(1987), 남북한 유엔 동시 가입(1991) 등 여러 가지 사건이 일어났다. 이 무렵 정한숙은 교수로서 연구 활동에 매진하여 많은 논문과 저서를 내었다. 그중 가장 획기적인 저서가 『한국 현대문학사』임은 이미 앞에서 밝힌 바 있다. 사실, 이 시기는 그가 만년을 앞둔 10여 년이었다. 1988년 고려대학교 명예교수로 정년퇴직하고, 조용히 지난 반생을 되돌아보면서 명상적인 수필이나 시를 썼을 뿐만 아니라, 예술원 회장(1991)에 취임함으로써 예술계 발전에도 크게 기여했다. 그러면서도 단편 60편과 중편 5편, 도합 65편을 발표했으니, 그중에서도 특히 중편 『산비둘기 우는 새벽』이 포함된 14편을 뽑아 작품의 특질을 분석해 보기로 하겠다.

㉔「수탉」

『소설문학』, 1980. 6

소년이 닭을 기르면서 성과 생명 탄생의 비밀을 체득해가는 과정을 그렸다. 1980년대의 서울이 배경이다. 대학을 졸업하고 나서부터 혜숙(惠淑)은 커피 한 잔으로 아침을 대신하고는 흔들의자에 앉아 창밖을 내다본다. 까치 한 마리가 주둥이에 먹이를 물고 전선 위에 앉아 안간힘을 쓰는 모습을 바라보며 '자리를 지키며 사는 사람은 현명하다'는 어느 교수의 말을 떠올리며, 어떤 자리를 지키려고 저처럼 곡예를 부리는 사람들이 없을까 하는 생각을 한다. 아무리 생존 경쟁이 심한 세상이지만 자기는 그런 삶을 살기는 싫다는 생각인 것 같다.

골목 안의 고요를 깨뜨리는 사람들이 있다. 금붕어 장수와 병아리 장수다. 작년에 금붕어를 사서 기르다가 실패한 적이 있다. 혜숙은 서둘러 자기 방으로 들어간다. 병아리를 보기 위해서다. 병아리를 넣어둔 상자 뚜껑을 열어본다. 근시안이라 잘 보이지 않아 손을 넣어보니 병아리들이 비명을 지른다. 배설물로 손이 엉망이다. 병아리를 사들인 날 어머니의 신경질적인 잔소리가 떠올랐다. 병아리 장수에게 일곱 마리의 병아리를 사서 레이션 박스에 넣어 기르기로 했더니, 어머니가 '기계로 깐 병아리는 기르지 못한다'고 짜증을 내며 반대했었다. 어머니는 잔소리를 치지만 초등학교에 다니는 동생 용수는 누나 편이다. 레이션 박스에 넣어 기르기엔 병아리들이 너무 컸다. 혜숙은 어머니에게 시골에선 어떻게 기르냐고 묻는다. 어미 닭이 데리고 다니며 기르지만 밤이면 '어리' 속에 넣어둔다는 말을 듣자, 혜숙은 '어리'가 무엇인지도 모른 채 버스를 타고 의정부 시장의 닭집까지 가서 가까스로 헌 어리를 구해 온다. 어리 속에 넣은 병아리들이 빠져나와 뜰 여기저기에 배설물을 갈겨 대자 어머니의 짜증이 더욱 심해진다. 동생 용수가 닭이 존다고 말하자 혜숙은 소화제를 갖다 먹인다.

책에선 깐 지 넉 달이면 성계가 되어 알을 낳는다는데, 8월이면 낳을 거란 생각을 한다. 소화제를 먹은 닭의 병이 나았다, 용수는 누나가 '닭의 의사'라고 어머니에게 자랑한다.

"누나, 닭은 어디로 알을 낳지?"

"글쎄?"

"병아리 박사가 그것도 모르나?"

"의사도 내과 의사와 산부인과 의사가 다르지 않니?"

"그렇기도 하군. 누나, 알은 입으로 낳지 않으면 똥구멍으로 쌀 거야. 그렇지, 누나?"

"글쎄, 그게 그렇게도 궁금하니?"

"누난 궁금하지 않어?"

"알고 싶으면 용수야, 닭 옆에서 지켜보고 있으면 되지 않나?"

"아니야, 3학년만 되면 학교에서 배우게 될 텐데…… "

"학교에서 배우면 나한테 가르쳐 줘."

"누난 학교 때 안 배웠어?"

"다 잊어버렸어."95)

95) 정한숙, 「수탉」, 『소설문학』, 1980.6., p.104.

혜숙은 생명 탄생의 과정에 관한 문제의 답을 회피한다. 용수는 또 묻는다. 닭들이 왜 알을 낳지 않느냐고. 사육법 책에는 깐 지 넉 달이면 성계가 되고 성계가 되면 알을 낳는다고 되어있다. 벼슬이 돋아나면서 일곱 마리 모두가 암평아리들임을 알게 되자, 혜숙은 재래종 수탉을 한 마리 산다.

> 수탉은 자기 앞으로 다가서는 암탉을 향해 목을 길게 뽑으며 아는 척을 했다.
>
> 유난히 볏이 붉은 수탉은 한번 깃을 펴고 나더니만 자기 주위에 둘러서 있는 암탉들을 살펴보았다.
>
> 뒤뜰 전체가 별안간 환해지며 생기가 돌았다. 어느 암탉이고 목을 빳빳이 치켜올리고 양다리에 힘을 주었다.[96]

어머니가 혜숙에게 '저 수탉 같은 건장한 신랑감을 구해줘야 하루 종일 방구석에 누워있지 않을 텐데'라고 말하자, 혜숙은 온몸이 화끈해진다.

성과 생명의 신비를 주제로 한 이야기로, 교양 소설에서 흔히 볼 수 있는 성숙의 플롯이다. 대사가 깔끔하며 감미로운 맛을 주는 아름다운 작품이다.

96) 앞의 책, p.107.

㉕ 「한밤의 환상(幻想)」

『현대문학』 319, 1981. 7

실향인들의 아픔과 꿈을 아로새긴 가작이라 할 수 있다. 1980년대의 서울이 배경이다. 1인칭 관찰자 시점에서 서술이 진행된다.

'나'와 이완은 국적이 다른 실향인이다. 두 사람이 홀에서 만나 소주를 마시면서 실향의 아픔을 달래며 미래에 대한 꿈을 펼친다는 이야기다. 그러므로 이 작품의 핵심적인 내용은 두 사람이 나눈 대화와 화자인 '나'의 해설 속에 담겨 있다.

'나'가 이완을 만나게 된 계기와 그를 만나 관찰한 느낌을 보면 다음과 같다.

> 내가 이완을 알게 된 것은 일 년 전이다. 내가 있는 학교 노문과 객원 교수로 부임하고서부터다. 노문과 K교수의 소개로 그를 알게 되고 나서부터 우린 서로 술집으로 초대하며 전전했다.
>
> 자유와 평화는 이완의 일관된 생각이다. 그는 자유가 없는 평화란 살락원이란 주장이다.
>
> 대개 사람들은 술기운이 오르면 음성이 높아지거나 행동이 거칠어지기 마련인데 이완은 주기가 높아질수록 언행이 조용해지고 단정히 가라앉는 것이 특색이다.
>
> 나는 그런 이완을 대할 때마다 어떤 저항을 느껴야 했다. 어떻게 보면 더할 나위 없이 차가운 표정이면서도 대하면 대할수록 따스한 인정이 넘치는 분위기를 가진 사람이다.[97]

나는 이완과 만나면서 그가 늘 '자유와 평화'를 강조하는 이유를 알게 된다. 이완은 카자흐 민족의 후예였다. 카자흐 민족은 조용한 평화 속에서 자유롭게 살아왔으나, 자유가 지켜지지 않을 땐 그 자유를 지키기 위해서 언제나 목숨을 걸고 싸워온 민족이었기에 그의 몸엔 그 피가 흐르고 있었다.

여기에 '나'가 중학 시절에 읽은 외국 소설이 삽화로 끼어든다.

볼셰비키들의 침공으로 마을 사람들이 피난을 가는 길에, 말을 몰고 달려온 '이구나'라는 젊은이가 소위가 되었다는 기쁨을 토로하자, 그의 아버지가 말한다. '네가 만일 카자흐족의 장교로서 비겁하게 싸움터에서 도망쳐 온 것이라면, 여기서 너를 재판에 회부하겠다'는 것이다. 아들은 아군에게 연락을 하러 가는 중이지 그렇지 않다고 말하고 달려간다. 이에 '미하일'이라는 노인은 짐짝에서 조상의 군복을 꺼내어 어린 아들에게 입히고, 가죽 장화와 군모까지 착용시키고 나서, 말을 끌어다 주면서 조국을 구원하기 위해 어서 이구나의 뒤를 따르라고 명령한다. 카자흐 민족의 영광된 피를 이완이 물려받았다는 것을 강조하기 위해 선택한 삽화라 하겠다.

그러나, 이완은 체코에서 태어났다. 체코가 고향이다. 프라하에서 태어난 이완은 그곳에서 중학교 과정을 마쳤다. 이완이 철들기 시작할 무렵 세계 2차대전이 일어났다. 체코가 독일군 점령하에 들어가자, 이완의 아버지는 프라하에서 빨치산 전사가 되어 독일군에 맞서 싸웠다. 이완의 아버지는 프라하에서 보금자리를 찾았고 이완을 얻었다. 이완의 어머니는 아버지의 반소(反蘇) 투쟁의 동지였다. 밖으로

97) 정한숙, 「한밤의 환상」, 『현대문학』, 1981.7., p.19.

나갔던 이완의 어머니는 피투성이가 되어 거리의 시체가 되었다. 독일군이 퇴각하자 프라하에 소련군이 진주했다. 지하에 숨어서 투쟁하던 이완의 아버지는 볼셰비키 혁명이 끝나자, 아들을 데리고 프라하 시를 탈출하여 영국으로 건너갔다가 다시 미국으로 옮겼다. 이런 이완의 아야기를 들으면서, '나'는 해방 후 두만강 쪽으로 소련 군대가 진주하던 모습과 어머니를 모시고 월남해 오던 시절을 떠올린다. 서울에 정착한 후 학업을 끝냈을 때, 6·25가 터졌다. 삽시간에 서울이 공산당에게 점령당하자, 서울을 탈출하지 못한 나는 엄동설한에 어머니와 가족들을 데리고 피난길에 올랐다. 그것이 1·4 후퇴였다. 구사일생으로 부산에 도착했으나 직업을 얻지 못하여 이 학교 저 학교로 뛰어다니며 몇 푼의 강사료를 받아 호구했다. 어머니는 병이 나서 세상을 떴다. 화장을 해서 뼈를 선산에 묻어달라는 어머니의 유언을 실천하려고 나는 노력을 했다.

이완은 미국에 아내와 딸이 있다고 한다. 아내도 카자흐 출신이고, 딸은 대학에 있으면서 시를 쓴다고 한다. 딸이 러시아말로 시를 썼으면 했지만 받아들여지지 않는다고 말한다.

둘이 술집을 나온다. 이완은 38번 버스를 타겠다고 하나, 나는 번호를 몰라 택시를 타겠다고 한다.

서울역으로부터 기적 소리가 울려온다.

> "저 차에다 몸을 실읍시다. 그러면 기차는 북으로 북으로 달릴 게 아닙니까? 당신은 평양에서 내리고 나는 만주로 들어가 시베리아 행 기차를 갈아타면 고향으로 갈 게 아닙니까……."
>
> 우린 잠시 환상에 사로잡혀 있었다. 내가 내릴 역은 평양이 아

니라 더 북쪽으로 가서 맹중리역에서 내려야 한다.

푸른 시그널 불빛이 보인다. 이완은 차창 밖을 내다보며 손을 흔들었고, 나도 그를 향해 모자를 벗어 흔들어 대었다. 기차는 보이지 않고 주변은 한산했다.

굵은 물방울이 어깨 위에 떨어졌다. 나는 환상에서 깨어나 옆에서 있는 이완을 쳐다보았다.[98]

고향으로 달리는 기차를 탄 환상에 젖는 데서 이야기가 끝나니 감상적인 플롯을 사용했다고 할 수 있다. 고향을 잃은 사람들은 자유와 평화를 잃은 사람들이다. 자유와 평화를 누릴 수 없는 세상은 실낙원(失樂園)이다. 낙원으로 회귀하고 싶은 꿈을 꾸지만, 그것은 꿈이 아니면 환상에 불과한 것이다. 그럼에도 불구하고 인간들은 그 꿈을 버리지 못하고 허무하게 살다 가는 것이다. 이것이 부조리한 인간의 현실이자 숙명이라는 것이니. 결국 이 작품은 낙원 회복의 꿈을 주제화한 것이라고 할 수 있다.

상실의 시대를 살아가는 두 나라(한국과 체코) 최고 지성들의 대화 속에 온축(蘊蓄)되어 있는 격조 높은 민족애가 심금을 울리는 수준 높은 작품이다. 고향과 나라가 있어야 삶이 있고 삶이 있어야 행복해질 수 있다는 평범하지만 가볍지 않은 진실을 되새기게 해주는 작품이다.

98) 앞의 책, p.32.

㉖「눈뜨는 계절(季節)」

『현대문학』325, 1982. 2

화자의 10대 때의 회상기라 할 수 있다. 해방 이후의 어느 시골이 배경이다. 1인칭 관찰자 서술이다.

화자인 '나'는 시골 마을에 자기 또래의 꼬마들이 오륙명 있었다는 사실부터 이야기한다. 그중에 '곰네'라는 여자아이가 있었는데, 얼굴이 까무잡잡하고 머리털이 노리끼리한데, 말을 잘하고 별의별 일을 잘 알고 있는 아이였다는 것이다.

> 곰네는 나보다 한 살 위였다. 곰네는 나를 별로 좋아하지 않았지만 관심을 많이 가지고 있었다. 우리들 또래는 가끔 말다툼을 하였고 싸우기도 했다. 말다툼을 하다가 내가 몰리면 곰네는 자기가 가로막고 나섰다. 그런 일이 한두 번이 아니었다. 애들이 왜 곰네는 내 편만을 들어주느냐고 하면 너희들은 경우에 맞지 않는 말을 하니까 그것을 바로잡아주기 위해 내 편을 들어준다고 변명했다. 그렇다고 나는 곰네를 좋아하지 않았다. 오히려 간섭하는 곰네가 싫었다. 곰네가 가로막고 나서지 않아도 나는 능히 그들을 이겨낼 수 있다는 자신을 가지고 있었기 때문이다.[99]

벌써 곰네는 남자아이인 '화자'에게 관심을 가질 정도로 성에 대해 눈을 뜨고 있었으나, 남자아이인 '나'는 아직 그런 것을 느끼지 못하

99) 정한숙,「눈뜨는 계절」,『현대문학』, 1982.1., p.91.

는 순진한 소년이다. 겨우 한 살 차이인데 성에 대한 감성이 다르게 나타나고 있는 것이다.

아이들이 산새를 잡아 구워 먹거나 알을 삶아 먹어도 곰네는 한사코 말린다. 왜 남의 일에 훼방을 놓느냐고 대들면, 너희들 누나 자격으로서 살펴주려는 것이라고 변명한다. 그러면서 너희들끼리 몰려다니다 독사한테 물려 죽으면 어쩌냐고 하면서, 구렁이라면 애들을 삼켜 버릴 거라는 이야기까지 하며 겁을 준다.

곰네는 나의 집 돼지가 새끼를 낳았을 때 독사를 잡아다 어미 돼지에게 먹이기도 한다. 이런 곰네에 대해서 마을에 여러 가지 소문이 나돈다. 신들린 애이며 무당이 될 거라는 소문이다. 올해 장마가 들면 재앙이 있을 거라고 했는데 과연 비가 많이 내렸고, 산사태가 났으며, 창수 어머니가 젖앓이를 하자, 곰네가 선인장을 갈아 발라주니 곧 나았다는 소문도 났다.

언덕에 누워 있을 때 곰네가 찾아와 종지에 담은 사슴 젖을 먹어보라고 한다.

“곰네야, 이것은 어디서 구했느냐?」

”깊고 깊은 산속에서…….“

“어느 산속?」

“너는 가르쳐 주어도 모를 거야.”

“거기도 사람이 살고 있냐?”

“아니야.”

“그럼, 누구한테서 이런 것을 얻어 갖고 왔냐?”

"사슴한테……."[100]

영악한 곰네는 산을 넘고 산을 넘어 동쪽으로 가면 시냇물이 흐르고 그 시냇물 줄기를 따라 오르면 절벽의 큰 바위가 있는데 그 위에 있는 굴에 왕관 같은 뿔을 가진 숫사슴과 암사슴이 살고 있다고 말한다. 그 사슴이 얼굴을 핥아 주어 주근깨가 많이 없어졌고 독사의 독을 빼는 법이나 병을 고치는 법이나 약초가 있는 곳도 알려준다고 말한다.

이러한 사슴의 이야기는 나에게 큰 호기심을 자아낸다.

나는 사슴이 사는 곳으로 데려가 달라고 애원한다. 그러자 곰네는 어느 날 찾아와서 사냥꾼들의 기습을 받고 사슴들이 다른 곳으로 떠났다고 말한다. 나는 직접 혼자 동굴을 찾아 나선다.

그러나, 찾지 못하고 등산객 세 명을 만나 허기를 채운다. 등산객은 왕관 같은 뿔을 가진 숫사슴과 암사슴이 사는 곳은 없지만, 그런 환상은 버리지 말라고 충언을 해 준다. 우유와 초콜릿을 선물로 받아 가지고 나는 되돌아올 수밖에 없었다.

다음날 곰네를 만나자 나는 어제 그 사슴들을 만났는데 우유와 초콜릿을 주면서 거짓말쟁이 곰네는 다시 오지 말라고 하더라고 아픈 곳을 찌르듯이 말한다. 이 위기부에서 두 사람 사이의 우정과 신뢰관계가 깨져 회복할 수 없는 지경에 이른다. 나의 꿈과 환상도 여지없이 깨져버리고 만 것이다.

100) 앞의 책, p.96.

그로부터 2년이란 세월이 흘렀다. 사슴을 찾아갔던 모험의 기억도 완전히 사라졌다. 이 2년이란 기간은 두 아이의 성장 기간을 의미한다. 몸도 자랐고 정신적으로도 성장한 것이다. 사춘기에 접어든 것이다.

결말이다. 아이는 썰매를 타러 빙판길을 올라간다. 곰네가 기다리고 있다가 썰매를 함께 타고 싶다고 말한다. 나는 뒤에 곰네를 태우고 언덕을 미끄러져 내려간다. 허리를 잡고 있던 곰네가 '난 널 세상에서 제일 좋아해'라고 말한다.

관심에서 무관심으로, 무관심에서 다시 관심으로 태도와 믿음의 변화를 가져온 감정의 플롯이 사용된 작품이다. 짜임새가 좋다. 곰네란 인물의 성격 창조도 비교적 성공적이라 할 수 있다. 남자아이인 '나'는 순진무구하며 거짓말을 싫어하며 호기심이 많은 성격의 소유자로 창조된 데 반하여, 곰네는 세상사를 너무 많이 아는 조숙한 아이로 활달한 성격에다 남을 지배하려는 자만심과 허풍기를 지녔으나 인간성은 나쁘지 않은 인물로 창조되었다. 성숙의 플롯이다. 성장 소설의 한 전례가 될 수 있는 작품이다. 제목 '눈뜨는 계절'은 사랑과 성이 눈뜨는 자아 성장기를 의미한다. 자아 성장기 아이들의 천진한 성의식이 이 작품의 주제다.

㉗ 「안개거리」

『문학사상』 124, 1983. 2

절망적인 현실에서 출구를 찾으려는 현대인의 몸부림을 보여준 작품이다. 오늘의 서울이 배경이다.

주인공 오하인은 H방송에서 〈한밤의 여심〉이란 프로를 담당하고 있는 방송인이다. 투고해 온 여성들의 편지를 읽고 그들의 고독한 삶이나 고민에 대하여 상담을 하는 역할을 하고 있다.

테이블에 쌓인 편지를 하나하나 읽으면서 가치 있는 편지를 고른다. 그러나 대부분의 편지는 읽을 가치가 없어 쓰레기통에 버린다.

그중의 몇 가지다.

1) 고교 2년생(16세)

얼굴에 붉은 반점이 생겨 3번이나 수술했어도 흉터가 남아 고민이란다. 비구니를 찾아가니 전생의 잘못이니 공덕을 쌓으라고 한다, 죽고 싶다는 것이다.

오하인은 조물주가 찍은 반점의 수술 흔적을 없앨 능력이 없다고 자인한다.

2) 중년 여인(43세)

6명의 자녀를 둔 가톨릭교도로 체력이 쇠약해져 병원에 입원하여 임신 중절을 하기로 남편과 약속을 했으나 남편이 약속을 어겨 또 임신을 하게 되자, 의사가 출산을 하면 생명이 위태롭다며 낙태 수술을 권하니 어떻게 해야 하느냐고 묻는다.

오하인은 그 남편을 무책임한 바보 같은 녀석이라고 생각한다.

3) 중학교를 나온 소녀(17세)

남의 집에서 일하고 있는 소녀의 편지다. 옆집에 74세의 할아버지와 36세의 아줌마가 살고 있다. 여인은 남편이 교통사고로 죽어 파출부를 하다 할아버지와 재혼을 했는데, 옥상에 올라갔다가 검은 그림자의 사나이에게 능욕을 당해 임신을 하게 되었다는 것이다. 할아버지가 알면 안 되기에 아줌마가 검은 그림자에게 도망가서 같이 살자고 제의하자, 그 검은 그림자는 자취를 감추어 버렸다는 것. 아줌마가 불행해지지 않을 방법이 무엇인가를 묻는다.

오하인은 문제를 쉽게 해결할 수 있다고 개편한 편성부 간부들의 사고방식이 의심스러웠다. 상담을 요청한 그 누구에게도 거짓 없는 대답을 해줄 수 있는 방법이 없다는 것을 깨닫고 절망한다.

오하인은 거리로 나온다. 마음이 울적해진다. 싸롱 〈제비〉로 들어간다. 양주를 청해 홀로 마신다. 술에 취하자 그는 '제멋대로 창녀 짓을 하고 제멋대로 사생아를 낳아놓고 총각인 나더러 어떻게 처리하라는 거야'[101]하고 뇌까리며 무책임한 편집부 간부들을 향하여 울분을 토한다. 그리곤 사표를 낼 결심을 한다.

본시 문학도였던 오하인은 술집을 나와 안개 낀 골목길을 걸으면서 대학 시절 '문학 입문' 시간에 한 노교수가 한 말을 떠올린다. '벽에 부딪히면 좌절이 있을 뿐입니다. 그러나 예술의 길은 좌절에서부

101) 정한숙, 「안개거리」, 『문학사상』, 1983.2., p.113.

터 시작하는 것이죠…… 문학도 마찬가지입니다.'라는 말이다.

안개 낀 길처럼 앞이 보이지 않는 현실은 절망적인 상황이므로 이런 상황에서는 좌절하지 않을 수 없다는 것, 그러나 바람직한 인생은 결코 좌절에 빠져버리고 마는 것이 아니라 새로운 삶을 위하여 다시 시작하는 것이다. 이런 점에서 좌절은 희망의 출발점이라고 할 수 있다. 좌절에서 희망으로 감정의 변화를 보이는 감정적 플롯이 사용되었다. 좌절을 극복하는 새로운 출발의 의지를 주제화한 작품이다.

㉘「소설가(小說家) 석운 선생(石雲先生)」

『월간문학』 169, 1983. 3

항상 전통에 도전하면서 새로운 작품을 창작해야 하는 소설가의 고뇌 어린 삶의 모습을 보여준 자전적인 요소가 짙은 작품이다. 현대의 서울이 배경이다. 3인칭 전지자 시점에서 이야기가 서술된다.

소설가 석운 선생은 소설이 벽에 부딪힐 때마다 창작 작업의 고됨을 자각한다. 평생 한 곡만 불러도 되거나 같은 주제나 글귀를 반복해도 되는 화가나 서예가가 부럽다는 말을 한다. 이에 대하여 스페인의 작가 세르반테스(Miguel de Cervantes Saavedra)나 미국의 마가렛 미첼(Margaret Mitchell)은 '동키호테'나 '바람과 함께 사라지다' 한 편만을 쓰고도 독자들의 사랑을 받아왔지 않느냐는 친구의 반문에 입을 다문다.

그러나, 석운 선생은 혼자 여행을 갔다가 어느 여관 화장실에 화장용지로 비치된 자기의 첫 창작집 생각을 하고 속으로 냉소를 한다.

그러나, 선생은 휴전이 되자, 제대를 하고 고향으로 돌아와 조상으로부터 물려받은 땅에 농사를 지으며 틈틈이 습작을 하던 끝에 문단에 데뷔한다.

1950년대, 그는 괴뢰군에 점령당하여 청년들이 반동이란 명목으로 피살되거나 납치되고, 수복되고도 부역자라 하여 처형되거나 수감되어 버리는 그 어수선하던 시절에 조용히 시골에 묻혀 살아온 것이다. 거기엔 그의 결단력보다는 보수적인 기질이 한몫했다.

소설을 쓰기 시작하면서부터 남들과의 접촉도 뜸해지고, 건강도 나빠진다. 육신상의 고통이나 통증을 느끼는 때가 있다. 그러나 그것보다 더 큰 괴로움은 붓이 나가지 않을 때의 괴로움이다.

60년대를 넘고 70년대를 넘어서 오늘(80년대)에 이르기까지 소설계를 뒤덮고 있는 것은 문제작이라는 두터운 구름층이다.

석운은 문제작을 의식하고 작품을 써본 적이 없다. 그렇기 때문에 그의 소설은 월평에서 다루어지는 일이 적었다.

오늘의 작품들 중에 과연 문제작이 있는가 하고 생각해 본다. 그리고 시대가 변했으므로 오늘의 작품이 '홍길동전'이나 '춘향전'으로부터 어떻게 변화했고 어떤 계보를 형성하고 있는지를 생각해 보고 나서, 평론가들이 문제작이라고 평가하고 있는지 대해서 의문을 제기한다.

석운은 모 잡지사가 주관한 '작가와 평론가의 대담'에서도 문학의 전통에 대한 소신을 피력한다.

> "춘향전'이나 '배비장전' 같은 작품은 작가 미상으로 되어 있는 작품이기 때문에 적절한 예가 되지 않을지 모르겠습니다만 만일 그것이 동일한 작가가 아니라면 '배비장전'은 '춘향전'의 여러 모를 이어받은 작품이라 할 수 있겠지요. 그러나 이인직의 '귀의 성'이나 이해조의 '자유종' 같은 것은 전통적인 소설 유산에 대해 정면으로 도전을 시도한 작품이라고 볼 수 있지 않습니까…… 그리고 동인은 춘원에게 도전하고 나섰던 작가지요…… 그런 입장에서 본다면 한국 소설의 유산도 끊임없는 도전의 반복이었다고 할 수 있지 않을까 합니다…….」
>
> "결국 석운 선생께서는 한국 소설의 전통을 무시한다는 말씀이십니까……."

"아무리 전통에 도전했다 해도 분명히 한국 소설의 문학적 계보는 그릴 수 있는 것이지요. 계승도 도전도 구체적으로 우리가 작품을 읽어보면 그들의 노력한 흔적 속엔 이런 것이라고 꼭 집어내지는 못한다 해도 어떤 흐름이 뚜렷이 그어져 있기 마련이니까요……."

"석운 선생님……."

"네 ……."

"우리나라 소설을 시대적으로 구분해 보면 개화기 이전과 이후로 전통이 단절되었다고 볼 수 있지 않습니까……."

"관념적으론 그렇게 생각할 수 있겠지요. 마치 갓을 쓰고 두루마기를 입던 사람이 중절모를 쓰고 양복을 입는 것을 보면 말입니다. 그러나 그것은 어디까지나 외형적인 것이고 그 안에 가려져 있는 한인이라는 본질에는 하등의 변화가 없듯이 말입니다……"[102]

결국 석운은 고전과 현대물 사이에 많은 변화와 차이점은 있지만, 한국인다운 흐름은 끊기지 않고 있는 것이라고 결론을 맺는다.

다음에는 해방 전의 소설과 후의 소설에는 어떤 차이가 있는가에 대한 논의가 시작된다. 평론가 K씨는 그 시대의 작가들은 민감하게 반응했을 것이라는 피상적이고 안이한 논리를 전개한다.

이에 대하여 석운은 구체적으로 일제강점기의 소설엔 지식인의 초상이 드물다고 주장한다. 일제하의 소설에는 지식인의 내적 고민상을 보여주는 인물보다는 소외되었거나 낙오된 군상들이 많았다는 것이다. 뼈 아픈 수모와 견딜 수 없는 모멸을 참아야 했던 양식 있는

102) 정한숙, 「소설가 석운 선생」, 『월간문학』, 1983.3., p.31.

지식인들은 풍자적인 방법으로 작품을 썼다. 그 대표적인 작가가 채만식(蔡萬植)이었고, 작품은 '천하태평춘(天下泰平春)'과 '탁류(濁流)'였다고 주장한다. 일제강점기의 소설에는 이러한 풍자와 해학을 기법으로 사용한 계보가 있었는가 하면, 고풍스러운 풍경을 묘사한 계보도 발견된다.

석운 선생의 근황에 대한 서술로 이야기는 결말을 향하여 달려간다. 석운 선생은 잠을 자지 못한다. 수면제를 먹고 잔다. 어느 날, 석운 선생은 무교동에서 TV 연속극 작가 H 씨를 만나 〈제비〉란 술집에 들어간다. 석운 선생은 TV를 보지 않으므로 H가 어떤 것을 쓰는지 알 수 없다. 11번 아가씨가 H에게 주인공에 대하여 너무하다고 항의한다.

두 사람이 대화하는 사이에 11번이 자리를 떴다.

> "저 분이 소설가래……."
> "저 사람 책 읽어 봤니?"
> "아니 그런 사람 이름 처음 듣는다아……."
> "그래두 소설가는 소설간 모양이지……."
> "왜?"
> "머릴 기른 것이 그렇게 보이지 않니?"
> 11번 아가씨와 아가씨들이 주고받는 말이 석운의 귀에까지 들렸다. 얼굴이 화끈해졌다. 몇 잔 마신 맥주 탓이 아니었다.[103]

103) 앞의 책, pp.35~36.

석운은 그 때묻지 않은 경쾌한 음성의 주인공에 호감이 간다. 그는 〈제비〉에 자주 가게 되었다. 자신이 쓴 소설의 여주인공의 환상이 그를 〈제비〉로 이끈다.

그러기에, 이 작품도 새로운 작품 창작의 희망이 보이는 감상적 플롯을 사용했다.

석운 선생은 비로소 새로운 소설의 창작 모티브를 발견한 것이다. 이젠 불면의 고독에서 벗어나 기쁜 마음으로 새 작품을 쓸 수 있을 것이라는 기대를 독자들은 가질 수 있게 된다. 새로운 주제, 새로운 구성, 새로운 인물을 찾는 석운 선생의 모습을 통하여 창작인, 특히 소설가들의 창작 과정의 신고(身苦)와 지난함을 실감할 수 있게 해준다. 소설가의 꿈과 환상을 주제로 한 작품이다.

㉙「송아지」

『현대문학』 341, 1983. 5

이것도 소년기의 자아 성장(成長)을 다룬 작품이다. 3인칭 전지자 시점을 택했다. 성터가 보이는 마을이 이 작품의 지리적 배경이다. 작가가 신라와 고구려군이 싸웠고 합세한 인민군과 중공군과의 백병전이 있었던 곳이라고 설명하고 있는 것으로 보아, 강원도 평창의 고성터를 가리키는 것 같다. 주인공 상태는 개구쟁이다. 선악에 대한 구분도 사리에 대한 분별도 미숙한 상태에 있는 소년이다. 까치 둥우리에 돌팔매질을 하는가 하면 새나 개에게 마구 새총질을 하는 장난꾸러기다.

여자 친구를 놀려주기 위하여 개구리를 잡아 도시락에 넣어 선반 위에 올려놓았다가 어머니에게 들켜 핀잔을 받는다. 방학 중 소집일에 상태는 여자 친구 길순이를 골려줄 계획이 실패하자 일찍 집을 나서서 학교로 간다. 그는 학교에 오갈 때 심심하면 군악대 놀이를 한다.

> 손을 오그려 입에다 대고 나팔을 불었다. 그러면서 가끔 북소리를 반주로 넣으며 보무당당한 걸음걸이로 보조를 맞추었다. 신이 났다. 상태는 무릎을 높이 쳐들며 내딛는 발에다 힘을 주었다. 옆에 따라오는 것은 물론 검둥이뿐이다. 그러나 상태의 생각은 그렇지가 않았다. 자기 자신을 선두로 뒤에는 많은 대원들이 자기에게 발을 맞추어 따라온다고 생각했다.
>
> 상태는 호령하여 전 대원을 뜀박질시켰고 전신이 땀에 젖어 숨

> 길이 차면 전 대원을 호령하여 느린 걸음으로 걷게 하다 그 자리에서 쉬게 했다. 그럴 때마다 말썽인 것은 검둥이다. 처음부터 끝까지 명령에 복종하질 않는다. 행진 대열에 끼어 있으면서도 전 대원과 같이 보조를 맞추어 주지 않을뿐더러 휴식 시간에 으레 버릇없이 마구 달려들었다.104)

상태는 돌아가라고 돌을 던지는 시늉을 하며 검둥이를 쫓아 버리고는 학교로 향한다. 풀숲에서 꿈틀거리다 나온 도마뱀을 잡아서 러닝셔츠 앞자락에다 감아쥐었다. 길순이가 채소밭을 나와 이쪽으로 오는 것이 보인다. 상태는 달려가 길순이를 뒤로 껴안고 등에다 도마뱀을 넣는다. 학교가 파할 때까지 길순이가 나타나지 않자, 상태는 슬퍼진다.

철없는 아이의 장난치고는 심했다. 걱정이 되는 게 아니고 슬퍼하게 되는 철부지의 성격이 잘 드러난다.

철부지의 행각은 계속되어, 고무총을 만들어 실험을 하기 위해 검둥이를 쏜다. 검둥이는 피를 흘리며 도망간다. 첫 실험이 성공하자 신바람이 난다. 산으로 가서 마구 새를 쏜다. 한 놈이 날개 밑 겨드랑이를 맞고 떨어진다. 새끼 비둘기임을 알자 날개를 뜯고 목을 비틀어 죽여 숲에 버린다. 잔인성을 드러낸다. 불쌍하다는 생각을 하지 못하는 것이다.

매가 발목을 묶인 줄이 감나무에 걸려 날지 못하는 것을 보자, 상태는 사다리를 갖다 나무에 세우고 올라가다가 땅에 굴러떨어진다.

104) 정한숙, 「송아지」, 『현대문학』, 1983.5., p.118.

아버지로부터 주인이 있는 매라는 말을 듣고 줄을 풀어주려고 다시 가보니 매 바로 밑에 독사가 도사리고 있다. 매가 발톱으로 독사의 머리를 찍자 뱀이 미끄러져 내린다. 매가 활개를 치자 줄이 끊어져 날아간다. 상태는 생존을 위한 짐승들의 무서운 싸움을 본 것이다. 거기에서 싸움에 이긴 승자의 당당한 모습이 확인된다. 상태는 젖소의 목에 줄을 매어 밀고 가 풀을 뜯긴다. 아버지가 접을 붙인다며 종우(種牛)를 몰고 온다. 종우가 젖소의 입술을 핥아 주니, 종우 쪽으로 궁둥일 돌린다. 젖소가 종우에게 깔렸다. 잠시 후 종우와 젖소는 서로 얼굴을 비벼댄다.

얼마 후 젖소가 새끼를 밴다. 젖소가 송아지를 낳자 '송아지가 어미소가 될 땐 상철이도 철이 들겠지'하고 아버지가 말한다. 상태는 길순이의 등에 도마뱀을 넣었던 일이 부끄럽게 생각된다. 자신의 행위는 매처럼 당당하거나 종우처럼 씩씩하지 못한 것임을 자각함과 동시에 생명에 대한 신비감을 느끼게 된 것이다. 이 생명 탄생에 대한 신비가 이 작품의 주제라 할 수 있다.

성숙의 플롯이다. 삶의 목표가 완전히 형성되지 못한 주인공이 향상적인 변화의 기틀을 마련했다. '송아지'는 창조와 생명을 상징한다.

㉚ 「새끼고무나무」

『문학사상』 128, 1983. 6

나라를 잃고 타국에서 떠도는 망국민의 삶을 고무나무에 빗댄 의인체(擬人體) 소설로, 이른바 '월남 패망사'를 역사적인 배경으로 한 작품이다. 지리적 배경은 하노이와 부산이다. 1인칭 서술자 시점에서 서술된다.

'나'는 베트남〔월남(越南)〕이 망하여 한국으로 쫓겨온 고무나무다. 나는 지금 부산의 조그마한 식물원에 있다. 식물원이라고 하지만, 사실은 바다가 내려다보이는 밭의 비닐하우스다. 공간이 비좁고 통풍이 잘 안돼서 호흡장애를 느끼며 겨울철엔 고통이 매우 심하다. 영하의 날씨와 바람뿐이 아니라 제한된 영양과 수분도 문제지만, 언어가 통하지 않는 고독 속에서 살아가는 것이 더 큰 문제다. 아프리카산이 있고 브라질과 멕시코산이 있는가 하면 동남아 산도 있는데 서로 언어가 통하지 않는다. 이런 여건 속에서도 우리는 살아남아야 했다는 것이다. 이웃의 파초는 추위에 약해서 겨울 동안 가사 상태에 빠졌다가 소생했다는 것이다.

새끼 고무나무는 자기 나라의 역사를 이야기한다. 월남은 북위 18도선으로 남북이 갈려져 있는데, 인도차이나반도의 동쪽에 위치하고 있어 북부와 동북부는 중국과 이어지고 있다. 1428년 레로이가 중국으로부터 독립을 쟁취하기 전의 천 년 동안은 중국의 속국으로 지냈으며 구엔 왕조가 통일을 이룩한 지 백 년이 지나서는 외세의 침입(18세기 후반의 불란서의 침입)을 받아 인도차이나 연방으로 편입되어 한 세기 동안이나 그들의 보호를 받았는데 정작 월남 왕조를 지키며 산

시대는 삼사백 년에 불과했다고 한다.

1963년에 군부 쿠데타가 일어나 응오딘지엠이 피살되고 티우 정권이 들어섰으나, 군부에 의하여 흔들리자 월남전은 새로운 양상으로 전개되었다. 사이공 정부로부터 소외된 산악 부족인 베트콩과 월맹 정부의 피의 대결이 시작되어, 마침내 베트콩이 사이공을 향해 진격해 왔다.

이런 슬픈 역사의 흔적이 잘 남아 있는 곳이 사이공이어며, 그곳엔 대학이 서 있고 그 교정에 고무나무가 자라고 있는 것이다.

> 사이공은 문화의 중심지이기도 합니다. 아름다운 열대수로 이름난 식물원도 있었고 앙코르와트의 유물이 보관된 박물관과 미술관도 있었습니다. 또한 월남의 미래를 짊어지고 나갈 인재를 양성하는 종합 대학인 사이공 대학도 있습니다. 물론 남녀공학이었습니다.
>
> 대학 건물에서 얼마 떨어지지 않은 곳에 기숙사도 있습니다. 기숙사로 들어가는 길목 외진 곳에 고무나무 숲이 있었습니다. 고무나무는 월남의 영광이요 자랑거리였습니다.105)

고무나무인 '나'는 거기서 자랐으니, 거기가 바로 나의 고향이다. 거기서 나를 돌봐준 사람이 23세의 낌양이다. 나를 한국으로 데려온 그녀는 당시 사이공 대학 영문과에 재학 중이었다. 낌양은 같은 대학 사학과에 재학 중인 레 꽝증을 사랑하여 그와 미래를 약속했다. 그들은 고무나무 숲속에서 사랑을 속삭였다. 월남 정세가 급변하자 레 꽝

105) 정한숙, 「새끼고무나무」, 『문학사상』, 1983.6., p.254.

중은 학업을 중단하고 군문에 자원입대했다. 결혼식 전날까지 레 꽝 중은 돌아오지 않았다. 학생들이 절규하던 자유는 베트콩의 공세로 무너지고 거리에 백기가 걸렸다. 낌양은 월남을 탈출하는 사람들과 함께 배를 타고 사이공을 탈출했다. 비닐봉지에 흙을 싸서 연약한 고무나무가지를 심어 가지고…….

낌양은 수용소에 있던 월남 피난민들이 뿔뿔이 떠난 뒤 '나'를 식물원에 맡기고 미국으로 떠났다.

> "내 영원한 추억의 고무나무야, 너도 이젠 뿌리를 내렸으니 더 건강하게 옛 모습으로 자라거라, 우리가 지구 끝과 끝에서 살고있었고 레 꽝중과 함께 만날 수 있는 날이 오게 될 거야. 나는 그것을 꼭 믿고 있어……."
>
> 낌양은 월남을 떠나오기 전에 나를 어미 가지에서 잘라냈듯이 내 줄기에서 돋아난 여린 새 가지를 잘랐습니다. 낌양은 월남에서 한국으로 나를 가지고 왔듯이 그 여린 가지를 미국으로 가지고 갈 모양이었습니다.[106]

식물원으로 옮겨지고 나서 '나'는 언어가 통하지 않아 고통스러웠다. 어느 날 제비 부부가 다가와 월남 고무나무가 아니냐고 묻는다. 그렇다고 하자 딱한 신세라고 위로해 준다. 그들은 사이공에 가보지 못했으나 한국으로 온 새들을 더러 보았지만 전란 탓인지 요즘은 보지 못한다고 말해준다.

106) 앞의 책, p.257.

한 쌍의 제비가 전선줄에 앉아 월남어로 말하며 쉬고 있는 것을 보고 '나'는 손짓을 한다.

> 갈팡질팡하는 내 모습을 지켜보고 있던 새끼 고무나무들이 나를 보고 물었습니다.
>
> "무엇 때문에 그러지요……."
>
> "고국에서 온 제비가 아니냐?"
>
> "고국이라니요?"
>
> 나는 말문이 막혀 버린 채 새끼 고무나무들을 바라보았습니다. 그리고 천천히 말문을 열었습니다.
>
> "너의 고국은 한국 땅이지만 내 고국은 월남이라는 곳이란다. 지금은 지구상에서 없어진 나라지만."
>
> "없어진 나라를 찾아선 무엇해요."
>
> 무슨 말을 해야 할지 나는 망설일 수밖에 없었습니다.107)

한국 땅에서 새로 돋아난 가지이기 때문에 그들은 사이공 함락의 처참한 광경이나 낌양과 레 꽝즁에 관한 슬픈 사랑의 이야기는 알 까닭이 없는 것이다. 고향에 대한 향수를 불러일으키는 감상적인 플롯이다. 나라를 잃고 타국에서 힘들게 살아가는 사람들은 조국의 슬픈 역사를 잊을 수 없다. 잊어서는 안 될 것이다. 그것이 조국에 대한 사랑이요 자긍이기 때문이다. 그러나 어려운 시대를 살아보지 않은 후예들은 그것을 알려고도 하지 않은 채, 현실에 안주하여 즐겁게 살

107) 앞의 책, pp.262~263.

려고만 한다.

한국인에게도 나라를 빼앗기고 고통스러운 삶을 살아야 했던 세월이 있었다. 독립투사들이 해외에 망명하여 고난의 길을 걸었던 것은 말할 것도 없거니와 죄 없는 백성들이 고국을 떠나 타국의 거리를 방황하기도 했다. 그 대표적인 사례가 일제강점기 때 고국을 쫓겨나 만주 벌판을 헤매던 간도 이주 농민들이 아니었는가. 우리는 민족의 아픈 역사를 깊이 알아야 한다. 그리하여 월남인과 같은 치욕의 역사를 만드는 과오를 범해서는 안 될 것이다. 민족사에 대한 올바른 인식이 필요함을 깨닫게 해주는 작품이다. 고향 또는 고국에 대한 그리움을 주제로 한 작품이다.

㉛「산에 올라 구름타고」

『월간문학』180, 1984. 2

노년기에 처한 작가의 인생 회고담이라고 할 만큼 자전적인 체취가 강한 작품이다. '명동으로 가는 길'은 이 작품의 정신적인 배경이다. 이 길은 이른바 작가에게 '명동 시대'를 열게 한 찬란한 추억의 길이기도 하다. 1인칭 서술자 시점을 택했다.

화자는 물고기나 산짐승들도 다니는 길이 정해져 있듯이 사람도 정해진 길로 가는 것이 분명하다는 생각을 하면서 자신이 살고 있는 마을의 길에 대한 이야기를 꺼낸다.

> 옛성을 끼고 비탈진 이 언덕은 아침저녁으로 어른들의 산책길이 되었고 한낮엔 어린이들의 놀이터로 변했다. 어른들이 오르내리는 산책길은 일정하였다. 능구렁이 잔등 같은 좁은 길을 돌아오르는 것이었다. 그러나 이곳을 놀이터로 삼고 있는 어린애들은 달랐다. 어른들이 오르내리는 오솔길이 아니었다. 무성한 숲길을 마구 헤치고 다녔다. 어른들이 보기에는 그곳은 길이 아니었다. 길이 아닌 곳이 어린이들에겐 놀이길로 정해져 있었다.
>
> 지금은 고총도 없어지고 언덕은 깎여 계곡을 묻어 이 일대가 주택가로 변했다.[108]

108) 정한숙,「산에 올라 구름 타고」,『월간문학』, 1984.2., p.48.

그런데 그 길이 변했다. 경사 15 도의 진흙 언덕길이 아스팔트 길로 변하면서 세태와 풍속도 무척 많이 바뀌어버린 것이다. 전엔 같은 길이면서도 남자와 여자가 오르내리는 부분이 확연히 달라서 남자들이 길 한복판으로 오르내리는 데 비해서, 여자들은 길 양쪽 가장자리로 조심스럽게 걸었는데, 지금은 아예 길의 구분이 없어져 버린 것이다. 그런 상황에서 예전의 '명동(明洞)길'은 어떠했던가 하는 생각을 한다.

작고한 소설가 이봉구가 명동 백작으로 자처하던 무렵 모든 예술인이 다니던 길은 일정했다. 포인트를 고르는 낚시꾼이나 목을 지키는 포수 모양 그들을 추적하기란 그리 어려운 일이 아니었다. 오후 2~3시쯤…… 미도파 건너 쪽 명동 입구에 서 있으면 만나고 싶은 예술인들을 다 만날 수 있었다.

명동 입구로 들어서면 자기 취향에 따라 골목이 바뀌어졌다. 다방 〈갈채〉로 가는 사람, 아니면 〈휘가로〉로 들어가는 사람, 또는 그곳을 지나 〈동방쌀롱〉으로 직행하기도 했다. 그러나 20대의 소녀들은 〈청동다방〉으로 몰려들었다. 이른 아침부터 공초(空超) 오상순 시인이 이 다방 구석진 곳에 고불 모양 앉아 있었기 때문이다. 테이블 위에 놓인 재떨이엔 항상 꽁초가 수북이 쌓여있었고 니코틴에 찌든 상아 파이프엔 언제나 궐련이 타오른다. 불상에 향불이 끊이지 않듯이 그 입에선 항상 푸른 연기가 피어오르며 입가엔 미소가 흘렀다.

공초가 〈청동다방〉으로 오는 길은 미도파 건너 쪽 명동 입구가 아니었다. 조계사를 나온 그는 종로를 거쳐 을지로를 건너 옛 '시공관' 앞을 지나 〈청동다방〉을 향했다.

상아 파이프에 담배를 피워 들고 다른 한 손엔 검은 양산을 들고 어깨를 구부린 채 앞만 보고 걸었다.109)

공초(空超)는 자기가 정한 길로 명동에 와서 담배를 피우며 하루를 보낸다. 공초만이 아니라 이중섭(李仲燮) 화가, 판소리 명창 K 여사, 김창원, 깍두기 사내, 병신춤의 R 여사, 시가 문학자 정병욱(鄭炳昱) 교수, 기업가요 정치가인 우곡(牛谷), 남촌(南村) 등도 명동에 온다.

이중섭은 캔버스를 살 돈이 없어 베니어(veneer)나 레이션 박스나 은박지에 그림을 그렸다. K 여사는 〈동방 살롱〉 2층을 빌려 장고 치고 북을 두드리며 창을 불렀다. 김창원은 조개 껍데기를 잘라 게를 만든 손끝의 마술사였고, 명소설가 물 깍두기는 고색 신사복에 빨간 넥타이를 매고 매일 종로 거리를 걸었다. R 여사는 혼자 굿거리춤을 익힌 뒤 병신춤으로 사람들을 울고 웃게 하는 명춤꾼이었다. 정병욱은 창을 공부하기 위하여 스스로 북채를 잡고 고수가 되기도 한 판소리 연구가였다. 우곡은 줄을 다루는 솜씨가 능란한 정치이자 기업가였다. 남촌은 '그릇은 큰데 청탁을 가릴 줄 모르는 사람'이라 하였다. 모두가 화자에겐 잊을 수 없는 명동의 예인들이지만, 모두 가난과 전쟁의 상처를 안고 '좌절의 늪'을 빠져나오지 못한 사람들이다. 이들을 회상하면서 화자는, 그들 모두가 명동길을 방황하면서 다른 길을 걸어야 했던 사람들인 것이다. 화자는 '방이 없어 다방에서 소설을 써서 잡지사로 들고 가던' 소설가 석운(石雲)이다.

화자의 회상은 명동 친구들로부터 아버지로 옮겨진다.

---

109) 앞의 책, p.49.

아버지가 걸은 길은 서당에서 구학문을 배우다 신학문을 익혀 일본말을 겨우 듣고 말할 수 있을 정도였다. 그 정도라면 조상으로부터 받은 땅을 지키며 충분히 살아갈 수 있을 정도였다. 그런데 그 아버지는 고향에 머물러 있지 않고 소식도 없이 십여 년을 어디 가서 무엇을 했는지 행적도 묘연하게 살다 고향으로 돌아왔을 땐 이미 병든 몸이었다. 읍내 공의한테 다니며 치료를 받았지만 아무런 효과도 없이 38세를 일기로 세상을 떠나고 말았다.

아내인 어머니도 아들인 증손도 아버지에 대해 알고 있는 것은 그것뿐이다. 분명 증손은 지금 아버지가 걷던 그 길이 아니라 딴길을 걸어가고 있음이 분명하다. 그러나 아버지가 걸은 길이 어머니의 말대로 걸어선 안 될 길이요 아들인 증손이 걷고 있는 이 길이 옳은 길이라고 단정할 수는 없을 것이다.110)

화자는 아버지가 걸어간 길과 종손인 내가 걸어가는 길을 비교하면서 어느 길이 옳은 길인가 하는 생각에 미친다.

어느 길이 옳다고 단정할 수 없다. 그것은 인간이 걸어가는 길이 다양하기 때문이다. 그러므로 사람은 운명적으로 자기가 좋아하는 일을 하면서 그 길을 따라가다가 죽을 수밖에 없는 존재인 것이다. 여기서 '길'은 삶의 목표와 운명을 상징하는 이미지로 부각된다.

옛길에 대한 향수를 불러일으키는 감상적인 플롯이다.

가치 있고 올바른 삶의 길을 주제로 한 작품이다.

110) 앞의 책, p.60.

㉜「편지(便紙)」

『현대문학』 364, 1985. 4

자기만의 참된 예술을 추구한 한 화가에 대한 추억담을 담은 작품이다. 자신이 살고 있는 공간은 현재의 서울이지만, 추억담의 대상인 K 화백의 삶의 공간은 일제 시대부터 현재에 이르기까지의 한국·일본·파리·미국 등으로 이동된다. 1인칭 관찰자 시점에서 서술되는 소설이다.

화자는 커피점 '시나브로'의 벽에 걸린 (복사한) 추상화를 보고 있다. 시인 R이 나타나 화가 K의 사망 소식을 알리며 '그 사람 외국을 나돌다가 그림을 망쳤다'고 중얼거린다. 그러고는 구라파나 미국 사람들이 그의 그림을 이해 못 한 것이 당연하다는 말을 한다.

R은 K를 재작년에 만났다며 그때 일을 이야기한다. 멕시코 여행을 마치고 뉴욕에 갔을 때 그가 찾아왔기에 그를 따라 아파트로 갔는데, 손님을 데려다 놓곤 자기 일을 하더라는 것이다.

> "그림을 그리는 게 아니었어. 이젤을 향해 앉아 있는 것이 아니라 아파트 마룻바닥에 엎드려 있는 걸세, 그 큰 키를 허리를 구부정하게 구부리고 말일세. 그리곤 이러지 않어, 자넨 여기서 만났으니까 전할 소식도 없고…… 아 참 그렇지…… 그 사람 잘 있나? 그 사람 말일세, 친구들의 이름을 묻고 소식을 물어가며 꼭 같은 간격을 두고 같은 동작으로 계속 붓을 움직이더군."
>
> R은 피식 웃고 꼭 같은 동작으로 식은 홍차로 입술을 추겼다.
>
> R의 설명으로는 K가 어떤 그림을 그렸는지 전혀 상상이 가지 않

았다. 다만 이해할 수 있었던 것은 R을 손님으로 집에다 데려다 놓고도 자기 일만을 계속하더라는 그 설명만은 충분히 납득이 갔다.

"분명 그 사람은 뉴욕에서 그림을 그리고 있었던 것이 아니라 편지를 쓰고 있었어, 그렇게 쓰고 또 쓰고 했었지만 그 많은 사연들을 다 쓰지는 못하고 죽었을 걸세. 우리말 편지를 미국 놈들이 읽어낼 수 있었겠나. 그러면서도 그 쓰고 싶은 사연을 다 쓰지 못 하고 죽었을 걸세……."[111]

R의 예술적인 업적이나 성과에 대해서 문외한이지만 그와 사귄 30년의 우정이 '나'를 슬픔 속으로 빠뜨린다.

여기서 나와 K의 과거의 행적이 대사(大寫)된다. 다음은 K에 대한 '나'의 해설이다.

우리나라에 서양화 기법이 전수된 것은 19세기 말이었다. 그러나 그때까지의 우리나라 화단은 단원(檀園)이나 혜원(蕙園) · 오원(吾園)을 비롯하여 현재(玄齋)와 겸재(謙齋) 등의 그림과 문인화가 사랑을 받고 있었다. 이럴 때 서양화의 전수는 한국화단에 큰 충격을 주었다. 그럼에도 한국은 일제 치하에서 직접 그 영향을 받지 못했다.

호남 땅에서 자라난 K는 보통학교 때부터 크레용으로 그림을 그렸다. 중학생이 되자 수채화를 그리다가 유화로 옮겼다. 그는 자연의 사생이 아니라 생각하는 사실을 표현하고자 했다. 그래서 동경 유학을 떠났다. 일본에서는 구라파의 여러 기법이 성행되고 있었다. 야수파와 입체파의 그림에 가슴이 설렜다. 그래서 M 미술학교에 입학했

111) 정한숙, 「편지」, 『현대문학』, 1985.4., p.203.

다. 그는 한국적인 미에다 서구의 미의식을 옮겨보고 싶었다. 미술학교를 졸업하곤 귀국했다. 그는 일제의 징용에 걸려 군수공장으로 끌려가 도안을 그리며 허송세월하다가, 해방을 맞았지만, 감격과 흥분은 잠시, 미군정하의 좌우충돌을 거쳐 6·25를 겪었다. 이어 1953년 종군 작가를 끝내고 서울로 올라왔다.

그는 전쟁의 상흔에서 벗어나기 위해 자기만의 독특한 미의 세계를 구축하고자 했다. 그것은 타고난 채색 솜씨에서 벗어난 특유의 형태였다. 그 결과, '달과 항아리와 매화와 여인'을 매체로 한 특유한 미를 창조하는 작업에 몰두했다. 하지만, 현실과 유리된 자신의 작품에 한계를 느끼자, 새로운 출발을 다짐하였으니, 그것이 파리행이었다. 그러나 5년간의 체불 생활은 그에게 새로운 성과를 가져다 주지 못했다.

참혹한 전쟁을 겪으면서도 항상 꿈을 잃지 않는 환상 속에서 작업을 계속했던 그는 체불 5년간에 꿈과 환상을 잃은 셈이었다. 구체적으로 말해 그가 시도했던 구성과 형태는 본래의 색채마저 잃어버린 채 분간할 수 없는 희미한 회색빛 속에 분해되어 버렸다. 그런 환경 속에서도 마치 참선하는 중이 남이 보기엔 무의미한 행동의 반복을 되풀이하듯이 새로운 조형을 향해 의미 있는 행동을 반복해 보았지만, 그 결과는 역시 무의미한 것이었고 앞으로 다가서는 것은 실체를 파악할 수 없는 불투명뿐이었다.[112]

---

112) 앞의 책, p.209.

K는 서울로 와서 그동안 그린 그림을 S 화랑에서 전시했으나 화단과 관객으로부터 냉담한 반응을 받았다. 학교에 나가 강의를 하면서 그림을 그렸다. 그의 그림에는 자신이 갖고 있는 천분의 색채가 보이기 시작했더니, 기묘한 조형미가 나타났다. 60년대의 사람들은 그의 그림을 추상화라 했다.

60년대 후반에 그는 뉴욕으로 갔고, 70년대가 되자, 미국의 화가들이 자신들의 작품을 벽이 아닌 맨땅에 전시하는 시대로 바뀌었다. 그의 머리는 뒤죽박죽이 되었다. 여기서 나의 회상적인 해설은 끝났다.

K가 죽었다는 소식을 R로부터 들은 지 3년 뒤, 남미에서 열린 펜클럽 대회에 참석했다가 돌아오는 길에 뉴욕에 들렀다. 케네디 공항에 내렸을 때 수필가 C씨가 여류시인 숙희가 마중 나오기로 했다면서 같이 그 집으로 가자고 제의한다. 거실에 걸려 있는 그림을 보고 C씨가 무슨 그림이냐고 묻자 숙희 씨가 K 화백의 그림이라고 답한다. 검은 갈색 줄이 좌우로 바둑판같이 그어져 있는 추상화였다. 과거의 K의 그림의 이미지와는 딴판이었다.

브로드웨이 연극 구경을 마치고 돌아오는 길에 전동차를 탄다. K가 그린 그림의 뜻을 알 것 같았다. 그가 좌우로 그은 그 선들은 오프아트의 구성이 아니라, 시골 우리 고향에서 흔히 볼 수 있는 창살문이었다는 것을. R이 '그 사람 그림을 그리는 것이 아니라 편지를 쓰고 있더군' 하던 말의 뜻을 이해하게 된 것이다.

참된 예술이란 자신의 머릿속에서 이루어진 것을 거짓없이 표현하는 것이라 할 때, 이젤 앞에 앉아 그리거나 표현하는 것은 그림이 아니라, 캔버스를 마룻바닥에 놓고 구부리고 앉아 잊혀지지 않는 고향

집을 생각하며 좌우로 선을 그어 고향집 문창살을 만들어 놓고 이 문창살의 공간을 통해 친구들과 대화를 주고받는 것이어서, 곧 가슴속에 간직하고 있던 사연을 적어 보는 편지라고 할 수 있다는 것이다.

이 작품은 한국의 추상 미술의 선구자인 김환기(金煥基) 화백의 생애를 모델로 하여 쓴 것이다. 그가 창조한 것은 점과 선과 면을 이용한 기하학적 형태로 구성된 독특한 추상화였다. 이런 추상 미술의 대가가 되기까지의 그의 삶은 끝없는 도전과 실험의 연속이었다. 작가는 그의 지난(至難)한 생애를 돌아보면서, 참된 예술은 자신의 진정을 거짓 없이 표현하는 것이라는 결론에 도달한다. 그것은 마치 다정하고 친밀한 사람들에게, 간직하고 있는 사연을 진솔하게 적어보내는 편지 같은 것이라는 의미다. 결국 이 작품을 통하여 작가가 말하려고 한 것은 예술가가 추구하는 세계 곧 그들이 꿈꾸는 이상향인 것이다. 그들은 자신이 간직하고 있는 사연 곧 자신이 발견한 삶의 진실을 그림으로 표현하는 사람들인 것이다. 이 작품은 감상적 플롯을 사용했다. 좋은 소재, 중후한 테마를 다룬 작품이나, 미술 비평가들의 평설 같은 느낌을 준다. 어떻든 이런 작품이 가능했던 것은 무엇보다도 주인공인 대상 인물에 대한 작가의 투철한 이해와 깊은 애정이 뒷받침되었기 때문이 아닌가 싶다.

㉝「사마귀」

『현대문학』 373, 1986. 1

소년기의 자아 성장을 다룬 작품의 하나다. 목장이 있는 한적한 시골 마을을 배경으로 하였다. 주인공 요섭은 초등학교 학생이다. 아버지가 세상을 떠나자 어머니와 함께 산다. 그러나 어머니는 아침밥을 마련해 놓고 일찍 일하러 목장으로 나간다. 혼자가 된 요섭은 모든 일에 흥미를 상실하고 학교도 나가지 않는다. 언덕 아래 ㄱ자 집에 살고 있는 미숙이가 찾아와 선생님이 데리고 오라고 했다며 학교에 가자고 해도 응하지 않는다.

목장에서 돌아온 어머니가 찾아도 요섭은 뒤곁에 숨어 들은 척도 아니한다. 숲을 가르고 언덕길을 돈다. 요섭은 큰 소나무 뒤에 몸을 숨기며 집을 올려다 본다. 부엌 안이 밝아지는 순간 어머니의 모습이 보인다. 그 모습이 동화책에 나오는 마녀의 모습과 같다고 생각한다. 불안하고 겁이 난다. 요섭은 소나무를 껴안는다. 이렇게 요섭은 사람조차 싫어지는 외로운 아이가 되어 버린 것이다.

> 이슬이 내리기 시작하는지 바람이 불 때마다 전신이 눅눅히 젖어 들었다. 언덕 너머 목장 쪽에서 송아지 울음소리가 들렸다. 틀림없이 길을 잃은 송아지의 울음소리라고 요섭은 생각했다.
>
> 요섭은 그 송아지가 까닭 없이 측은하게 생각되었다. 어미를 잃어버린 송아지가 자기 신세를 닮은 것 같이 느껴졌기 때문이다. 또 한 차례 송아지의 울음소리가 들렸다. 요섭은 주의 깊게 귀를 기울였다. 자기 신세를 닮은 송아지가 아니었다. 요섭은 울음소리로써 그것

을 알 수 있었다.

이번엔 미숙이네 토사견의 울음소리가 크게 울려 퍼졌다. 한 번도 아니고 두 번 세 번 울렸다. 토사견 울음소리가 어둠 속에 잦아드는 동안 산속은 계속 조용했다. 토사견의 울음소리에 눌려 울지도 못하는 송아지가 더 가엾이 여겨지기만 했다. 미숙이 아버지는 무엇 때문에 사나운 토사견을 집에서 기르는지 알 수 없었다.[113]

요섭은 어미를 잃고 우는 송아지와 자기를 동일시하는 것이다.
어느 비가 오는 날 요섭은 맨발로 학교엘 간다. 우산이 없어 미숙이네 집에서 어머니가 얻어온 찢어진 비닐로 몸을 덮고 가야 했다.

"요섭아……"

"응……"

"넌, 왜 학교에 일찍 오니?"

"집에서 무얼 하니……혼자서……"

"난 너를 기다리다 늦었어……"

요섭은 미숙이가 자기를 기다린 이유를 알고 있었다. 폭이 넓은 우산을 자기와 같이 쓰고 오려고 기다려준 그 마음씨를 알고 있었다. 그러나, 요섭은 그것이 싫었다.

"학교 파하면 같이 가……"

요섭은 대답하지 않았다. 미숙은 요섭을 위아래로 훑어보았다.

"너, 우산 갖고 있니?"

113) 정한숙, 「사마귀」, 『현대문학』, 1986.1., p.165.

미숙은 요섭의 몸이 젖지 않은 것을 보고, 우산을 갖고 있는 것 같아 물었다. 그러나 요섭은 대답하지 않았다.

"학교 파하면 같이 가……"

요섭은 그날도 미숙을 기다리지 않고 학를 먼저 나와 집으로 돌아갔다.[114]

미숙이의 진실한 우정을 요섭은 거부한다. 그것은 그녀에 대한 열등감과 반발심을 갖고 있기 때문이다. 미숙이는 부잣집 아이라 영양상태가 좋고 체력도 강하다. 언젠가 달리기 내기를 하자면서 미숙은 '여자가 남자보다 강하다'는 것을 보여주겠고 했다. 안간힘을 다하여 뛰었지만 미숙을 쫓아갈 수 없었다. 바짓가랑이에 끈끈이가 많이 붙어 있는 것을 보고 이것 때문에 나를 따라잡지 못했구나 하고 미숙이가 위로를 하자 요섭은 그저 웃고 말았다.

한 쌍의 사마귀가 싸리나무 가지에 붙어 있었다. 그들의 꼬리가 붙어 있다. 암놈이 머리를 틀더니 수놈의 머리를 잡아당긴다. 꼬리가 떨어지면서 암놈이 수놈의 머리를 더듬는다. 요섭은 아버지의 얼굴을 무릎 위에 올려놓고 울던 어머니의 모습을 연상한다. 암놈이 수놈의 몸을 절반 이상 갉아 먹은 모습을 보자 요섭은 몸을 떨며 보기 싫다고 외치면서 뜨거운 눈물을 흘린다. 요섭은 사마귀만 보면 잡아 밟아 죽인다. 학교에 가라고 꾸짖던 어머니도 미워진다. 솔개처럼 멀리 마을을 떠나버리고 싶어진다.

집에서 연기가 오른다. 요섭이 달려가 보니 닭장이 불에 타고 있

114) 앞의 책, pp.167~168.

다. 어머니가 아궁이의 재를 모아 닭장 옆에 두었는데 불씨가 나뭇잎에 붙어 닭장을 태운 것이다. 작품의 절정 부분이다. 어머니가 원망스러웠다. 암탉들은 타서 죽고 수탉은 빠져 나왔다. 병아리를 살리기 위해 달려 나오지 않고 죽은 암탉의 모성애를 생각하니 눈물이 난다. 요섭은 어머니의 허리를 안고 얼굴을 묻는다. 요섭은 '엄마 제가 잘못했어' 하면서 운다. 암사마귀가 수컷을 잡아먹는 장면을 보고 자기를 꾸짖는 어머니를 연상하여 어머니를 마귀 같은 존재로 오인하는가 하면 항상 여자가 남자보다도 강하다는 말을 하는 미숙이도 마음에 들지 않았다. 그러나 암탉의 죽음과 미숙이의 눈물을 통하여 어머니와 미숙이의 진실한 마음을 이해하게 된다. 감정적인 플롯이 사용되었다.

학동기 소년의 자아 성장을 주제로 한 작품이다. 만일 요섭이 어머니의 마음과 친구의 우정을 바르게 이해하지 못했다면 성장의 장애에서 벗어나지 못하는 위기를 맞게 되었을 것이다. 요섭의 소년다운 성격이 살아있어 감동적이다. 아름답고 감미로운 맛깔의 소년 소설이라 할 수 있다.

㉞ 「대학로 축제(大學路祝祭)」

『한국문학』 152, 1986. 6

대학가 젊은이들의 빗나간 열정을 비판한 작품이다. 서울의 대학로가 작품의 배경이다. 대학로는 문자 그대로 젊은이들의 자유롭고 즐거운 축제가 이루어져야 하는 공간이다. 그러나 대학로는 언제부턴가 전혀 다른 장소로 바뀌어 버렸다. 시끄럽고 광란이 춤추는 곳으로 바뀐 것이다.

주인공인 동민은 재수생으로 대학로 근처의 하숙에 기거한다. 하루 종일 누워 천장만 바라보고 있다. 누군가가 음정이 안 맞는 노래('빗속의 여인')를 부르다가 낡은 기타 줄을 퉁기는 소리가 창문 안으로 흘러 들어온다.

동민은 경자를 만났던 일을 회상한다.

경자를 만난 것은 반월시에 있는 다방이었다. 은행에 갔다가 한 잡지를 통하여 근로자를 위한 백일장에 당선된 경자의 글과 사진을 보고 그녀에게 편지를 해서 만나게 된 것이다. 경자는 동민의 초등학교 동창이다. 경자는 가난한 집에서 태어났지만 영리하여 공부를 잘했다. 국민학교를 졸업하고 반월 공단에서 일하며 중학교 과정을 밟고 있다. 경자는 교사 자격증을 받아 고향에서 가난한 아이들을 가르치고 싶다는 꿈을 말한다. 동민은 그녀에게 대학로 광장에서 열리는 축제를 보여주기 위해 그녀를 데리고 온다.

> 오래전부터 이곳은 젊은이들의 광장으로 개방되어 있었다. 다방, 술집, 스낵 코너는 물론 즉석 노점상들이 즐비했다. 해가 기울기 시

작하자 거리는 더 혼잡해졌다. 춤을 추는가 하면 마당굿도 하고 통기타를 맨 젊은이들이 여기저기 모여 제멋대로 놀았다. 누구나 팔짱을 끼고 있었다. 젊은 남학생과 여학생이, 여학생끼리 심지어는 남학생까지도 팔짱을 끼지 않으면 손을 잡고 걸었다.115)

이런 환경에서 동민이 손을 잡으려 하자 경자는 주춤한다. 동민이 문예진흥원 앞의 스낵 코너로 가자고 하자 경자가 셔츠 자락을 잡아끌며 '비싼 곳이 아니냐'고 묻는다. 결국 사이다 한 병을 사서 둘이 마시고 일어선다. 통기타를 치는 친구에게 노래 한 곡을 부탁해 같이 노래를 부르자고 하자 경자는 창피하다고 말한다.

경자는 이렇게 시골뜨기인 데다가 낭비를 철저히 배격하는 성격의 소유자다. 다방에 들어갔다가 동민은 재수 동창생 인묵을 만난다. 경자는 이름도 모르는 '쏘사이다'(소주+사이다)를 한 컵 얻어 마시곤 술을 마시면 이렇게 기분이 좋아지는가 보다고 말한다.

경자가 본 광장은 젊은이들의 광란과 난동의 장소로 아주 상상하기조차 힘든 낯선 풍경이었다.

경자는 9시까지 기숙사로 돌아가야 했다. 택시를 타라는 동민의 권유를 뿌리치고 전철로 영등포까지 함께 온다. 영등포에서 버스를 타면 공단 앞에 이른다는 것이다. 동민은 경자를 소유하고 싶은 충동을 느끼고 여관으로 유인하나 경자의 완강한 반대에 부딪쳐 포기한다. 인묵이는 계집을 만나면 초전에 박살을 내라고 했다. 경자에겐 그 전술이 통하지 않는다.

115) 정한숙, 「대학로축제」, 『한국문학』, 1986.6., p.281.

동민의 회상은 여기서 끝난다. 다시 하숙방이다. 동민은 경자를 생각하며 회한에 젖는다. 경자에게 경솔하고 과격했던 자신의 행위를 생각하고 부끄러움을 느낀다. 앞으로 살 일이 막연하다는 생각에 잠긴다.

주인공이 자신의 행위에 대해, 부끄러움을 느끼는 감정적인 변화를 보이는 감정적인 플롯이 사용되었다. 동민은 삶에 대한 뚜렷한 목표도 없이 대학에 가려고 재수를 한다. 용케 대학에 들어간다 해도 정상적인 대학 생활을 할 수 없을 것이다. 나쁜 친구와 사귀면서 술이나 마시면서 타락의 길로 빠지기 십상이다. 한국의 오늘날 젊은이의 모습이 전혀 아니다. 이에 비하면, 경자는 뚜렷한 삶의 목표 아래 역경과 싸우며 자신의 앞길을 개척해 나가는 바람직한 여인상으로 제시되었다. 동민이의 개전(改悛)과 새로운 도전이 절실히 요구된다. 작가는 '젊음의 진정한 가치와 의미'를 말하면서, 이를 망각한 대학가 젊은이들의 빗나간 열정을 비판하고 있다. 젊음의 소중한 가치를 주제로 한 작품이다.

㉟ 「산비둘기 우는 새벽」

『문학사상』 174, 1987. 4

실향민의 애환을 밀도 있게 다룬 중편 소설이다. 도시 개발이 한창 이루어져갈 무렵의 서울 북부 지역의 한 집안이 작품의 배경이다.

주인공 강성오(姜成五)는 북에서 월남한 63세의 실향민이다. 그는 담석 수술을 받은 뒤부터 몸이 65세인 아내보다 더 늙어 보인다.

성오가 사는 집은 거리에서 외진 곳으로 규모는 작지만 정원이 울창한 편이다. 사랑채와 안채 사이엔 언제나 그늘이 져 있고 풀벌레는 물론 여름 한철에서 초가을까지 여치와 매미가 번갈아 울어 흥취 있는 곳이었는데, 작금엔 매미 소리는 물론이고 풀벌레 소리도 들리지 않는다.

지하철이 개통되고 나서 개발이 활발히 이루어져 일대는 상가와 유흥가로 바뀌어 갈 추세다.

도시화의 전형적인 풍경이다. 강성오는 가족들의 반대를 무릅쓰고 마당에 싸리나무를 심는다.

> 푸른 싸리나무 가지에 곧잘 나비가 날았고 벌들은 살구도 피어 있었다. 와 복숭아꽃 주변에서 놀았다. 성오는 벌들이 우는 복숭아꽃과 나비들이 나는 푸른 싸리 가지 사이로 두고 온 고향을 바라보곤 했다. 그런 날 밤이면 성호는 으레 꿈을 꾸었고 꿈 속에서 고향 집을 찾았다. 살구꽃도 피어 있었고, 복숭아꽃도 피어 있었다. 울타리가 없었던 집 뜨락 앞뒤엔 벌통이 있었고, 벌과 나무는 언제나 같이 어울려 꽃과 나뭇가지 사이로 날았다. 벌은 직선을 그어 날았고, 나비

는 원을 그리며 짝지어 날았다. 호랑나비는 호랑나비끼리 어울렸고, 노랑나비와 흰나비는 자기들끼리 짝지어 오르내렸다. 그것은 한겨울 밤에 꾸는 꿈에도 반드시 그러했다.116)

싸릿가지 사이로 고향을 느끼며 꿈속에서도 고향을 찾아 헤매는 강성오의 실향 의식이 심각할 정도다.

강성오는 이북에서 중학을 졸업하고 단신 월남하여 서울에서 가정을 꾸려 2남 1녀를 두었다. 그의 고향은 명시되어 있지 않지만, 아마도 작가의 고향인 평안도 영변이 아닐까 생각된다. 그의 꿈속에는 90이 넘었을 부모와, 형과 형수의 표정이 자기가 떠날 때의 그대로의 모습으로 보인다. 그 형은 보통학교를 졸업하고 일찍 결혼한 뒤 아버지의 가업을 이어 농사를 지었다. 그의 꿈속에는 어쩌다 고향 마을 네거리에 사는 독집 딸이 등장한다. 독집의 여덟 딸 중에서 그의 마음을 사로잡은 여인은 셋째 딸이다. 성오는 그녀의 손을 꼭 잡았다. 즐거운 꿈이다. 그리고 부장 한 자리를 얻지 못하고 만년 평기자 생활을 하던 초라한 홍상규의 얼굴을 떠올린다. 그는 20년 전에 죽은 친구다. 이상한 일이다. 이런 꿈속의 세계가 자식들과 부딪치는 현실의 세계와 교차한다. 출가한 딸 혜숙이 손자와 손녀를 데리고 찾아온다. 남편이 출장을 가서 며칠 친정에서 보내려고 방문한 것이다. 흰 블라우스에 엷은 회색 통치마 차림은 옛 대학 시절의 모습 그대로다. 들고 온 가방은 15년 전에 성오 자신이 쓰던 낡은 비닐 가방이다. 성오는 그런 딸의 알뜰한 생활 태도에 흐뭇함을 느낀다. 혜숙에겐 해준

116) 앞의 책, p.226.

게 없다. 결혼 비용도 혜숙이가 대학을 졸업하고 취직을 하여 번 돈으로 지불했다. 12평 아파트에서 생활에 쪼들리며 살지만 찌든 데 없이 얼굴이 환한 딸을 옆에서 지켜보는 아버지의 마음은 애처롭다.

큰아들 춘식이는 아버지와 한집 사랑채에 산다. 그의 처인 며느리는 시부모와 함께 사는 데 싫증을 느끼고 불만이 많다.

둘째 아들 춘호는 아파트로 살림을 내주었다. 사업을 하는 넉넉한 집안의 딸과 결혼하여 아파트에서 살며 장사를 시작한다.

종일토록 비가 오더니 담장이 무너진다. 춘식이 아버지인 성오에게 집을 팔고 아파트로 가자고 말한다. 성오는 대꾸하지 않는다.

성오는 집을 정리하여 큰아들을 아파트로 내보내고 자신은 도봉산 기슭으로 옮길 생각을 한다. 딸이 허락한다면 함께 살 생각도 한다. 시골이 고향인 사위는 찬성하는 편이다.

성오는 혜숙 내외를 데리고 도봉산 기슭으로 집을 보러 간다. 서울 근교도 많이 변했다. 방가로가 있다. 손님들에게 술과 음식을 파는 유흥가나 다름없었다. 아들이 미국으로 이민을 가서 급히 판다는 노파의 집을 둘러본 뒤, 어떠냐는 아버지의 물음에 혜숙은 그냥 웃을 뿐이다. 탐탁해하지 않는다.

집을 팔았다는 소식을 듣고 둘째 아들 춘호가 찾아온다. 사업 자금 이천만 원을 돌려달라고 한다. 아직 중도금을 못 받았다고 하니까 장인에게 우선 빌릴 터이니 중도금을 받으면 돌려달라는 것이다. 이번에는 큰 며느리가 와서 아파트로 가면 전세금을 돌려줘야 하니까 돈이 필요하다는 것이다. 돈이 돌지 않으면 아가씨(혜숙이)가 아파트를 뺀 돈을 돌려쓸 터이니 나중에 갚아달라는 것이다. 자식들은 한결같이 제 살 궁리만 한다. 한평생 강의를 하여 모은 얼마간의 돈으로 집을 마련하고 자식을 키워온 실향민인 성오는 땅 속으로 잦아드는 기분이다. 무능한 부모의 서글픈 인생살이다, 그러나 성오는 화를 내지 않고 그들의 요구를 다 들어주고 도봉산 기슭으로 이사를 한다. 2,000만 원씩을 받아 간 춘식이도 춘호도 찾아오지 않는다. 까치는 우는데 아무도 오는 사람이 없다.

"김 서방은 이리 올 생각을 하는데, 혜숙이가 반댑디다. 당신이 말씀하세요. 두 늙은이가 허전하니까 같이 와서 살자고."

어제 혜숙이네 집에 다녀온 아내가 늦은 저녁밥을 같이 들며 한 말이다. 성오는 아내의 말을 들으며 아무런 표정을 보이지 않았다. 전활 걸든지 짬을 내서 혜숙이네 집을 다녀오라고 한 것 같다. 성오는 입을 막기 위해 말했다.

"이게 뭐요."

"된장찌개 아나우."

"고사리 말린 게 있던데 고사리 보탕을 한 번 끓이구려."

"보탕이 뭐유."

"보탕이 보탕이지."

고사리와 삼겹살과 두부를 두고 고추와 마늘과 파를 다져둔 고사리 보탕맛을 생각하고 입맛을 다시며 저녁상을 물렸다.

찌개와 국과 탕맛을 구별하는 요리법을 아는 사람은 역시 어머님이었다. 그 어머님을 시어머니로 모시지 못한 아내이니 장마부터 성오의 구미에 맞을 까닭이 없었다.

이렇게 성오와 아내가 맞지 않는 생활 습관을 가지고 자랐지만 남과 북이 서신 왕래는 물론 사람이 오고 갈 수 있듯이 같은 종족끼

리 그런 숨통쯤이야 트고 살 때가 아닌가 하는 생각을 한다.[117]

남북이 숨통을 트고 살 수 있는 내일을 기원하는 실향민의 꿈을 읽게 된다. 분단으로 인해 고향을 잃어버린 실향민의 사향심을 주제로 한 작품이다.

이 이야기는 감상적 플롯으로 짜여졌다. 제목의 '산비둘기'는 평화통일을 갈망하는 주인공의 마음을 상징적으로 표현하고 있다고 볼 수 있다. 실향민인 작가의 체험이 녹아 있어 보다 친근감을 느끼게 해주는 수작이라고 할 수 있겠다.

117) 앞의 책, pp.258~259.

㊱「속옷」

『월간문학』, 1989. 5

한 마디로 고부간의 갈등이 화해로 바뀌는 과정을 그렸다. 그 화해의 매개체가 속옷 두 벌이다. 산업화 시대인 1960년대의 서울이 배경으로 되어 있다. 다음은 도입부다.

> 며느리를 불렀지만 대답이 없다. 못 들었을 리가 없다. 또 한차례 불렀다. 그때서야 얼굴을 내밀었다. 안개 낀 거리 모양 흐린 표정이다. 아니 멍청한 얼굴이라고 해야 옳을 것이다. 오목눈인 데다 이상하게도 초점이 잡히지 않았다. 왜 불렀느냐고 묻지도 않고 얼굴을 내민 채 큰 손을 부벼대고 있었다. 큰 것은 손발뿐이 아니다. 코도 크고 입도 큰데 살이 쪄서 눈만은 오목눈으로 작게 보였다.
>
> "얘야 그 큰 입은 두었다 어데 쓰랴는 거냐. 어른이 불렀으면 얼른 대답부터 해라……"
>
> "네……"
>
> 그제서야 작은 소리로 대답했다. 먹이를 먹으려는 메기 입 같았다.
>
> "왜 불렀시우……"
>
> 시어머니가 아무 말이 없자 되묻는 음성도 작고 느렸다. 시선을 돌렸다. 큰 입이 벌리며 삐어 나온 흰 이가 보였기 때문이다.
>
> "아범은 왜 안 나가고 있다느냐?"
>
> "글쎄요……"
>
> 만사가 느리고 무관해 보이는 표정이 시어머니의 비위를 건드렸다.

"그럼, 네가 아는 것은 뭐냐……"

"제가 출근하나요, 아범이 출근하지요……"

할 말이 없었다. 그냥 밉고 싫기만 했다.118)

오목눈인 데다가 멍청하고, 손발이 크고 살이 찌고, 굼뜨고 목소리가 작고, 아는 것이 없고 이까지 뻗어 나온 며느리다. 온갖 부정적인 형용사가 동원되었다. 이런 며느리를 시어머니가 좋아할 리 없다. 미워하고 싫어한다. 이에 비해 아들인 칠성(七星)이는 아내에 대하여 조그만 불만도 없다. 자식까지 낳아준 고마운 처다. 칠성이는 야간 고등학교를 나와 자동차 부품회사 창고계에서 일한다. 사람이 성실하고 준수하여 창고계 주임이 자기 이종 사촌을 소개하여 결혼을 시키고 근처 회사 집에 들어살게 했다.

전개부에서 시어머니는 며느리에게 계속 잔소리를 한다. 누룽지를 버리지 말라, 남편의 구두를 닦아라, 밥그릇을 걸레로 닦지 말라 등이다. 버리지 말라던 누룽지가 아들의 밥그릇 밑에 들어 있고, 아들이 구두를 닦고 있는 걸 본 시어머니는 더욱 며느리가 싫어진다.

화가 나서 밖으로 나와서 구멍가게 할머니로부터 '댁의 며느린 모녀 같다'는 말을 듣자 발끈 화를 낸다. 화목하게 지낸다는 뜻을 곡해한 것이다.

시어머니는 죽은 영감을 생각한다. 수복 전, 18세 때 복순이[시어머니]는 식구들을 잃고 떠돌이 생활을 하다가 원효로 철물집 식모로 정

118) 정한숙, 「속옷」, 『월간문학』, 1989.5., pp.150~151.

착했다. 주인은 소실을 삼을 요량으로 추근댄다. 어느 날 인부들을 위한 술상을 차리라고 한다. 인부 진수가 보이지 않아 그를 찾아 고철 가게 앞엘 갔다가 그에게 손목이 잡혀 건물 안으로 끌려들어가 몸을 허락한다. 진수는 1 · 4 후퇴 때 월남한 청년이다. 그로부터 임신을 하여 칠성이를 낳자 주인집에서 쫓겨나 셋방살이를 한다. 과음을 하는 진수는 칠성이가 12살 때 교통사고로 죽는다. 그런 남편에게 순종하면서 자신은 아이에게 젖을 물릴 때도 돌아앉아 물렸다. 그러나 며느리는 두툼한 젖통을 아무 데서나 내놓는다. 그것도 땀이 묻은 젖꼭지를 닦지도 않고 물린다. 그런 며느리가 밉다. 집으로 돌아오니 며느리가 없다. 며느리의 옷장을 열어본다. 옷이 여러 벌 걸려 있고 그 밑에 입어보지도 않은 신물 속옷이 개어져 있다. 자기는 속옷 두 벌을 번갈아 빨아 입고 있는데 괘씸한 감정이 꿈틀댄다.

저녁이 됐는데도 며느리가 돌아오지 않자, 아들에게 물으니, 처삼촌이 입원하여 문병을 갔다고 알려준다.

아들이 출근하면서 생신 축하금으로 만 원을 내어놓는다. 고추를 내놓고 다니는 손주를 위하여 팬티를 두 장 사기로 한다.

결말부다. 며느리가 돌아오자 어머니는 손주에게 팬티를 입힌다. 며느리는 장문을 열고 속옷 두 벌을 꺼내 주며 생신날 드리려고 샀다고 말한다.

오늘은 어머니에게 그 며느리가 거슬러 보이지 않는다.

어머니와 며느리 사이의 오해가 풀리고 화합의 장이 열린다. 가족간의 화해가 주제다. 외모가 사람을 평가하는 중요한 기준이 될 수 있다. 그러나 더 중요한 것은 인성(人性)이다. 이는 도덕성과 관계가 있다. 착한 며느리의 마음이 시어머니에게 통하여 화해가 이루어진 것이다. 며느리는 순박한 한국 여성의 한 전형을 보여주는 캐릭터로 창조되었다. 주인공이 감정의 변화를 일으키는 감정적 플롯을 사용한 작품이다.

㊲ 「시어머니와 며느리」

『문학사상』 219, 1991. 1

전쟁 미망인들의 본능적인 갈등과 운명적인 삶을 그린 작품이다.[119]

주인공 김갑순(金甲順)은 청상과부로 홀로된 시어머니와 함께 시골에서 살고 있다. 시어머니는 산속에서 더덕, 도라지, 약초를 캐다 팔며 생계를 유지하고 있다. 그 시어머니의 아들인 신학규(申學圭)와 결혼하여 이곳으로 들어왔으나 남편이 군에 입대하여 사고로 죽자 그녀 또한 청상과부가 된 것이다.

이야기는 이 젊은 과수가 자는 방에 검은 그림자가 침입했다가 시어머니의 기척에 놀라 도망치는 장면에서부터 시작된다. 과수에겐 그 그림자가 길가에서 만날 때마다 '가끔 만나요' 하면서 치근거리던 잡화상 집 아들 경수라는 심증이 간다.

기적이 울 때면 갑순은 서울에서 남편 신학규를 만났을 때의 기억이 떠오른다.

갑순은 고아원에서 자라 고아원의 배려로 초등학교를 나왔으나 14~5세에 고아원에 들어갔다가 도망쳐 식당 종업원이 되었다. 그 식당에서, 시골 중학교를 나와 서울의 요리학원에 다녀 2급 요리사가 된 학규를 만났다. 학규는 말이 적고 묵직한 청년이다. 두 사람은 싸우다가 정이 들어 사이가 좋아지자 학규의 고향으로 와서 결혼을 했다. 군에 입대한 학규가 지뢰를 밟고 죽었다는 사망 통지서를 받는

119) 신춘호, 「소설 개관-1991년도」, 『한국예술지』, 대한민국예술원, 제27권, 1992.12., p. 8.

다. 그 학규가 죽은 지 벌써 4 년이 지난 것이다.

갑순은 어느 날 시어머니 방에서 끙끙대는 남자의 목소리를 듣고 놀란다. 약재 수집상 늙은이로 그는 가끔 찾아와 시어머니에게 '한입 줄일 생각을 하라'고 말한다. 갑순은 그들에게 자신이 걸림돌임을 깨닫고 떠날 결심을 한다. 장맛비가 내리던 날 밤 경수가 찾아와 껴안자 갑순은 입으로는 거절을 하면서 그의 육중한 몸을 밀어내지 못하고 만다. 경수가 밤마다 찾아오자 갑순은 서울로 올라갈 다짐을 한다.

"꼭 떠나야겠냐?"

"네."

"하필이면 장마 때 떠나려고 그러느냐?"

"장마 때라 오고 가는 사람도 적어 남의 눈에 띄지 않아서요."

"글쎄다."

"서울 가서 자리 잡으면 어머님도 올라오셔요. 제가 모실게요."

"여기서도 나와 함께 사는 것이 싫어 서울로 가는데 서울 가서 자리잡혔다고 날 데려가겠느냐!"

"어머니가 싫어서가 아니라 제가 여기선 마음 붙일 데가 어데있어요."

갑순은 시어머니의 얼굴을 쳐다보며 경수의 얼굴을 생각했다.

"선산이 이곳에 있으니 싫건 좋건 이곳에 살아야지."

"어머니는 선산이 의지가 되지만 저한테야 선산이 무슨 뜻이 있어요."

"그렇기두 하겠지. 하기사 이름이 선산이지 영감 무덤이야 없지 않냐."

"아버님은 월남전에서 세상을 떠났다지요."

"그렇다구 하지 않니. 유골도 아무것도 없자. 그때도 통지서 한 장만 받았지. 어쩌면 부자간의 운명이 그렇게도 닮았겠느냐……"

시어머니는 목이 멜 지경으로 긴 한숨을 내쉬었다.

"그렇게 결심했다니 떠나야지."120)

집을 나오자 경수가 따라 나선다. 갑순은 청량리역 근처에서 그와 며칠간 단꿈을 꾸지만 시골로 내려간 그에게선 소식이 끊어진다. 갑순은 새로 일자리를 얻은 식당에서 주방장의 요리 솜씨를 익히며 새로운 삶을 시작하지만, 상길이(월남한 종업원)란 자에게 몸을 허용함으로써 임신을 하여 사내애를 낳는다. 믿었던 상길이마저 배신하고 떠나자 갑순은 생각한 끝에 아이를 업고 시골행 버스를 탄다. 2 시간만에 시어머니 곁으로 돌아오게 된 것이다. 오십이 넘은 시어머니는 집을 개조해 구멍가게를 열고 있다. 월악산 등산객이 많아 수입이 괜찮다고 한다. 갑순은 '서울서 이것 하나 얻어왔어요.' 하고 아이를 시어머니에게 맡긴다. 어머니는 죽은 아들 학규를 닮았다고 좋아한다. 갑순은 학규의 아들로 호적에 올릴 걱정을 한다.

숱한 불행을 꿋꿋이 이겨내는 젊은 여자의 이야기다. 감상적인 플롯이다. 상처받은 전쟁 미망인의 새로운 삶의 보금자리는 정식 남편이었던 신학규의 고향이었다. 고향으로 향하는 마음 곧 회향(懷鄕)을 테마로 한 작품이다.

120) 정한숙, 「시어머니와 며느리」, 『문학사상』, 1991.1., p.216.

(5) 결론

지금까지 일오(一悟) 정한숙(鄭漢淑)의 대표작 37편의 작품들을 사실구조(Facts) · 주제(Themes) · 장치(Devices)의 세 가지 측면에서 분석한 결과, 여러 가지가 확인되었으니. 우선 시기별로 나타난 특성은 아래와 같다.

① 1940년대 후반 ~ 1950년대 말 작품

① 이야기의 짜임새 곧 플롯을 보면, 대부분 감상적(感傷的) 플롯과 감정적(感情的) 플롯을 사용하고 있음을 알 수 있다. 전자는 공감적인 주인공이 위협(고난)을 이겨내고 희망을 바라보게 되는 이야기이고 후자는 공감적(共感的)인 주인공이 고난과 싸운 후 기존의 생각이나 감정에 변화를 가져오는 이야기다. 전자가 후자보다 단연 많다.
감상적인 플롯은 희망을 바라본다는 점에서 희극에 가까운 플롯으로, 매우 중요한 의미를 지닌다. 작가의 인생관이나 세계관을 말해주는 중요한 포인트가 된다. 비극을 다루었으되, 좌절하거나 절망하지 않고 그것을 딛고 일어서는 사람들의 이야기다. 따라서 작가의 상승적인 미의식을 발견하게 된다. 「고추잠자리」는 감상의 플롯이면서 마지막에 가서 진실을 발견하는 '계시의 플롯'을 사용한 특이한 작품이다.

② 작품의 주인공은 지식인 · 장인(匠人) · 예인(藝人) · 승려 · 학생 · 농민 · 군인 등 다양한 계층을 이루고 있으며 '흉가'의 주인공을 빼놓곤, 대부분 주체적(主體的)인 인물들이다.

③ 작품의 배경은 일제강점기 말부터 해방 공간을 거쳐 6 · 25 이후의 현재(작가의 창작 시기)까지의 서울이나 지방인데, 역사물은 당연히 주인공이 산 시대와 활동한 공간이다.

④ 역사물은 역사적 사실을 현대적으로 재해석하는 데 중점을 두었다. 따라서, 허구적인 새로운 인물로 창조되었다. 이를테면, 황진이는 정열의 여인이고, 담징은 애국자로 창조되었다.

⑤ 주제는 지식인의 허약한 내면성 · 자유에의 의지 · 전통적 가치에 대한 애착 · 인간의 구원 · 인간고의 종교적 승화 · 봉건 질서에 대한 개혁의 의지 · 한국 여성의 모럴 · 공산주의의 허구와 악의 발견 등 보편적 가치들이다.

⑥ 1인칭과 3인칭 전지자 시점에서 역사와 현실을 바라본 뒤, 거기서 얻은 진실을 객관적으로 서술했다.

⑦ 비교적 긴 문장을 선호했고 물 · 산 · 돌 · 안개 · 구름 · 새 · 비 등의 원형적 이미지를 많이 사용했다.

⑧ 주인공에 대해선 애정적 · 풍자적 태도를 보여 주었고, 독자에 대해서는 객관적 · 교시적 태도를 보여주었다. 이것이 작가가 빚어낸 어조(tone)다.

⑨ 전쟁으로 인한 분단의 실상을 리얼하게 그려냄으로써 분단 문학의 전범을 보여주었다.

② 1960년대 작품

① 짜임새를 보면 『바다의 왕자』만 감정적 플롯이 사용되었고 나머지는 공감적 주인공이 불운을 이겨내는 감상적 플롯이 사용되었다. 『장보고』는 한국 해양 문학의 새로운 경지를 개척한 작품으로 평가된다.

② 등장인물은 장군 · 어부 · 농민 · 소시민 · 해녀 · 식모 · 도공 등으로 순진무구하거나 삶에 대한 열정적인 의지를 지닌 인물들이다.

③ 『이여도』는 일제강점기 말로부터 60년대 초까지의 바닷가 마을을 배경으로 한 작품이고, 그 밖의 현대물은 일제 시대부터 한국전쟁에 이르는 시기의 한반도와 60년대의 농촌이나 서울이 그 배경이다. 역사물은 물론 그 시대와 지리적 환경이 특정되어 있다.

④ 불의에 대한 항거 정신 · 이상세계에 대한 동경 · 현실 극복의 주체적 의지 · 민중의 소망 · 진정한(희생적인) 사랑 · 시골 소녀의 순박미 · 예술인의 창조 의지 등 다양하다.

⑤ 3인칭 시점을 사용한 작품이 많았다. 「이여도」와 『끊어진 다리』에서는 화자의 임의적인 시간 이동 기법을 적극적으로 활용했다.

⑥ 뜻이 분명한 단어를 많이 선택하므로 외연적 어법을 구사하는 작가라 할 수 있다.

⑦ 바다 · 다리 등을 개인적 · 창조적 이미지로 부각시켰다.

③ 1970년대 작품

① 역시 전기(前期)와 마찬가지로 감상적 플롯을 사용한 작품이 많았고, 「산골 아이들」 같은 성숙의 플롯을 사용한 작품도 보인다.

② 예인 · 승려 · 청년 · 소년 · 농민 · 실향민 · 고부 · 노인 등을 아우르는 다양한 주인공들이 등장한다.

③ 대체로 오늘의 서울이나 지방(시골)을 배경으로 하였다. 『조용한 아침』은 1960년대 새마을 운동과 관련된 농촌 문학의 새로운 지표를 보여주었다.

④ 전통적 예술의 가치 · 예술인의 인간애 · 진실한 사랑 · 생존을 위한 투쟁의 의지 · 재활의 의지 · 자아 성장기 소년의 정체성 · 부부애 · 가족의 화해 등을 주제로 하였다.

⑤ 3인칭 전지자 시점에서 서술한 작품이 압도적으로 많았다. 객관적인 문체로 현실의 부조리를 증언한 중 · 장편 작가로서의 역량을 크게 발휘했다.

⑥ 돌 · 길 · 철조망 등의 이미지를 신선하게 사용하였다.

④ 1980년대~1990년대 초의 작품

① 감상적 플롯과 감정적 플롯으로 된 작품이 단연 많았다. 특기할 점은 전기에 비해 주인공의 사고나 감정의 변화를 보이는 감정적 플롯을 사용한 작품이 늘었다.

② 주인공은 젊은 여성 · 실향민(체코인 · 월남인 포함) · 소년 · 방송인 · 작가 · 의인화된 고무나무 · 화가 · 교원 · 재수생 · 시어머니 등이 망라된, 새로운 세계나 고향을 꿈꾸는 인물들이다.

③ 오늘의 서울(부산 포함)을 배경으로 한 작품들이 많고, 경우에 따라서는 일본, 파리, 베트남 하노이, 체코의 프라하 등으로 확대된다.

④ 생명의 신비 · 낙원 회복의 꿈 · 자아 성장기의 성의식 · 새 출발의 의지 · 소설가의 꿈과 환상 · 생명 탄생의 신비 · 고국애 · 가치 있는 삶의 길 · 예술가의 이상 · 소년의 자아 성장 · 젊음의 가치 · 실향민의 사향심 · 가족 간의 화해 · 회향(懷鄉) 등 다양한 주제를 취급했다.

⑤ 사슴 · 고무나무 · 안개 · 밤 · 송아지 등의 이미지를 잘 활용했다.

이상을 종합하여 정한숙 소설의 특질과 작가적 위상을 정리하면, 다음과 같다.

첫째, 일관되게 작가가 추구한 것은 상승적인 미의식이다.

둘째, 정한숙이 창조한 인간상은 과거와 오늘의 진실한 한국인의 형상이다.

셋째, 전통적인 가치와 현대적 가치의 조화를 통한 새로운 가치의 모색을 추구했다.

넷째, 회상 형식의 작품에서 화자의 시점을 자유롭게 이동시키는 기법을 창안·활용했다.

다섯째, 평이한 문장으로 독자를 포용하는 따뜻하고 정겨운 문체를 구사하여 이를 체질화하였다.

여섯째, 타고난 스토리 텔링으로 독자를 매혹시키는 탁월한 중편·장편을 쓴 작가다.

일곱째, 분단(分斷) 상황에서 통일 지향의 가능성을 증가시켰음은 물론, 해양(海洋)·농촌(農村) 문학의 영역에서도 새로운 지평을 연 현대의 대표적 작가의 한 사람이다.

요컨대, 정한숙은 우리 민족의 과거와 현재의 삶을 비판적으로 평가하고 수용하면서 미래에 대한 희망적인 전망을 보여준 작가다. 그의 소설은 민족의 비극을 다루었으되, 이에 머물지 않고 미래에 대한 밝은 전망을 제시했다. 그것은 그의 소설이 절망과 좌절의 문학이 아니요, 내일의 희망과 꿈을 추구한 상승의 문학이었음을 의미한다. 따라서 정한숙 소설은 한 마디로 절망을 딛고 일어서는 상승의 미학이라 할 수 있다. 정한숙은 평생토록 조국에 대한 충의를 지키면서 작품을 통하여 모두가 평화를 누리고 서로 사랑하면서 함께 살아갈 수 있는 조국의 미래를 설계했다. 그는 그 미래 곧 평화로운 세상을 지향하는 것이야말로 통일을 지향하는 길이요 유토피아(이여도)로 가는 길이라고 굳게 믿었던 것 같다. 이런 점에서 정한숙은 국조 단군(檀君)의 '홍익인간(弘益人間)'의 정신을 이어받아 우리 민족의 찬연한 앞길을 열어준 최고의 한국(韓國) 작가(作家) 중 한 사람이라고 할 수 있겠다.

3. 작가 연보

1922년(0세)	일오(一悟) 정한숙(鄭漢淑)은 11월 3일 평북 영변군 영변면 동부리 533번지에서 부 정이석 씨와 모 박병렬 씨의 차남으로 태어남. 영변엔 4대조부터 살았으나 부친이 파산하면서 연주 문 앞 초가로 이사함.
1927년(5세)	불교에서 기독교로 개종한 모친의 영향으로 기독교계 유치원에 다님.
1929년(7세)	영변 공립 보통학교에 입학함. 중학교에 들어가지 못하여 8년이나 보통학교에 다님. 이 시절 외지에서 이사 온 김순실(후일의 반려자)을 만나게 됨.
1937년(15세)	영변 공립 보통학교를 졸업하고 영변 공립 농업학교에 입학함. 이광수와 이태준의 소설을 읽고 소설에 대한 관심과 흥미를 갖게 됨.
1943년(21세)	영변 공립 농업학교를 졸업하고 생계를 위하여 여러 가지 직업을 전전함. 방직 회사 사원 · 고용원 · 일인소학교 촉탁 교원 및 서기 · 총독부 기수 · 곡물 검사소 소장 서리 등을 지냄.
1945년(23세)	일제의 강제 징용을 피하기 위해 국경 지대인 만포와 강계에 숨어 지내다 해방을 맞이함.
1946년(24세)	학업을 계속하기 위하여 단신 월남하여 고려대학교 국어국문학과 편입시험을 보아 입학함.

뒤이어 어머니와 두 남동생도 월남함.

이미 월남하여 초등학교 교사가 된 김순실과 재회하게 됨.

1947년(25세) 문우 전광용 · 정한모와 사귀게 되고 그들을 통해 전영경 · 남상규 등을 알게 됨.

전광용 · 정한모 · 남상규 · 김봉혁과 함께 5인이 〈주막〉 동인을 조직하여 매월 1회의 정기적인 작품 합평회를 가지며 본격적인 작품 생산에 몰두함.

1948년(26세) 「흉가」가 『조선예술』에 가작으로 입선하여 신인상을 받고 문단에 데뷔함.

연달아 「쥐」라는 작품도 입선됨.

1950년(28세) 고려대학교 문과대 국문과를 졸업하고 대동 상고 국어 교사로 재직함.

6 · 25 한국전쟁이 발발하자 적치하에서 90여 일을 숨어 지내다 부산으로 피난을 감.

1951년(29세) 부산으로 피난 온 휘문고등학교 강사가 됨.

송도로 피난 온 중앙대학교에서 「소설창작론」을 한 학기 강의함.

이 무렵 황순원 · 김동리 · 허윤석 · 박연희 · 박목월 등과 교유함. 모친이 타계하자 고향에 묻어달라는 유언에 따라 유골을 지니고 이사를 다님.

환도 후 망우리 묘지에 안장함.

1952년(30세) 숭문고등학교 교사. 휘문고등학교 교사.

「광녀」(《주간국제》)·「아담의 행로」(『신생공론』)를 발표함.

1953년(31세) 부산에서 서울로 환도함.

「명일의 번민」(『문화세계』)을 발표함.

1954년(32세) 《조선일보》에 응모한 중편 『배신』이 선외가작으로 입상됨.

4월 고려대학교 문과대학 강사로 발령받음. 「준령」(『신천지』)을 발표함.

1955년(33세) 《한국일보》 현상 모집에 응모한 「전황당인보기」가 가작으로 입선됨.

장편 『황진이』를 《한국일보》에 8개월(1월~8월)간 연재함.

환도하는 휘문고등학교를 따라 서울로 거처를 옮김.

장편 『애정지대』를 《평화신문》에 연재함.

단편 「닭」(『사상계』)·「금당벽화」(『사상계』)·「묘안묘심」(『문학예술』)·「도정」(《한국일보》) 등을 발표함.

장편 『애정지대』를 《평화신문》에 연재함.

1956년(34세) 「바위」(『문학예술』)·「눈 내리는 날」(『현대문학』) 등을 발표함. 국제 펜클럽 회원에 가입함.

장편 『여인의 생태』를 《조선일보》에 연재하고,『고가』(『문학예술』)·「눈매」(『신태양』) 등을 발표함.

1957년(35세) 고려대학교 문과대학 조교수.

4편의 장편 『암흑의 계절』(『문학예술』)·『절영도』

(《부산일보》)·『계월향』(《대구일보》)·『애원의 언덕』(『현대』)을 연재함. 장편 『애정지대』를 정음사에서 간행함.

1958년(36세) 장편 『암흑의 계절』로 제1회 내성문학상을 수상. 단편집 『묘안묘심』과 장편 『황진이』를 정음사에서 간행함.

장편 『처용랑』(《경향신문》)과 중편 『시몬의 회상』(《신문예》)을 연재함.

1959년(38세) 장편 『처용랑』을 《경향신문》에 연재하고 중편 『시몬의 회상』을 『신문예』에 연재함.

제2의 창작집 『내사랑의 편력』(현문사)을 간행함.

『바다의 왕자』를 《경향신문》에 연재하고, 단편 「고추잠자리」(『사상계』)·「나루」(『문예』)·「석비」(『현대문학』) 등을 발표함.

1960년(38세) 단편 「두메」(『사상계』)를 발표하고 장편 『바다의 왕자—장보고』를 《경향신문》에 연재함.

중편 『이여도』를 『자유문학』에 발표하고 장편 『암흑의 계절』을 현문사에서 간행함.

1961년(39세) 3월 고려대학교 문과대학 부교수.

단편 「모발」(『현대문학』)을 발표함.

1962년(40세) 장편 『여항야화』를 《동아일보》에 연재하고, 장편 『끊어진 다리』를 '을유문화사'에서 단행본으로 간행함.

1963년(41세) 장편 『우린 서로 닮았다』(《동아일보》)·『괴짜 창식

	이』(『신세계』)를 연재함.
	단편 「닭장관리」와 「쌍화점」을 『현대문학』에 발표함.
1964년(42세)	3월 고려대학교 문과대학 교수. 단편 「만나가 내리는 땅」(『현대문학』)·「해녀」(『문학춘추』)·「돌쇠」(『문학춘추』) 등을 발표.
1965년(43세)	장편 『이성계』를 《동아일보》에 연재함.
1966년(44세)	장편 『우린 서로 닮았다』(동민문화사) 간행.
1967년(45세)	장편 『격랑』을 《동아일보》에 연재함.
	단편 「좌돈」(『신동아』)·「설화」(『현대문학』)를 발표함.
1968년(46세)	단편 「유순이」(현대문학) 발표.
1969년(47세)	9월 고려대학교 교양학부장.
	장편 『논개』를 《한국일보》에 연재하고 단편 「백자도공 최술」을 『현대문학』에 발표.
1970년(48세)	「거문고 산조」(『현대문학』) 발표.
1971년(49세)	「금어」(『지성』) 발표.
1972년(50세)	평론 「대한민국예술원 변용과정」을 『아세아연구』에 발표함.
1973년(51세)	「어떤 부자」(『현대문학』) 발표.
	『소설기술론』과 『소설문장론』을 고려대 출판부에서 간행.
1974년(52세)	「산동반점」(『문학사상』) 발표.
1975년(53세)	4월 전국소설가협회 부회장, 펜클럽 중앙위원.

『한국문학의 주변』(고려대출판부) 간행.

단편 「해후」(『현대문학』), 「황혼」(『월간문학』) 등을 발표함.

1976년(54세) 8월 고려대학교 사범대학장.

「한계령」(『월간문학』)·「어느 소년의 추억」(『현대문학』) 등 발표.

장편 『조용한 아침』(청림사) 간행. 『현대한국작가론』(고려대출판부) 간행.

1977년(55세) 단편 「제천댁」(『문학사상』), 「산골 아이들」(『한국문학』) 등을 발표함.

장편 『조용한 아침』으로 '제1회 흙의 문학상'을 수상.

『현대한국소설론』(고려대출판부) 간행.

1978년(56세) 「입석기」(『소설문예』)·「청개구리」(『새마음』) 발표.

1979년(57세) 「설산행」(『한국문학』)·「거리」(『현대문학』)·「원」(『한국문학』) 발표.

1980년(58세) 「산골 아아들」(『현대문학』)·「수탉」(『소설문학』) 발표.

『해방문단사』(고려대출판부) 간행.

1981년(59세) 「한밤의 환상」(『현대문학』) 발표.

편집 『거문고 산조』(예성사) 간행.

1982년(60세) 「눈뜨는 계절」과 「성북구 성북동」을 『현대문학』에 발표하고 『현대한국문학사』(고려대출판부)를 간행함.

1983년(61세) 「안개거리」(『문학사상』) · 「소설가 석운 선생」(『월간문학』) · 「송아지」(『현대』) · 「새끼고무나무」(『문학사상』) · 「늙는다는 것」(『소설문학』) 등을 발표.
2월 고려대학교 명예문학박사 수여.
대한민국예술원 정회원.
제15회 대한민국 문화예술상 수상.
단편집 『안개거리』(정음사) 간행.

1984년(62세) 「산에 올라 구름타고」(『월간문학』) 발표.

1985년(63세) 「편지」(『현대문학』) 발표.

1986년(64세) 「사마귀」(『현대문학』) · 「대학로 축제』(『한국문학』) · 「창녀와 복권」(『동서문학』) 발표.
대한민국예술원상 수상.

1987년(65세) 「산비둘기 우는 새벽」(『문학사상』) 발표.
고려대학교 학술상 수상.
고려대학교 문과대학교수로 정년퇴임함.
국제펜클럽 한국본부이사.
한국소설가협회 대표위원.
단편집 『대학로 축제』(문학사상사) 간행.

1988년(66세) 「수코양이」(『문학정신』) · 「회심곡」(『현대문학』) 발표.
고려대학교 문과대 교수로 정년퇴임.
대한민국예술원 부회장.
한국 소설가협회 대표위원. 국제펜클럽 한국본부 이사.
3 · 1 문화상 수상.

국민훈장 모란장 수상.

단편집 『창녀와 복권』(청한), 시집 『나무와 그늘 사이에서』(열음사), 수필집 『꿈으로 오는 고향 내음』(해문출판사) 간행.

1989년(67세) 단편 「불」(『현대문학』) · 「귀울림」(『한국문학』)을 발표하고 단편집 『유혹』(거목출판사), 두 번째 시집 『잠든 숲속 걸으면』(문학사상사)을 간행함.

1990년(68세) 「보리피리닐니리」(『동서문학』) 발표.

1991년(69세) 「시어머니와 며느리」(『문학사상』) · 「마지막 불꽃」(『동서문학』) 발표. 대한민국예술원 회장.

한국 문화예술진흥원장.

정한숙 대표중편소설선집 『고가』(둥지)와 고희기념시집 『강강수월래』(둥지)를 간행함.

1992년(70세) 「칠보 브로치」(『현대문학』) 발표.

수필집 『공자는 남자인가 여자인가』(혜진서관) 간행.

1994년(72세) 『현대소설작법』(장락) 간행.

1997년(75세) 서울시 서초구 서초동 거주.

9월 17일 숙환으로 별세. 문예진흥원 앞마당에서 문인장으로 장례를 치름. 남서울 공원묘지에 안장.

2004년 경기도 파주시 헤이리 예술인 마을에 '정한숙 기념홀'이 건립됨.

4. 작가의 저서

(1) 소설

『애정지대』, 정음사, 1957.

『묘안묘심』, 정음사, 1958.

『황진이』, 정음사, 1958.

『시몬의 회상』, 신지성사, 1959.

『내사랑의 편력』, 현문사, 1959. 11. 25.

『암흑의 계절』, 현문사, 1960. 1. 10.

『끊어진 다리』, 을유문화사, 1962. 10. 10.

『우린 서로 닮았다』, 동민문화사, 1966.

『처용랑 · 황진이』, 을유문화사, 『한국역사소설문학 전집』 12, 1972. 1. 20.

『시몬의 회상 · 이여도』, 한국문학전집 39, 삼성출판사, 1972. 10.

『조용한 아침』, 청림사, 1976. 3. 26.

『거문고 산조』, 예성사, 1981. 2. 25.

『황진이』, 정음사, 1983.

『안개거리』, 정음사, 1983. 10. 30.

『대학로 축제』, 문학사상사, 1987. 12. 25.

『창녀와 복권』, 청한, 1988.

『유혹』, 1989. 8. 25.

『Bridge』, (Kim Heung-sook 영역), 동서문학사, 1990.

『고가』, 둥지, 1991. 9. 19.

『황진이』, 한벗, 1993.

『논개』, 청아출판사, 1993.

『금당벽화』, 고려대학교 출판부, 1998. 8. 5.

『바다의 왕자—장보고』, 고려대학교 출판부, 2008. 12. 23.

『금당벽화』, 고려대학교 출판문화원, 2022. 11. 3.

(2) 수필집

『꿈으로 오는 고향 내음』, 1900. 3. 20.

『공』-공자는 남자인가 여자인가, 1992. 6. 5.

『큰 가슴 작은 손』, 고려대학교 출판문화원, 2022. 11. 3.

(3) 시집

『잠든 숲속 걸으면』, 1989. 9. 30.

『강강수월래』, 1991. 10. 31.

(4) 연구서

『소설기술론』, 고려대학교 출판부, 1973. 1. 25.

『소설문장론』, 고려대학교 출판부, 1973. 10. 10

『한국문학의 주변』, 고려대학교 출판부, 1975. 7. 30.

『현대 한국작가론』, 고려대학교 출판부, 1976. 3. 1.

『현대 한국소설론』, 고려대학교 출판부, 1977. 4. 30.

『해방문단사』. 고려대학교 출판부, 1980. 4. 30.

『현대 한국문학사』, 고려대학교 출판부. 1982. 3. 10.

『현대소설작법』, 장락, 1994. 8. 30.

5. 작가의 논문

「작품의 성과 문제점」, 『문리논집』, 고려대학교, 1963.
「한국 문장변천 대한 소고」, 『고려대 60년 기념논문집』, 고려대학교. 1965. 5.
「작품의 성과 문제점」, 『문리논집』, 고려대학교, 1963.
「성격의 유형—방자를 중심으로」, 『인문논집』, 고려대학교, 1967.
「현미경과 돋보기—김동리의 단편소설에 대한 고찰」, 『논문집』, 1970.
「성의 유형과 그 매체—성문학의 입장에서 본 효석의 장편」, 『아세아연구』, 고려대학교, 1971.
「대한민국예술원 변용과정」, 『아세아연구』, 고려대학교, 1972. 12.
「해학과 변이—김유정 문학의 본질」, 『인문논집』, 고려대학교, 1972.
「반성과 해명—나도향론」, 『문학사상』, 1973. 6.
「붕괴와 생성의 미학—『태평천하』와 『탁류』의 효과에 관하여」, 『한국문학』, 1973. 11.
「상황 · 예술의 일체성」, 『문학사상』, 1973. 12.
「소년과 무지개—김동인론」, 『현대문학』, 1975. 5.
「외래사조가 한국문학에 마친 영향」, 『월간문학』, 1975. 3.
「상섭문학의 사회성과 세태풍정」, 『아세아연구』, 고려대학교, 1975.
「양면의식의 허약성—빙허 현진건론」, 『인문논집』, 고려대학교, 1975.
「대중소설론」, 『인문논집』, 고려대학교, 1976. 12.
「사회적 인간과 인간적 사회—춘원의 『무정』과 〈무명〉을 중심으로」, 『현대 한국작가론』, 고려대학교출판부, 1976.
「한국 전후소설의 양상—긍정과 부정의 윤리」, 『현대한국소설론』, 고려대학교, 1977.
「현대 한국소설의 성과」, 『한국문학의 주변』, 고려대학교, 1975.

「채만식의 문학사적 위치」, 『한국문학의 주변』, 고려대학교, 1975.
「김동인의 생애」, 『한국문학의 주변』, 고려대학교, 1975.
「한국적 인간상의 창조」, 『한국문학의 주변』, 고려대학교, 1975.
「삼국시대에 나타난 평화사상」, 『한국문학의 주변』, 고려대학교, 1975.
「한국 지식인과 선비정신」, 『현대 사회』, 1981.7.
「환경과 지식인의 체험—현민론」, 『인문논집』, 고려대학교, 1981. 12.
「도향문학의 전개와 그 의의」, 『인문논집』, 고려대학교, 1985. 12.
「식민지 시대 소설 속에 나타난 지식인상」, 『예술논문집』, 1991. 12.

6. 연구 자료

최일수, 「인간성의 생리와 본질―〈눈매〉(정한숙 작)와 〈계모〉(방기환 작)를 읽고」, 『신태양』, 1956. 8.
정병욱, 「고전의 현대화 논의」, 『사상계』, 1957. 6.
정한모, 「정한숙 저 『애정지대』」, 『동아일보』, 1958. 1. 21.
신동욱, 「자유의 신화―『끊어진 다리』의 경우」, 『현대문학』, 1965. 7.
백철, 「전란의 상처 위에 돋은 버섯」, 『한국단편문학전집』, 백수사, 1965.
문덕수, 「내용과 수법의 다양성―정한숙론」, 『현대한국문학전집』 5, 신구문화사, 1965.
염무웅, 「좌절과 도피―IYEU도」, 『현대한국문학전집』 5, 신구문화사, 1965.
조동일, 「근대사의 두 방향―『고가』」, 『현대한국문학전집』 5, 신구문화사, 1965.
홍사중, 「기적을 바라는 사람들―〈만나가 내리는 땅〉」, 『현대한국문학전집』 5, 신구문화사, 1965.
이보영, 「육인의 중견작가―오유권 · 정병우 · 정한숙 · 박경수 · 김광식 · 최일남」, 『신한국단편문학대계』 9, 삼성출판사, 1969.
정창범, 「정한숙의 단면―정한숙의 『시몬의 회상』 · 『이여도』」, 『한국문학전집』 별권 1., 삼성출판사, 1973. 1.
장문평, 「이종환 · 장용학 · 전광용 · 정한숙과 그 문학」, 『신한국문학전집』 23, 현대문학사, 1974.
이태동, 「진리의 빛과 살존적 신화 인식―정한숙: 『조용한 아침』 · 이범선: 『표구된 표지』 · 이정환: 『까치방』」, 문학과 지성, 1976. 가을.

오탁번, 「끈질긴 탐구정신의 소산—정한숙의 문학」, 『한국현대문학전집』 25, 삼성출판사, 1974.
김인환, 「긍정의 미학」, 『거문고 산조』, 예성사. 1981. 2.
김영화, 「백색의 세계—정한숙론」, 『현대문학』, 1981. 4.
정창범, 「리얼리즘을 바탕으로 한 작가적 관점」, 『현대한국단편문학전집 14』, 금성출판사, 1981.
구창환, 「민족의 비극을 압축—정한숙의 『끊어진 다리』」, 『한국문학전집』 21, 민중서적, 1983.
정현기, 「따뜻한 작가 눈그물에 비친 세계형식」, 『안개거리』, 정음사, 1983.
곽학송, 「정한숙과 손창섭」, 『월간문학』, 1983. 12.
정현기, 「역사적 진술 의미와 소설적 진실—정한숙의 『끊어진 다리』」, 『광장』, 1984. 6.
최동호, 「예술가 소설과 인간상의 탐구—정한숙론」, 『정동문학』 1, 1985. 12.
한승옥, 「한국 전후소설의 현실극복 의지—〈불꽃〉·『나무들 비탈에 서다』·『끊어진 다리』를 중심으로」. 『숭실어문』 3집, 숭실대학교, 1986. 6.
송하춘, 「제자를 자기 몸처럼 아끼시는 우리들 영원한 스승 정한숙 선생님」, 『동서문학』 1986. 12.
김선학, 「원숙한 작가의 원숙한 소설」, 『대학로 축제』, 문학사상사, 1987.
이남호, 「오랜 연륜이 만들어낸 멋과 지혜의 조용한 감동—정한숙 처녀시 66편 『닐리리야 부르세』를 읽고」, 『동서문학』, 1987. 5.

박동규, 「전체적 삶의 시각과 원숙한 인간의 지향」, 『창녀와 복권』, 청한문화사, 1988.
김선학, 「좌절과 의지의 인간학—정한숙론」, 『문학사상』, 1988. 4.
정진규, 「따뜻한 심성, 순리의 길—정한숙의 시 세계」, 『나무와 그늘 사이에서』, 열음사, 1988.
문상윤, 「한국 현대소설의 결말 유형에 관한 연구—1950년대 단편소설을 중심으로」, 석사학위논문, 가톨릭대학교 대학원, 1998. 8.
이주형, 「정한숙 소설에서의 한국 현대 인식—정한숙론」, 『한국현대 작가연구』, 민음사, 1989.
강명불, 『정한숙 문학에 나타난 분단문학의 양상—『고가』와 『끊어진 다리』를 중심으로』, 동국대학교 교육대학원 석사학위 논문, 1989. 2.
김현주, 「정한숙 소설 연구—1950년대 작품을 중심으로」, 석사학위 논문, 상명 대학교 대학원, 1989. 2.
신상범, 「한국 전후소설의 주제의 양상」, 석사학위논문, 공주사범대학교 교육대학원, 1989. 2.
홍현아, 「한국 전후소설의 주제의 양상-을 중심으로」, 석사학위논문, 공주사범대학교 교육대학원, 1989. 2.
오세영, 「삶과 진실」, 『잠든 숲속 걸으면』, 문학사상사, 1989.9.
유한근, 「인간 본위주의적 다양성의 소설」, 『우리 시대의 한국문학』 4, 계몽사, 1990.
최동호, 「화강암 돌들의 주름살」, 『우리 시대의 한국문학』 4, 계몽사, 1990.
윤석달, 「분단 현실의 소설적 형상화와 역사의식—정한숙의 『끊어진

다리』론」. 『논문집』 28, 한국 항공대학교, 1990. 8.
정한숙 · 최동호, 대담 「나의 문학, 나의 소설작법」, 『고가』—정한숙 대표중편소설선, 둥지, 1991. 9.
박재삼, 「청한숙선생 고희기념 시집에 부쳐」, 『강강수월래』, 『둥지』, 1991. 10.
조동숙, 「분단 소설문학에 나타난 한국전쟁의 이데올로기 체험 연구—1950년대 소설을 중심으로」, 『한국문학논총』 13, 한국문학회, 1992. 10.
장성수, 「전후 현실의 문학적 진단과 처방—정한숙론」. 『1950년대의 소설가들』, 나남, 1994.
김종년, 「소설가 정한숙—하루하루의 삶에서 기쁨을 찾으렵니다」. 『문학사상』, 1994. 4.
윤석달, 「역사와 인간에 대한 폭넓은 탐구」, 『한국소설문학대계』 33, 동아출판사, 1995. 5.
최동호, 「예술가 소설과 인간상의 탐구—정한숙론」, 『삶의 깊이와 시적 상상』, 민음사, 1995.
김영화, 「문학과 이여도」, 『백록어문』 12, 백록어문학회, 1996. 1.
김인환, 「고 정한숙 선생의 삶과 문학」, 《고대신문》, 1997. 11. 17.
김찬기, 「1950년대 소설의 전통지향성 연구—김동리와 정한숙의 소설을 중심으로」, 석사학위 논문, 고려대학교 대학원, 1998. 2.
정영아, 「정한숙 소설연구」, 석사학위논문, 고려대학교 대학원, 1998. 8.
송하춘, 「결 고운 삼베, 혹은 무명 가닥」, 『금당벽화』, 고려대학교출판부, 1998. 8.

양은창, 「1950년대 단편소설의 구조연구」, 박사학위논문, 단국대학교 대학원, 1999. 2.

김재두, 「정한숙 소설에 있어서 설화의 현대적 변용 연구」, 『겨레어문학』 25, 겨레어문학회, 2000. 8.

류지용, 「60년대 전후소설에 나타난 유토피아 이미지—정한숙의 『끊어진 다리』와 박경리의 『시장과 전장』을 중심으로」, 『우리 어문 연구』 18, 우리 어문학회, 2000.

김재두, 「정한숙 소설 연구—주제의식을 중심으로」, 박사학위논문, 건국대학교 대학원, 2002. 2.

박은숙, 「정한숙 소설 연구」, 석사학위논문, 건국대학교 교육대학원, 2002. 8.

정석원, 「정한숙의 『끊어진 다리』론—폭력적인 역사에 대응하는 언어의 양상을 중심으로」, 『한국 근대문학연구』 4권 2호, 한국근대문학회, 2003. 10.

김재두, 「정한숙의 『암흑의 계절』 연구」, 『인문과학논총』 40집, 건국대학교 안문과학 연구소, 2003. 12.

손진수, 「불교사상의 예술적 형상화—〈금당벽화〉에 응축된 정한숙의 작가정신과 소설기법의 의의」, 『문학과 의식』, 2004., 여름 · 가을.

김혜란, 「현대소설에 수용된 〈이여도〉의 의미」, 석사학위논문, 제주대학교 교육대학원, 2006. 2.

전경진, 「역사적 인물의 형상화 연구—『황진이』 모티브를 중심으로」, 석사학위논문, 인제 대학교 교육대학원, 2006. 8.

오지원, 「처용설화의 현대적 변용 연구」, 석사학위논문, 아주대학교 교육대학원, 2007. 2.

김인환, 「정한숙론 서설」, 『PEN 문학』 84호, 국제펜클럽 한국본부, 2007. 가을.

최영호, 「『바다의 왕자—장보고』 경향신문 연재 최초본을 복원하며」, 『바다의 왕자』, 고려대학교 출판부, 2008. 12.

오형엽, 「인간에 대한 관심과 예술적 승화」, 『정한숙작품집』, 지식을 만드는 지식, 2010.

문혜윤, 「소설가의 삶, 소설의 삶」, 『정한숙』, 글누림, 2011.

송희복, 「역사와 문학을 보는 관점—장보고계 역사소설의 비교 및 전망」, 『한국어문학연구』 56, 동악어문학회, 2011. 9.

주영중, 「소설가의 삶, 소설의 삶」, 『정한숙』, 글누림, 2011.

신규호, 「경색된 통일문학의 한 방안—'황진이'와 '두브롭스키'의 공통분모 활용」, 『자유문학』 83, 〈봄호〉, 2012. 3.

최성윤, 「정한숙 장편의 『끊어진 다리』에 나타난 성인 화자와 회고담의 특질」, 『현대문학이론연구』 50, 현대문학이론학회, 2012. 9.

이현석, 「예술로 구현된 역사의 정치성—1950년대 정한숙 소설의 의미」, 『한국현대소설이 걸어온 길』, 문학동네, 2013.

강헌국, 「황혼의 소설—정한숙의 후기(1982 1992) 소설에 대하여」, 『어문논집』 95, 민족어문학회, 2022. 8.

김종훈, 「말년의 글쓰기—정한숙의 시와 수필 창작의 의미」, 『어문논집』 95, 민족어문학회, 2022. 8.

김준현, 「1950년대 문예매체의 지형과 정한숙 문학의 위상」, 『어문논집』 95, 민족어문학회, 2022. 8.

서세림, 「정한숙 소설에 나타난 예술과 사랑」, 『어문논집』, 95, 민족어문학회, 2022. 8.

공임순, 「체험의 비극과 의지의 낙관, 그 사이의 인간군상—정한숙 소설을 중심으로」, 『민족문학사연구』 79, 민족문학사학회, 2022. 8.
일오 정한숙 선생 탄생 백주년 기념사업회, 『정한숙의 삶과 문학』, 고려대학교출판문화원, 2022. 11. 3.
이남호, 「정한숙 작가의 삶과 예술」, 『월간문학』 645, 한국문인협회, 2022. 11. 3.
정지태, 「나의 아버지 정한숙을 추억하며」, 『월간문학』 645, 한국문인협회, 2022. 11. 3.

7. 작품 목록

작품명	발표지와 그 시기	관련 사항	종별
「휴가」	『예술조선』 3, 1948.3.	신인상 가작	단편
「쥐」	『 ? 』, 1948.		〃
「광녀」	《주간국제》, 1952.11.20.		〃
『아담의 행로』	『신생공론』 7, 1952.12.		중편
「명일의 번민」	『문화세계』 4, 1953.11.		단편
『배신』	《조선일보》, 1954.2.7.	'당선자발표': 선외가작	중편
「준령」	『신천지』 67, 1954.9.		단편
「전황당인보기」	《한국일보》, 1955.1.15~16.	가작, 필명 정진(鄭進)	〃
『황진이』	《한국일보》, 1955.1.19~9.30.	『처용랑/황진이』, 『한국역사소설문학전집』 12, 을유문화사, 1975.1.	장편
『애정지대』	《평화신문》, 1955.3.11~9.19.	단행본으로 1957년 정음사에서 간행	〃
「닭」	『사상계』 21, 1955.4.		단편
「금당벽화」	『사상계』 24, 1955.7.		〃
「묘안묘심」	『문학예술』 5, 1955.8.	창작집 『묘안묘심』 1958년 정음사에서 간행	〃
「허허허」	『현대문학』 9, 1955.9.		〃
「도정」	《한국일보》 1955.?	창작집 『내사랑의 편력』(현문사)에 수록, 1959.11.	〃

작품명	발표지와 그 시기	관련 사항	종별
「충신과 역신」	『신태양』 41, 1956.1.		〃
「바위」	『문학예술』 11, 1956.2.		〃
「눈내리는 날」	『현대문학』 14, 1956.2.		〃
「집착」	『문학예술』 13, 1956.4.		〃
『여인의 생태』	《조선일보》, 1956.4.1~11.27.		장편
「공포」	『자유문학』 1, 1956.1.6.		단편
『고가』	『문학예술』 16, 1956.7.		중편
「눈매」	『신태양』 47, 1956.7.		단편
「예성강곡」	『현대문학』 21, 1956.9.		〃
『절영도』	《부산일보》, 1957.3~7.27.		장편
『암흑의 계절』	『문학예술』 23~28, 1957.3~8.	단행본으로 현문사에서 간행. 1960.1.	〃
「해랑사의 경사」	『사상계』 44, 1957.3.		〃
「청상시대」	『자유문학』 4, 1957.6.		〃
『고원의 비련』	《평화신문》, 1957.6.17~1958.1.9.	『한국문학전집』 29, 민중서관, 1962.3.	〃
『계월향』	《대구일보》, 1957.~?		〃
「화전민」	『신태양』 51, 1957.10.		단편
「그늘진 계곡」	『문학예술』 31, 1957.11.		〃

작품명	발표지와 그 시기	관련 사항	종별
『애원의 언덕』	『현대』 1~6, 1957.11~1958.4.		장편
「수인공화국」	『자유문학』 9, 1957.12.		단편
「올드 · 미쓰」	『자유문학』, 1957.?		〃
「과부」	『한국평론』 1, 1958.4.		〃
『처용랑』	《경향신문》, 1958.4.15~1959.4.4.	『한국역사소설문학전집』 12, 을유문화사, 1975.1.	장편
『시몬의 회상』	『신문예』 1~6, 1958.6~11.	『시몬의 회상/이여도』, 삼성신서 『한국문학전집』 39, 삼성출판사, 1972.10.	중편
「낙산방춘사」	『사상계』 60, 1958.7.		단편
「어머니」	1958.7.	창작집 『묘안묘심』에 수록	
「미아리 근처」	『신태양』 73, 1958.10.		〃
「탈 〈바가지〉」	『사조』 7, 1958.12.		〃
「묵주」	《부산일보》 1958.	창작집 『내사랑의 편력』에 수록	〃
「풍화하는 바위」	『신태양』 76, 1959.1.		〃
「고추잠자리」	『사상계』 71, 1959.6.		〃
「나루」	『문예』 1, 1959.11.		〃

작품명	발표지와 그 시기	관련 사항	종별
「석비」	『현대문학』 59, 1959,11.		〃
「그날」	《평화신문》, 1959.12.24~31.		〃
「라일라」	1959.11.	『내사랑의 편력』에 수록	〃
『바다의 왕자—장보고』	《경향신문》, 1960.4.29~1961.6.13.	단행본(고려대출판부). 2008.12.	장편
「굴레」	『세기』, 1960.4.		단편
『신과 인간의 상처』	『문예』, 1960.5~10.		중편
「목우」	『현대문학』 66, 1960.6.		단편
「두메」	『사상계』 89, 1960.12.		〃
『이여도』	『자유문학』 45, 1960.12.	『시몬의 회상/이여도』, 『한국문학전집』 39, 삼성출판사, 1972.10.	중편
「모발」	『현대문학』 84, 1961.12.		단편
『여항야화』	《동아일보》, 1962.6.20~9.28.		장편
「검은 레테르」	『현대문학』 92, 1962.8.		단편
『끊어진 다리』	을유문화사, 1962.10.10.	『한국신작문학전집』 3.	장편

작품명	발표지와 그 시기	관련 사항	종별
『우린 서로 닮았다	《동아일보》, 1963.1.1~7.27.	단행본, 동민문화사, 1966.	〃
「어느 동네에서 울린 총소리」	『현대문학』 98, 1963.2.		단편
『괴짜 창식이』	『신세계』 11~22, 1963.3~1964.3.		장편
「닭장 관리」	『현대문학』 101, 1963.5.		단편
「쌍화점」	『현대문학』 105, 1963.9.		〃
「삐에로」	『세대』 8, 1964.1.		〃
「훈장」	『세대』 8, 1964.1.		〃
「산정」	『신사조』 25, 1964.2.		〃
「해녀」	『문학춘추』 2, 1964.5.		〃
「만나가 내리는 땅」	『현대문학』 113, 1964.5.		〃
「돌쇠」	『문학춘추』 7, 1964.10.		〃
「웅녀의 후예」	『현대문학』 119, 1964.11.		〃
『이성계』	《동아일보》 1965.2.18.~1966.7.20. (440회)	원제는 『용비어천가』	장편
「청개구리와 게와의 대화」	『신동아』 16, 1965.12.		단편
「누항곡」	『현대문학』 136, 1966.4.		〃

작품명	발표지와 그 시기	관련 사항	종별
「히모도손징(日本村人) 화백」	『문학』 2, 1966.6.		〃
「좌돈」	『신동아』 30, 1967.2.		〃
『격랑』	《서울신문》, 1967.3.11~8.30.		장편
「설화」	『현대문학』 155, 1967.11.		단편
「잃어버린 기억」	『신동아』 48, 1968.8.		〃
「유순이」	『현대문학』 166, 1968.10.		〃
「왕거미」	『월간문학』 5, 1969.3.		〃
「옹달샘이 흐르는 마을」	『월간중앙』 16, 1969.7.		〃
「선글라스의 목욕탕주인」	『현대문학』 175, 1969.7.		〃
「백자도공 최술」	『현대문학』 180, 1969.12.		〃
「거문고 산조」	『현대문학』 190, 1970.10.		〃
「밀렵기」	『현대문학』 196, 1971.4.		〃
「새벽 소묘」	『현대문학』 202, 1971.10.		〃
「금어」	『지성』 1, 1971.11.		〃

작품명	발표지와 그 시기	관련 사항	종별
「설화와 전설과 섬」	『월간중앙』 45, 1971.12		〃
『논개』	《한국일보》 1972.2.1~1973.8.14.	단행본, 청아출판사, 1993.	장편
「어떤 부자」	『현대문학』 227, 1973.11.		단편
「산동반점」	『문학사상』 20, 1974.5.		〃
「울릉도 답사」	『현대문학』 234, 1974.6.		〃
「맥주홀 OB 키」	『월간문학』 65, 1974.7.		〃
「육교 근처」	『한국문학』 11, 1974.9.		〃
「어두일미」	『신동아』 124, 1974.12.		〃
「해후」	『현대문학』 241, 1975.1.		〃
「황혼」	『월간문학』 73, 1975.3.		〃
「관계」	『문학사상』 33, 1975.6.		〃
「한계령」	『월간문학』 83, 1976.1.		〃
『어느 소년의 추억』	『현대문학』 264, 1976.12.		중편
『조용한 아침』	청림사, 1976.3.		장편
「제천댁」	『문학사상』 52, 1977.1.		단편
「흰콩 검은콩」	『현대문학』 276, 1977.12.		〃

작품명	발표지와 그 시기	관련 사항	종별
「산골 아이들」	『한국문학』 50, 1977.12.		〃
「입석기」	『소설문예』, 1978.1.		〃
「양박사」	『현대문학』 382, 1978.6.		〃
「불로장생」	『한국문학』 58, 1978.8.		〃
「청개구리」	『새마음』, 1978.9.		〃
「설산행」	『한국문학』 64, 1979.2.		〃
「거리」	『현대문학』 295, 1979.7.		〃
「원」	『한국문학』 74, 1979.12.		〃
「바잘 김」	『문학사상』 87, 1980.2.		〃
「말미」	『현대문학』 304, 1980.4.		〃
「수탉」	『소설문학』, 1980.6.		〃
「소화원」	『한국문학』 80, 1980.6.		〃
「태항」	『문학사상』 103, 1981.5.		〃
「한밤의 환상」	『현대문학』 319, 1981.7.		〃
「눈뜨는 계절」	『현대문학』 325, 1982.2.		〃
「성북구 성북동」	『현대문학』 100, 1982.2.		〃

작품명	발표지와 그 시기	관련 사항	종별
「첫사랑」	『소설문학』, 1982.5.		〃
「평창군수」	『문학사상』 116, 1982.6.		〃
「안개거리」	『문학사상』 124, 1983.2.		〃
「소설가 석운 선생」	『월간문학』 169, 1983.3.		〃
「송아지」	『현대문학』 341, 1983.5.		〃
「새끼 고무나무」	『문학사상』 128, 1983.6.		〃
「우뢰」	『소설문학』, 1983.10.		〃
「가오리 연」	『현대문학』 347, 1983.11.		〃
「늙는다는 것」	『소설문학』, 1983.12.		〃
「산에 올라 구름타고」	『월간문학』 180, 1984.2.		〃
「E.T」	『현대문학』 353, 1984.5.		〃
「어떤 임종」	『소설문학』 1984.6.		〃
「횡관공로 횡단기」	『한국문학』 130, 1984.8.		〃
「뻬이토우」	『예술계』, 1984.?		〃
「차임벨」	『문학사상』 147, 1985.1.		〃

작품명	발표지와 그 시기	관련 사항	종별
「꽃피는 동백섬」	『월간문학』 191, 1985.1.		〃
「편지」	『현대문학』 364, 1985.4.		〃
「흥부의 기지」	『소설문학』, 1985.6.		〃
「증곡대사」	『동서문학』 1, 1985.11.		〃
「말이 있는 팬터마임」	『대학문화』, 1985.	고대 · 연대 출신 작가 20인의 작품집	〃
「사마귀」	『현대문학』 373, 1986.1.		〃
「들장미 뿌리」	『문학사상』 159, 1986.1.		〃
「때밀이」	『월간문학』 205, 1986.3.		〃
『그러고 30년』	『현대문학』 377, 1986.5.		중편
「대학로 축제」	『한국문학』 152, 1986.6.		단편
「머리카락」	『소설문학』 131, 1986.10.		〃
「창녀와 복권」	『동서문학』 149, 1986.12.		〃
「인과」	『월간문학』 215, 1987.1.		〃
「전화」	『문학정신』 5, 1987.2.		〃

작품명	발표지와 그 시기	관련 사항	종별
「석등기」	『현대문학』 161, 1987.3.		〃
『산비둘기 우는 새벽』	『문학사상』 174, 1987.4.		중편
「냉면」	『현대문학』 393, 1987.9.		단편
『이타원에서』	『동서문학』 162, 1988.1.		중편
「출발이 다른 사람들」	『현대문학』 397, 1988.1.		단편
「수코양이」	『문학정신』 16, 1988.1.		〃
『쓰레기터』	『소설문학』, 1988.1.		중편
「유혹」	『월간문학』, 1988.3.		단편
「습작기」	『문학사상』 186, 1988.4.		〃
「지팡이」	『시대문학』, 1988.4.		〃
「권투시합」	『한국문학』 176, 1988.6.		〃
『회심곡』	『현대문학』 406, 1988.10.		중편
「북한산 진경」	『문학사상』 196, 1989.2.		단편
「산딸기」	『동서문학』, 1989.3.		〃
「속옷」	『월간문학』, 1989.5.		〃

작품명	발표지와 그 시기	관련 사항	종별
「멍든 허벅지」	『한국문학』 187, 1989.1.		〃
「자화상」	『문학정신』 33, 1989.6.		〃
「불」	『현대문학』 414, 1989.6.		〃
「무애탈」	『동서문학』, 1989.9.		〃
「귀울림」	『한국문학』 418, 1989.10.		〃
「비만증」	『문학사상』 208, 1990.2.		〃
「보리피리 닐니리」	『동서문학』, 1990.4.		〃
「울고싶어지는 심정」	『현대문학』 428, 1990.8.		〃
「시어머니와 며느리」	『문학사상』 219, 1991.1.		〃
「마지막 불꽃」	『동서문학』, 1991.3.		〃
「부항」	『문학사상』 236. 1992.6.		〃
「칠보브로치」	『현대문학』 452, 1992.8.		〃
부엉이	?		〃

총편수 정리:

구분	1940~ 1950년대	1960년대	1970년대	1980~ 1990년대	합계
단편	37	26	26	60	149
중편	4	2	1	5	12
장편	8	7	9	0	24
합계	49	35	36	65	185

8. 찾아보기